Harlan Coben

Né en 1962, Harlan Coben vit dans le New Jersey avec sa famille. Diplômé en sciences politiques du Amherst College, il a rencontré un succès immédiat dès ses premiers romans, tant auprès de la critique que du public. Il est le premier écrivain à avoir reçu le Edgar Award, le Shamus Award et le Anthony Award, les trois prix majeurs de la littérature à suspense aux États-Unis. Il est notamment l'auteur de *Ne le dis à personne*... (Belfond, 2002), qui a remporté le Grand Prix des lectrices de *ELLE* et a été adapté avec succès au cinéma par Guillaume Canet. Il poursuit l'écriture avec plus d'une vingtaine d'ouvrages, dont *L'Inconnu de la forêt* (2020), *Gagner n'est pas jouer* (2021), *Identités croisées* (2022), *Sur tes traces* (2023) et *Méfie-toi* (2024), publiés chez Belfond. Ses livres, parus en 40 langues, occupent la tête des listes de best-sellers dans le monde entier.

Ses ouvrages *Une chance de trop* (2005) et *Juste un regard* (2006) ont fait l'objet d'une adaptation sur TF1 en 2015 et en 2017. En 2018, l'auteur a signé un contrat avec Netflix qui prévoit l'adaptation de 14 de ses romans. Les séries *The Stranger*, adaptation du thriller *Intimidation*, et *The Woods*, tiré du titre *Dans les bois*, sont mises en ligne sur la plate-forme en 2020. Les adaptations d'*Innocent* et de *Disparu à jamais* sont disponibles depuis 2021. Celles de *Ne t'éloigne pas* et de *Sans un mot* sont sorties en 2022, suivies en 2023 d'*À découvert* et de *Double piège*. Tous les titres de l'auteur sont repris chez Pocket.

Retrouvez toute l'actualité de l'auteur sur :
www.harlan-coben.fr

SUR TES TRACES

ÉGALEMENT CHEZ POCKET

NE LE DIS À PERSONNE… (GRAND PRIX DES LECTRICES DE *ELLE*)

DISPARU À JAMAIS

UNE CHANCE DE TROP

JUSTE UN REGARD

INNOCENT

DANS LES BOIS

SANS UN MOT

SANS UN ADIEU

FAUTE DE PREUVES

REMÈDE MORTEL

NE T'ÉLOIGNE PAS

SIX ANS DÉJÀ

TU ME MANQUES

INTIMIDATION

DOUBLE PIÈGE

PAR ACCIDENT

NE T'ENFUIS PLUS

DANS LES BOIS

L'INCONNU DE LA FORÊT

GAGNER N'EST PAS JOUER

IDENTITÉS CROISÉES

SUR TES TRACES

LES ENQUÊTES DE MYRON BOLITAR

RUPTURE DE CONTRAT

BALLE DE MATCH

FAUX REBOND

DU SANG SUR LE GREEN

TEMPS MORT

PROMETS-MOI

MAUVAISE BASE

PEUR NOIRE

SANS LAISSER D'ADRESSE

SOUS HAUTE TENSION

SANS DÉFENSE

LES ENQUÊTES DE MICKEY BOLITAR

À DÉCOUVERT

À QUELQUES SECONDES PRÈS

À TOUTE ÉPREUVE

SHELTER

Harlan Coben présente

INSOMNIES EN NOIR

HARLAN COBEN

SUR TES TRACES

Traduit de l'anglais (États-Unis)
par Roxane Azimi

belfond

Titre original :
I WILL FIND YOU
publié par Grand Central Publishing,
une division de Hachette Book Group, Inc., New York

Ce livre est une œuvre de fiction. Les noms, les personnages, les lieux et les événements sont le fruit de l'imagination de l'auteur ou utilisés fictivement. Toute ressemblance avec des personnes réelles, vivantes ou mortes, des événements ou des lieux serait pure coïncidence.

ISBN : 978-2-266-34168-4
Dépôt légal : octobre 2024

À mes neveux et nièces
Thomas, Katharine, McCallum, Reilly, Dovey,
Alek, Genevieve, Maja,
Allana, Ana, Mary, Mei,
Sam, Caleb, Finn,
Annie, Ruby, Delia,
Henry et Molly

Avec toute mon affection,
Oncle Harlan

Première partie

1

J'en suis à ma cinquième année de détention : condamné à perpétuité pour avoir assassiné mon propre enfant.

Attention, ne vous méprenez pas, je n'ai rien fait de tel.

Mon fils Matthew avait trois ans au moment de sa mort brutale. Il était toute ma vie, puis du jour au lendemain, il n'était plus, et moi, j'ai pris perpète. C'était de toute façon une sentence à perpétuité, de perdre mon enfant, même si je n'avais pas été arrêté, jugé et condamné.

Vous vous demandez comment je peux clamer mon innocence ?

Mais parce que je suis innocent.

L'ai-je crié haut et fort ? Me suis-je battu pour le prouver ?

Pas vraiment. Ça m'était égal qu'on me juge coupable. Je sais que ça paraît fou. Seulement voilà : mon fils est mort. Mort, disparu à jamais, et la décision du jury n'y aurait rien changé. Coupable ou non, je n'ai pas su le protéger. J'ai failli à mon rôle de père. Même si je n'ai pas manié l'arme qui a transformé son visage adorable en une bouillie ensanglantée lors de cette nuit de cauchemar, je ne l'ai pas arrêtée non plus. Je n'ai pas fait mon boulot de père.

Coupable ou non du meurtre en lui-même, je suis fautif, et c'est à moi de payer.

J'ai à peine réagi à la lecture du verdict. On en a déduit que je devais être un sociopathe, un psychopathe, bref quelqu'un de mentalement dérangé. Dépourvu de sentiments, selon les médias. Dénué d'empathie, incapable d'éprouver du remords, j'avais le regard vide… Je collais on ne peut mieux au stéréotype de l'assassin. Rien de tout ça n'était vrai, mais à quoi bon protester ? C'est moi qui ai découvert mon fils Matthew dans son pyjama de super-héros Marvel cette nuit-là. Le choc a été dévastateur. Je n'ai pas réussi à me relever depuis, et je ne pense pas que j'y arriverai un jour.

La perpétuité au sens métaphorique.

Ce n'est pas l'histoire d'un homme accusé à tort, car au final, ça ne changerait rien. Quitter ce trou à rats ne mènerait pas à la rédemption. Être libre ne me rendrait pas mon fils.

Du moins, c'est ce que je crois jusqu'au moment où le maton, un type un peu bizarre qu'on surnomme Boucly, vient m'annoncer :

— Tu as de la visite.

Persuadé qu'il parle à quelqu'un d'autre, je ne réagis pas. En cinq ans de détention, je n'ai pas eu un seul visiteur. La première année, mon père a essayé de venir me voir. Ainsi que ma tante Sophie et une poignée de proches qui me croyaient innocent ou en tout cas pas *vraiment* coupable. J'ai refusé de les recevoir. Cheryl, la mère de Matthew (aujourd'hui mon ex-femme, ce qui n'a rien d'étonnant), a bien tenté sa chance sans conviction, mais je n'ai pas voulu la voir non plus. La chose était claire : pas de visites. Je ne voulais pas pleurer sur mon sort ni qu'on me prenne en pitié. C'est juste que je ne vois pas l'intérêt de ces visites.

Une année est passée. Puis deux. Après quoi, tout le monde a abandonné l'idée de venir me voir, hormis Adam qui a peut-être insisté pour faire un saut dans le Maine, mais vous comprenez ce que je veux dire. Or voici que, pour la première fois, quelqu'un vient me rendre visite au pénitencier de Briggs.

— Allez, Burroughs, aboie Boucly. On y va. Tu as de la visite.

J'esquisse une moue.

— Qui est-ce ?

— Tu m'as pris pour ta secrétaire ? T'as cru que je m'occupais de tes rendez-vous mondains ?

— Très drôle.

— Quoi ?

— Les rendez-vous mondains.

— Tu te fiches de moi ?

— Ça ne m'intéresse pas, les visites, lui dis-je. Faites-le partir.

Boucly pousse un soupir.

— Burroughs.

— Quoi ?

— Bouge tes fesses. Tu n'as pas rempli le formulaire.

— Quel formulaire ?

— Il y a un papier à remplir, si tu ne veux pas de visites.

— Je pensais que les gens devaient être inscrits sur ma liste d'invités.

— Liste d'invités… répète Boucly en secouant la tête. Tu te crois à l'hôtel ici ?

— Il y a des listes d'invités dans les hôtels ? En tout cas, j'ai signé quelque chose pour notifier que je ne voulais pas de visites.

— À ton arrivée ici.

— C'est ça.

Boucly soupire de plus belle.

— Il faut le renouveler tous les ans.

— Quoi ?

— As-tu rempli un formulaire cette année pour notifier que tu ne voulais pas de visites ?

— Non.

Il écarte les bras.

— Et voilà. Allez, debout.

— Vous ne pouvez pas renvoyer cette personne ?

— Non, Burroughs, je ne peux pas, et je vais te dire pourquoi. Ça me demanderait plus de boulot que de te traîner au parloir. Si je fais ça, il faudra que j'explique pourquoi tu n'es pas là ; l'autre va forcément poser des questions, je devrai sûrement remplir des papiers moi-même, il y aura plein d'allers-retours… On n'a pas besoin de ça, ni toi ni moi. Alors écoute-moi : tu vas venir, tu n'es pas obligé de parler si tu n'as pas envie, et ensuite tu rempliras le formulaire pour nous éviter de recommencer le même cirque. On est d'accord ?

Je suis ici depuis assez longtemps pour savoir que toute rébellion non seulement serait inutile, mais risquerait de se retourner contre moi. Et puis, à vrai dire, cette visite m'intrigue.

— On est d'accord, dis-je.
— Cool. Allons-y.

Je connais la chanson, évidemment. Les menottes, puis une chaîne en guise de ceinture pour pouvoir attacher mes mains à ma taille. Il ne me passe pas les chaînes aux chevilles, surtout parce qu'elles sont dures à mettre et à retirer. Ça fait une trotte depuis le QHS (quartier de haute sécurité, pour ceux qui ne le savent pas) jusqu'au parloir. Nous sommes dix-huit détenus à y résider actuellement : sept bourreaux d'enfants, quatre violeurs, deux tueurs en série cannibales, deux tueurs en série « normaux », deux tueurs de flics et, bien sûr, un fou infanticide (votre serviteur). Une belle brochette, non ?

Boucly me fusille du regard, ce qui me surprend. La plupart des gardiens sont des flics ratés et/ou des gros bras qui nous considèrent, nous autres détenus, avec une apathie déconcertante. Je me retiens toutefois de lui demander ce qui ne va pas. Mes jambes flageolent un peu. Je me sens bizarrement nerveux. Pour tout vous avouer, je suis chez moi, ici. L'endroit est horrible – pire que tout ce que vous imaginez –, mais je me suis habitué à ce genre d'horreur. Ce visiteur, qui qu'il soit après tout ce temps, vient chambouler ma routine bien établie.

Et ça ne m'enchante pas beaucoup.

Je revois soudain le sang de cette nuit-là. Je pense beaucoup au sang. Il m'arrive d'en rêver. Au début, c'était toutes les nuits, mais actuellement, c'est, disons, une fois par semaine. Le temps s'écoule différemment en prison. Il s'arrête, repart, bégaie et zigzague. Je me souviens d'un réveil vaseux dans le lit conjugal. Je n'ai pas regardé l'heure, mais pour ceux que ça intéresse, il était 4 heures du matin. La maison était silencieuse, et pourtant j'ai senti que quelque chose n'allait pas. Ou c'est peut-être ce que je me raconte maintenant. Notre mémoire aime bien inventer des histoires. Je n'ai pas bondi hors du lit, non. Je suis resté plusieurs minutes dans cette zone crépusculaire entre la veille et le sommeil, le temps d'émerger.

J'ai tout de même fini par me lever pour aller vers la chambre de Matthew.

C'est là que j'ai vu le sang.

Il était plus rouge que je ne l'aurais cru… D'un rouge criard et moqueur comme le maquillage d'un clown.

Paniqué, j'ai appelé Matthew. Je me suis précipité maladroitement vers sa chambre, me cognant au chambranle de la porte. J'ai appelé de nouveau. Pas de réponse. Je me suis rué dans la pièce où je suis tombé sur quelque chose… de méconnaissable.

Il paraît que je me suis mis à hurler.

C'est ainsi que la police m'a trouvé. En train de hurler. Les hurlements étaient comme des éclats de verre qui me transperçaient de part en part. Je pense que j'ai dû m'arrêter à un moment. Mes cordes vocales ont probablement lâché, allez savoir. Mais l'écho de ces hurlements ne m'a jamais quitté. Ces éclats continuent à me taillader, me déchirer les chairs.

— Magne-toi, Burroughs, lance Boucly. Elle t'attend.

Elle ?

Il a dit « elle ». Un instant j'imagine qu'il s'agit de Cheryl, et mon pouls s'accélère. Mais non, elle ne viendra pas, et je n'ai pas envie qu'elle vienne. Nous avons été mariés huit ans. Mariés et heureux, sauf peut-être à la fin. À cause de toute la pression, notre mariage commençait à se fissurer. J'ignore s'il aurait tenu le coup. Je me dis parfois que la présence de Matthew aurait cimenté notre couple, mais ça sonne davantage comme un vœu pieux.

Peu après ma condamnation, j'ai signé des papiers pour lui accorder le divorce. Nous ne nous sommes plus parlé depuis. C'était plus mon choix que le sien. Je ne sais pas où elle est maintenant, si elle est toujours en deuil ou si elle a refait sa vie. Je préfère ne pas savoir.

Pourquoi n'ai-je pas fait attention à Matthew cette nuit-là ?

Je ne dis pas que j'étais un mauvais père. Mais cette nuit-là, je n'étais pas d'humeur. Un gamin de trois ans, ce n'est pas toujours drôle. Tous les parents le savent. J'avais mis mon fils au lit sans même lui lire une histoire, trop préoccupé que j'étais par mes propres problèmes et incertitudes. Ce qu'on peut être bête quand tout va bien dans la vie !

Cheryl, qui venait de terminer son internat en chirurgie générale, était de garde au service de transplantation à l'hôpital de Boston. J'étais seul avec Matthew. J'ai bu un verre ou deux. Je ne suis pas un gros buveur mais, ces derniers mois, l'alcool me procurait sinon du réconfort, au moins un certain engourdissement. Bref, j'ai bu un coup de trop et je me suis écroulé au lieu de veiller sur mon enfant, de le protéger, de m'assurer que les portes étaient verrouillées (elles ne l'étaient pas), d'entendre le bruit d'une intrusion et ses cris de terreur : j'étais dans l'état que le procureur a ironiquement qualifié au procès de « torpeur alcoolisée ».

Je ne me souviens de rien d'autre, à part de l'odeur.

Je sais ce que vous pensez : c'est peut-être lui (donc moi) l'assassin. Car tout m'accablait. Moi-même, je me suis posé la question, et je vais vous raconter quelque chose. Une nuit, pendant qu'on dormait, j'ai donné un grand coup de pied à Cheryl. J'avais rêvé qu'un raton laveur géant attaquait notre petit chien Laszlo. Pris de panique dans mon sommeil, j'ai voulu repousser le raton laveur, et c'est Cheryl qui s'est pris mon pied dans le tibia. Avec le recul, c'était assez amusant de voir sa tête tandis que j'essayais de plaider ma cause (« Tu aurais préféré que Laszlo se fasse croquer par un raton laveur ? »), mais ma femme, malgré son amour pour Laszlo et les chiens en général, n'y croyait pas.

— Peut-être qu'inconsciemment tu avais envie de me faire du mal, m'a-t-elle dit.

Elle l'a dit avec un sourire, et le lendemain tout était oublié. Mais j'y repense souvent aujourd'hui. Cette nuit-là, j'étais en train de dormir et de rêver aussi. Un coup de pied n'est pas un meurtre, mais comment en être certain ? L'arme du crime était une batte de base-ball. Mrs Winslow, qui vivait dans la maison derrière notre bosquet depuis une quarantaine d'années, m'a vu l'enterrer. C'était ça, le hic. Étais-je suffisamment stupide pour l'enterrer si près de chez nous, avec mes empreintes digitales dessus ? Il y a beaucoup de choses sur lesquelles je m'interroge. Par exemple, je m'étais déjà endormi après un verre ou deux – ça arrive à tout le monde, non ? – mais jamais comme ça. Peut-être que j'ai été drogué, hélas le temps de me traduire en justice, il était trop tard pour les analyses. Au début, la police locale, qui vouait un culte à mon père, a pris mon parti.

Ils ont cherché du côté des malfrats qu'il avait expédiés derrière les barreaux, mais cela semblait une fausse piste, même à mes yeux. D'accord, papa s'était fait des ennemis, mais c'était de l'histoire ancienne. Pourquoi l'un d'eux aurait-il tué un enfant de trois ans en guise de vengeance ? Cela n'avait pas de sens. Il n'y avait aucun signe d'agression sexuelle ou autre, donc quand on y réfléchissait, le seul suspect plausible, c'était moi.

Peut-être qu'il s'est passé la même chose que dans mon rêve avec le raton laveur. Ce n'est pas impossible. Mon avocat, Tom Florio, voulait en faire sa ligne de défense. Mes proches, du moins certains d'entre eux, penchaient eux aussi pour cette version. J'avais des antécédents de somnambulisme et des problèmes de santé mentale, si on forçait un peu le trait. Je pouvais jouer là-dessus, m'ont-ils rappelé.

Seulement je n'ai pas avoué, non, car malgré tous ces arguments, je n'étais pas coupable. Je n'ai pas tué mon fils. Je sais que ce n'est pas moi. Et je sais, oui, que tous les assassins disent ça.

Boucly et moi abordons le dernier couloir. Le pénitencier de Briggs est décoré dans les tons bitume. Tout est gris délavé, couleur chaussée défoncée après l'orage. Je suis passé d'une maison de style colonial – quatre chambres, deux salles de bains, peinte en jaune soleil avec des volets verts, tout en nuances ocre et boiseries à l'ancienne, avec trois mille mètres carrés de terrain au fond d'une impasse – à ceci. Mais peu importe le cadre. Les apparences sont temporelles, illusoires, et par conséquent sans intérêt.

La porte s'ouvre automatiquement. Bon nombre de prisons ont réaménagé leurs parloirs. Les détenus non dangereux peuvent s'asseoir à une table avec leurs visiteurs, sans séparation ni barrière. Pas moi. Ici, à Briggs, on a toujours du Plexiglas pare-balles. Je m'assois sur un tabouret métallique vissé au sol. Ma chaîne de ventre est suffisamment lâche pour me permettre d'attraper le téléphone. C'est ainsi que les visiteurs communiquent : par téléphone et à travers le Plexiglas.

La visiteuse n'est pas mon ex-femme Cheryl, bien qu'elle lui ressemble.

C'est sa sœur Rachel.

Elle est assise de l'autre côté du Plexiglas, et je la vois ouvrir de grands yeux quand elle m'aperçoit. Sa réaction me ferait presque sourire. Son beau-frère chéri, avec son humour décalé et son air nonchalant, a certainement changé durant ces cinq dernières années. Je me demande ce qu'elle remarque en premier. Les kilos en moins peut-être. Ou, plus vraisemblablement, l'ossature du visage qui ne s'est pas ressoudée correctement. Ou le teint cireux, les épaules tombantes, les cheveux clairsemés et grisonnants.

Je la dévisage à travers le Plexiglas. Le combiné à la main, je lui fais signe de prendre le sien. Lorsqu'elle l'approche de son oreille, je lui demande :

— Qu'est-ce que tu fais là ?

Rachel sourit presque. Nous étions si proches autrefois. J'appréciais sa compagnie. Elle appréciait la mienne.

— L'heure n'est pas aux politesses, je vois.

— Tu es venue ici pour échanger des politesses, Rachel ?

L'ombre du sourire s'évanouit. Elle secoue la tête.

— Non.

J'attends. Malgré ses traits tirés, elle est toujours aussi belle. Elle a les mêmes cheveux blond cendré que Cheryl, les mêmes yeux vert foncé. Je change de position sur mon tabouret car la regarder en face me fait mal.

Rachel ravale ses larmes.

— C'est trop absurde.

Elle baisse les yeux et, l'espace d'un instant, je revois la fille de dix-huit ans rencontrée lors de ma première visite chez les parents de Cheryl dans le New Jersey, quand nous étions tous les deux à Amherst College. Les parents de Cheryl et Rachel n'étaient pas vraiment ravis de me voir. J'étais un peu trop plébéien à leur goût car j'avais grandi dans un quartier populaire avec un père flic. Rachel, de son côté, m'avait adopté sur-le-champ, et j'en suis venu à l'aimer comme une petite sœur. J'avais envie de veiller sur elle, de la protéger. Un an après, je l'ai aidée à déménager à l'université de Lemhall, puis, plus tard, à Columbia où elle a étudié le journalisme.

— Ça fait longtemps, dit Rachel.

Je hoche la tête. Je veux qu'elle parte. Ça me fait mal de la regarder. J'attends. Elle se tait. Je finis par rompre le silence car j'ai l'impression qu'elle a besoin d'une bouée de sauvetage. C'est plus fort que moi.

— Comment va Sam ?

— Bien. Il travaille pour le labo pharmaceutique Merton. Dans la vente. Il a été promu directeur commercial. Il voyage beaucoup.

Et elle ajoute avec un haussement d'épaules :

— Nous avons divorcé.

— Oh, dis-je. Je suis désolé.

En fait, non. J'ai toujours pensé que Sam n'était pas assez bien pour elle, comme tous ses autres petits copains, d'ailleurs.

— Tu travailles toujours au *Globe* ?

— Non.

Au ton de sa voix, je comprends que le sujet est clos.

Nous gardons le silence pendant quelques secondes. Puis je hasarde :

— C'est à propos de Cheryl ?

— Non. Pas vraiment.

Je sens l'angoisse qui monte.

— Comment va-t-elle ?

Rachel se tord les mains en évitant soigneusement mon regard.

— Elle s'est remariée.

Ces paroles me font l'effet d'un coup de poing à l'estomac, mais j'encaisse sans broncher. Voilà, me dis-je. Voilà pourquoi je ne veux pas de visites.

— Elle ne t'en a jamais voulu, tu sais. Et nous non plus.

— Rachel ?

— Quoi ?

— Qu'est-ce que tu fous ici ?

Nouveau silence. Derrière elle, j'aperçois un autre gardien, un que je ne connais pas, qui nous observe. Il y a trois autres détenus au parloir. Tous des inconnus. C'est grand, Briggs, et je préfère rester dans mon coin. J'hésite à me lever pour partir, mais Rachel se remet à parler.

— Sam a un ami.

J'attends.

— Enfin, un collègue plutôt. Il est directeur marketing chez Merton. Son nom est Tom Longley. Il a une femme et deux petits garçons. Une jolie famille. On se retrouvait autrefois à des barbecues d'entreprise, des choses comme ça. Sa femme s'appelle Irene. Je l'aime bien. Elle est marrante, Irene.

Rachel s'interrompt, secoue la tête.

— Je m'embrouille, là.

— Mais non, pas du tout. C'est une histoire palpitante.

Rachel sourit pour de vrai.

— Je retrouve le David d'avant.

Elle poursuit, plus posément cette fois :

— Il y a deux mois, les Longley sont partis en voyage d'entreprise dans un parc d'attractions à Springfield. Qui s'appelle Six Flags, je crois. Avec leurs deux garçons. Irene et moi, on est restées amies. Du coup, l'autre jour, elle m'a invitée à déjeuner. Elle m'a raconté leur séjour… Les potins surtout, parce que Sam était venu avec sa nouvelle copine, semble-t-il. Comme si ça pouvait m'intéresser. Mais peu importe.

Je ravale une remarque sarcastique. Elle soutient mon regard.

— Irene m'a aussi montré des photos.

Rachel s'interrompt. J'ignore totalement où elle veut en venir, mais j'entends presque une bande-son lugubre dans ma tête. Elle sort une enveloppe kraft, la pose sur le rebord devant elle et la contemple longuement, comme pour décider de la conduite à tenir. Puis elle plonge la main dans l'enveloppe, en tire un papier et le plaque contre la paroi.

C'est une photo, en effet.

Je ne sais qu'en penser. La photo a été prise dans un parc d'attractions. Une femme – la désopilante Irene, sans doute – sourit timidement à l'objectif. Deux garçons sont collés à ses hanches, un de chaque côté ; aucun des deux ne regarde l'objectif. À leur droite, quelqu'un habillé en Bugs Bunny. À leur gauche, Batman. Irene a l'air quelque peu décontenancée, et c'est amusant à voir. J'imagine bien la scène. Ce brave Tom de chez Merton encourage gaiement sa femme, Irene, à prendre la pose. La susdite n'est pas vraiment d'humeur, mais elle joue le jeu. Les garçons, eux, s'en fichent ; on a tous connu ça. Il y a des montagnes russes géantes à l'arrière-plan, peintes en rouge vif. Avec le soleil en pleine face, la famille Longley plisse les paupières et tourne légèrement la tête.

Rachel ne me quitte pas des yeux.

Je hausse les sourcils. Elle presse la photo contre le Plexiglas.

— Regarde bien, David.

Je scrute Rachel une seconde ou deux, puis me concentre sur la photo. Cette fois, je le vois tout de suite. J'ai un coup au cœur, comme une griffe acérée qui plonge dans ma poitrine. J'en ai le souffle coupé.

C'est un garçon.

Au fond à droite, presque en dehors du cadre. Son visage offre un profil parfait, un profil de médaille. Il doit avoir dans les sept ou huit ans. Quelqu'un – un homme probablement – le tient par la main. Le garçon le regarde, mais l'homme n'apparaît pas sur la photo.

D'un doigt hésitant, je caresse l'image à travers la paroi. C'est impossible, bien sûr. Un désespéré voit ce qu'il a envie de voir, et pour être honnête, aucun habitant du désert affamé et assoiffé qui aperçoit un mirage à l'horizon n'a connu un désespoir comme le mien. Matthew avait à peine trois ans au moment de son assassinat. Personne, pas même un parent aimant, ne pourrait prédire à quoi il ressemblerait cinq ans après. Il y a une ressemblance, c'est certain. Mais c'est tout.

Un sanglot me déchire la poitrine. Je me mords le poing. Et lorsque enfin je recouvre l'usage de la parole, je dis simplement :

— C'est Matthew.

2

Rachel tient toujours la photo contre le Plexiglas.

— Tu sais bien que ce n'est pas possible, dit-elle.

Je ne réponds pas.

— On dirait Matthew, continue-t-elle d'une voix blanche. J'avoue qu'il lui ressemble. Beaucoup. Mais Matthew n'était qu'un bambin quand…

Elle se tait, se reprend, recommence :

— Et même la tache de vin sur sa joue est plus petite que celle de Matthew.

— Ça, c'est normal.

Le terme médical pour l'énorme tache de naissance sur la joue droite de mon fils était « hémangiome congénital ». Le garçon sur la photo en a une aussi, plus petite, moins colorée, mais exactement au même endroit.

— D'après les médecins, elle devait régresser, dis-je. Et même finir par disparaître complètement.

Rachel secoue la tête.

— David, nous savons tous les deux que tout cela n'est pas vrai.

Je garde le silence.

— C'est juste une étrange coïncidence. Une forte ressemblance, plus l'envie de voir ce que nous voulons… ce que nous avons besoin de voir. N'oublie pas les analyses et l'ADN…

— Arrête, lui dis-je.

— Quoi ?

— Tu ne me l'as pas montrée juste à cause d'une ressemblance.

Rachel ferme les yeux.

— Je suis allée voir un technicien, un type que je connais et qui bosse pour la police de Boston. Je lui ai donné une vieille photo de Matthew.

— Laquelle ?

— Celle où il porte le sweat-shirt d'Amherst.

Je hoche la tête. Cheryl et moi l'avions acheté pour lui à une réunion d'anciens élèves. Nous avons utilisé cette photo pour notre carte de Noël.

— Voilà. Ce gars-là a un logiciel de vieillissement. La toute dernière version. Les flics s'en servent pour retrouver les personnes disparues. Je lui ai demandé de vieillir l'enfant sur la photo de cinq ans et…

— Ça a matché.

— Plus ou moins. Ce n'est pas concluant. Tu le comprends bien, n'est-ce pas ? Même mon pote l'a dit… et il ne savait pas pourquoi je lui demandais ça. Juste pour que tu saches. Je n'en ai parlé à personne.

Voilà qui mc surprend.

— Tu n'as pas montré cette photo à Cheryl ?

— Non.

— Pourquoi ?

Rachel se tortille sur le tabouret inconfortable.

— C'est insensé, David.

— Quoi ?

— Toute cette histoire. Ça ne peut pas être Matthew. Toi et moi, on se laisse déborder par nos émotions et on n'y voit plus clair.

— Rachel, dis-je.

Nos regards se croisent.

— Pourquoi n'as-tu pas montré ça à ta sœur ?

Elle fait tourner les bagues autour de ses doigts. Son regard erre à travers la pièce avant de revenir se poser sur moi.

— Il faut que tu comprennes. Cheryl essaie de tourner la page. De repartir de zéro.

Je sens mon cœur qui s'emballe.

— Si je lui en parle, c'est comme si sa vie volait à nouveau en éclats. Ce genre de faux espoir, ça va la terrasser.

— Mais moi, tu m'en parles.

— Parce que tu n'as rien à perdre, David. Ta vie volera en éclats, et alors ? Tu n'as pas de vie. Ça fait longtemps que tu as renoncé à vivre.

Ses paroles peuvent paraître dures, mais il n'y a ni colère ni menace dans sa voix. Elle a raison, bien sûr. Si nous nous trompons à propos de cette photo – et il y a de fortes chances que ce soit le cas –, ça ne changera rien pour moi. Je continuerai de moisir entre ces murs sans rien faire pour freiner le processus.

— Elle s'est remariée, ajoute Rachel.

— Oui, tu me l'as déjà dit.

— Et elle est enceinte.

Un coup droit au menton suivi d'un crochet puissant. Je vacille pendant que l'arbitre compte jusqu'à huit.

— Je ne voulais pas t'en parler…

— C'est bon.
— … et si on décide de suivre cette piste…
— Je comprends, dis-je.
— Tant mieux parce que je ne sais pas quoi faire. Cette photo n'est pas une preuve qui puisse convaincre quelqu'un de rationnel. Sauf si tu veux que je tente quelque chose. Je pourrais la montrer à un avocat ou à la police.
— On te rira au nez.
— C'est sûr. Alors à la presse, peut-être ?
— Non.
— Ou bien… Cheryl. Avec ton accord. On aura peut-être l'autorisation d'exhumer le corps. Une nouvelle autopsie ou un autre test ADN nous donneront tort ou raison. Tu auras droit à un nouveau procès et…
— Non.
— Mais pourquoi ?
— Pas encore, dis-je. Il ne faut pas l'ébruiter.
Rachel a l'air déconcertée.
— Je ne comprends pas.
— Tu es journaliste.
— Et alors ?
— Tu sais comment ça se passe.
Je me penche en avant.
— Cette histoire risque de faire beaucoup de bruit. Les médias ne nous lâcheront plus.
— Nous, ou plutôt toi ? réplique-t-elle sèchement.
Elle a tort. Elle ne va pas tarder à s'en rendre compte. Au tout début de l'affaire, les médias avaient fait preuve d'empathie et de compassion. Ils ont choisi l'angle du drame humain et ont distillé la peur d'un assassin toujours dans la nature : méfiance, cher public. Les réseaux

sociaux se sont montrés beaucoup moins charitables. « C'est un membre de la famille », disait l'un des premiers tweets. « À tous les coups, c'est ce bon à rien de père », renchérissait un autre, qui a récolté plein de *likes*. « Sûrement jaloux de la réussite de sa femme. » Et ainsi de suite.

Seulement, faute de coupable, l'impatience et la frustration ont pris de l'ampleur. Les experts se demandaient comment j'avais fait pour dormir pendant le carnage. Et les fuites se sont transformées en torrent : l'arme du crime, une batte de base-ball que j'avais achetée quatre ans plus tôt, a été déterrée près de la maison. Un témoin, notre voisine Mrs Winslow, a affirmé m'avoir vu l'enterrer la nuit du meurtre. La police scientifique a confirmé que seules mes empreintes digitales se trouvaient sur la batte.

Les médias se sont emparés de cette nouvelle approche, surtout parce qu'elle ravivait l'intérêt du public. Un psychiatre qui m'avait suivi par le passé a fait fuiter mes antécédents de terreurs nocturnes et de somnambulisme. Cheryl et moi avions de sérieux problèmes de couple. Peut-être même qu'elle avait un amant… Vous voyez le tableau. Les journaux réclamaient que je sois arrêté et jugé. Je bénéficiais d'un traitement de faveur, disait-on, parce que mon père était flic. Quoi d'autre ? Si je n'avais pas été un homme blanc, j'aurais déjà été sous les verrous. C'était du racisme, du favoritisme, une justice à deux vitesses.

Ce qui n'était pas entièrement faux.

— Tu crois qu'une mauvaise presse me fait peur ? je lui demande.

— Non, répond Rachel doucement. Mais je ne vois pas en quoi la presse pourrait nous nuire aujourd'hui.

— L'information sera rendue publique.

— Oui… et ?

Son regard interroge le mien.

— Tout le monde va en entendre parler, dis-je. Y compris…

Je désigne la main d'adulte qui enveloppe celle de Matthew sur la photo.

— … ce type.

Silence.

J'attends sa réaction, mais comme elle ne vient pas, j'ajoute :

— Tu ne vois pas ? S'il l'apprend, s'il découvre qu'on le recherche, on ne sait pas comment il réagira. Il peut très bien se volatiliser. Se mettre au vert pour qu'on ne le trouve pas. Ou alors il ne voudra pas prendre de risques. Il se croyait à l'abri, mais une fois découvert, il pourrait vouloir liquider les preuves pour de bon.

— La police peut enquêter discrètement, dit Rachel.

— Certainement pas. Ça va fuiter. Et de toute façon, ils ne nous prendront pas au sérieux. Pas si on se fonde juste sur cette photo. Tu le sais bien.

Elle secoue la tête.

— Tu proposes quoi ?

— Tu es une grande journaliste d'investigation.

— Plus maintenant.

— Pourquoi ? Qu'est-ce qui s'est passé ?

Elle secoue la tête de nouveau.

— C'est une longue histoire.

— Il nous faut plus d'éléments.

— Nous ?

J'acquiesce.

— Il faut que je sorte d'ici.

— Qu'est-ce que tu racontes ?

Elle me regarde d'un air inquiet.

J'ai l'impression que ma voix a recouvré un peu de son timbre d'avant. Après le meurtre de Matthew, je me suis replié sur moi-même en attendant de mourir. Mon fils était mort. Rien d'autre n'avait d'importance.

Alors que maintenant…

Le signal retentit. Les matons pénètrent dans la salle. Boucly pose la main sur mon épaule.

— C'est l'heure.

Rachel glisse rapidement la photo dans l'enveloppe kraft. Je ressens un pincement au cœur, une envie folle de garder cette photo, la crainte que tout cela ne soit qu'une illusion. J'essaie de graver l'image de mon fils dans ma mémoire, mais ses traits s'estompent déjà, telle la vision ultime d'un rêve.

Rachel se lève.

— J'ai pris une chambre au motel d'à côté.

Je hoche la tête.

— Je reviendrai demain.

Je parviens à acquiescer de nouveau.

— Ça vaut ce que ça vaut, dit-elle, mais moi aussi je pense que c'est lui.

J'ouvre la bouche pour la remercier, mais les mots restent coincés dans ma gorge. Tant pis. Elle tourne les talons et s'en va. Boucly me presse l'épaule.

— De quoi vous avez parlé ?

— Dites au directeur que je veux le voir.

Il montre ses dents dans un sourire, des dents semblables à de petites pastilles à la menthe.

— Le directeur ne reçoit pas les détenus.

Je me lève, croise son regard. Et, pour la première fois depuis des années, je souris. D'un sourire authentique. Il fait un pas en arrière.

— Moi, il me recevra. Allez lui dire.

3

— Qu'est-ce que tu veux, David ?

Le directeur de la prison, un homme qui s'appelle Philip Mackenzie, n'a pas l'air enchanté de me voir. Son bureau est spartiate. Dans un coin, il y a un drapeau américain sur un mât devant le portrait du gouverneur actuel. La table est grise et fonctionnelle ; elle me rappelle celle de mes instits à l'école élémentaire. Une pendule porte-crayons en laiton trône sur la droite. Deux grands fichiers métalliques se dressent derrière lui comme des tours de guet.

— Alors ?

J'ai répété ce que j'allais dire, mais je ne colle pas au script. J'essaie de parler d'une voix posée, neutre, professionnelle presque. Le propos peut sembler fou… À moi de produire l'effet inverse. À sa décharge, il m'écoute, et il n'a même pas l'air sidéré. Lorsque j'ai fini de parler, il se cale dans son siège et regarde ailleurs. Il inspire profondément. Malgré ses soixante-dix ans et des poussières, c'est un colosse au torse massif ; sa tête chauve émerge de ses deux épaules en boules de bowling comme si elle avait décidé de se passer du cou. Ses grosses mains noueuses reposent sur la table, pareilles à deux béliers moyenâgeux.

Il me regarde de ses yeux bleu délavé surmontés de sourcils blancs broussailleux.

— Tu n'es pas sérieux, dit-il.

Je me redresse sur ma chaise.

— C'est Matthew.

Il balaie mes paroles d'un geste de sa main géante.

— Allons, allons, David. Qu'est-ce que tu manigances ?

Je me borne à le dévisager.

— Tu cherches une échappatoire. Comme n'importe quel détenu.

— Vous croyez que c'est une manœuvre pour me faire libérer ?

Je lutte pour éviter que ma voix se brise.

— Vous croyez que ça a une quelconque importance, que je sorte ou non de ce trou à rats ?

Philip Mackenzie soupire et secoue la tête.

— Philip, dis-je, mon fils est là-bas quelque part.

— Ton fils est mort.

— Non.

— Tu l'as tué.

— Non. Je peux vous montrer la photo.

— Celle que ta belle-sœur t'a apportée ?

— Oui.

— Mais bien sûr. Et je suis censé constater qu'un garçon à l'arrière-plan est ton fils Matthew, mort quand il avait trois ans ?

Je garde le silence.

— Bon, admettons. C'est impossible, tu le reconnais toi-même. Mais admettons que ce soit le portrait craché de Matthew. Tu dis que Rachel a eu recours au logiciel de vieillissement, c'est bien ça ?

— Oui.

— Alors comment sais-tu qu'elle n'a pas photoshopé son visage d'enfant de huit ans pour l'ajouter sur l'image ?

— Hein ?

— Tu n'imagines pas à quel point c'est facile de truquer une photo.

— Vous plaisantez, j'espère.

Je fronce les sourcils.

— Pourquoi aurait-elle fait ça ?

Le directeur marque une pause puis dit :

— Attends. Mais oui, bien sûr.

— Quoi ?

— Tu n'es pas au courant pour Rachel.

— De quoi parlez-vous ?

— De sa carrière de journaliste. C'est fini.

Je ne réagis pas.

— Tu ne savais pas, n'est-ce pas ?

— Ça n'a pas d'importance, dis-je.

Mais en fait, si. Je me penche en avant, les yeux rivés sur cet homme que je connais depuis mon enfance.

— Ça fait cinq ans que je suis ici, poursuis-je posément. Combien de fois ai-je sollicité votre aide ?

— Aucune, répond-il. Mais ça ne veut pas dire que je ne t'ai pas aidé. À ton avis, c'est une coïncidence que tu sois incarcéré dans *ma* prison ? Et que tu aies bénéficié de tout ce temps dans le secteur expérimental ? Ils voulaient te ramener en maison centrale, même après ton passage à tabac.

C'est arrivé trois semaines après mon incarcération. J'étais en maison centrale, pas ici à l'isolement. Quatre brutes m'ont coincé dans les douches. Le coup classique, quoi. Pas pour me violer, non. Ils avaient juste envie de se défouler sur quelqu'un pour ressentir une sorte d'exaltation primitive… Et quoi de mieux qu'un infanticide fraîchement condamné ? Ils m'ont cassé le nez. Fracassé une pommette. Ma mâchoire fêlée claquait comme une porte dégondée. Quatre côtes fracturées. Une commotion cérébrale. Une hémorragie interne. Aujourd'hui, mon œil droit voit flou.

Je suis resté deux mois à l'infirmerie.

En réaction, je sors ma carte maîtresse.

— Vous avez une dette envers moi, Philip.

— Non : envers ton père.

— C'est pareil.

— Tu crois qu'il a passé le relais à son fils ?

— À votre avis, il en penserait quoi, papa ?

Il semble peiné et soudain fatigué.

— Je n'ai pas tué Matthew, dis-je.

— Un détenu qui clame son innocence, rétorque-t-il, presque amusé, en secouant la tête. C'est bien la première fois.

Il se lève et va vers la fenêtre pour contempler la forêt au-delà du mur d'enceinte.

— Quand ton père a su pour Matthew… et pire, quand il a appris ton arrestation…

Sa voix se brise.

— Dis-moi, David, pourquoi n'as-tu pas plaidé l'accès de démence ?

— Vous croyez que ça m'intéressait de trouver un subterfuge juridique ?

— Ce n'est pas un subterfuge.

Il se retourne vers moi. Son ton se fait plus chaleureux.

— Tu as craqué. Tu n'étais pas dans ton état normal. Il y avait forcément une explication. Nous t'aurions tous soutenu.

Je commence à avoir mal au crâne. Encore une conséquence du passage à tabac, ou alors c'est dû à ses propos. Je ferme les yeux, j'inspire profondément.

— S'il vous plaît, écoutez-moi. Ce n'était pas Matthew. Et quoi qu'il soit arrivé, je n'y suis pour rien.

— C'était un coup monté, hein ?

— Je ne sais pas.

— Et c'était qui, le cadavre que tu as découvert ?

— Je ne sais pas.

— Comment expliques-tu tes empreintes sur l'arme du crime ?

— C'était ma batte. Elle était rangée dans le garage.

— Et la vieille dame qui t'a vu l'enterrer ?

— Je ne sais pas. Je sais seulement ce que j'ai vu sur la photo.

Il pousse un soupir.

— Ton histoire tient du délire. Tu t'en rends compte, non ?

Je me lève à mon tour. À ma surprise, il recule d'un pas comme s'il avait peur de moi.

Je chuchote :

— Il faut que je sorte d'ici. Pour quelques jours en tout cas.

— Tu as perdu la tête ?

— Donnez-moi un congé de deuil ou quelque chose de ce genre.

— Ça ne s'applique pas aux criminels de ta catégorie. Tu le sais bien.

— Alors trouvez le moyen de me faire évader.

Ça le fait rire.

— Mais oui, bien sûr. Et même si j'y arrive, admettons, tu n'iras pas loin. Tu as tué un enfant, David. Ils vont t'abattre sans sommation.

— Ce n'est pas votre problème.

— Tu parles !

— Mettez-vous à ma place. Imaginez que c'est Adam qu'on a assassiné. Que feriez-vous pour le retrouver ?

Il secoue la tête, se laisse retomber dans son fauteuil et se frotte vigoureusement le visage avec les deux mains. Puis il presse un bouton pour appeler un gardien.

— Au revoir, David.

— S'il vous plaît, Philip.

— Je regrette. Sincèrement.

Philip Mackenzie détourna le regard pour ne pas voir son surveillant pénitentiaire escorter David dans le couloir. Après le départ de son filleul, il resta assis seul derrière son bureau. L'atmosphère dans la pièce était chargée. Il avait espéré que ce rendez-vous – le premier que David sollicitait en presque cinq ans d'incarcération – était un bon signe. Peut-être que David acceptait finalement de se faire suivre par un professionnel de la santé mentale. Peut-être qu'il voulait explorer davantage les événements de cette nuit fatidique ou du moins essayer de se créer un semblant de vie, même après ce qui s'était passé.

Philip ouvrit le tiroir de son bureau et en sortit une photo de 1973 : deux hommes, ou plutôt deux blancs-becs en tenue militaire. Philip Mackenzie et Lenny Burroughs, le père de David. Tous deux avaient fréquenté le lycée de Revere avant de s'engager dans l'armée. Philip avait grandi au dernier étage d'une maison où logeaient trois familles, dans Centennial Avenue. Lenny habitait à côté, dans Dehon Street. Deux meilleurs amis. Deux camarades de régiment. Deux flics patrouillant sur la plage de Revere. Philip était le parrain de David ; Lenny, celui de son fils Adam. Adam et David étaient allés au lycée ensemble. Eux aussi étaient devenus les meilleurs amis. La boucle était bouclée.

Philip scruta la photo. Aujourd'hui, Lenny était sur son lit de mort. On ne pouvait rien pour lui. Ce n'était plus qu'une question de temps. Sur l'image, Lenny arborait son fameux sourire ravageur, mais son regard semblait transpercer Philip.

— Je ne peux rien faire, Lenny, dit-il tout haut.

Le Lenny sur la photo continuait à sourire sans le quitter des yeux.

Philip prit quelques grandes inspirations. Il se faisait tard. C'était bientôt l'heure de partir. De nouveau, il appuya sur le bouton de l'interphone.

— Oui, monsieur ? fit la secrétaire.

— Réservez-moi une place sur le premier vol pour Boston demain matin.

4

En prison, le silence n'existe pas.

Mon secteur « expérimental » est circulaire et se compose de dix-huit cellules individuelles. Les portes sont toujours équipées d'un vasistas à l'ancienne. Curieusement, les toilettes et le lavabo en inox – une sorte de deux-en-un – se trouvent juste à côté du vasistas. Nos cellules, contrairement à celles de la maison centrale, sont dotées de petites douches individuelles au fond. Si on s'y attarde trop longtemps, les gardiens ferment les vannes. Le lit est en béton coulé, avec un matelas si fin qu'il en est presque transparent. Avec des poignées sur les côtés pour fixer les entraves. Jusqu'ici, j'y ai échappé. Il y a aussi un bureau et un tabouret en béton coulé. J'ai un téléviseur et un poste de radio qui diffusent uniquement des programmes religieux ou éducatifs. La fenêtre en forme de meurtrière est inclinée vers le haut : tout ce que je vois, c'est un morceau de ciel.

Allongé sur ledit lit en béton, je contemple le plafond. Je connais ce plafond par cœur. Je ferme les yeux et j'essaie d'examiner les faits. Je passe en revue cette journée – cette *horrible* journée – à la recherche d'un signe qui m'aurait échappé. J'avais emmené Matthew sur l'aire de jeux près de la mare aux canards, puis au supermarché dans Oak Street. Avais-je repéré quelqu'un de suspect à ce moment-là ? La réponse est non, bien sûr, mais je fouille ma mémoire en quête de nouveaux indices. Rien ne vient. Normalement, je devrais me souvenir de cette journée dans les moindres détails, or c'est l'inverse qui se produit. Mes souvenirs sont de plus en plus flous.

Dans l'aire de jeux, je m'étais installé à côté d'une jeune mère avec une poussette high-tech. Elle avait une fille de l'âge de Matthew. M'avait-elle donné le prénom de l'enfant ? Probablement, mais je ne l'ai pas retenu. Elle portait une tenue de yoga. De quoi avons-nous parlé ? Je ne sais plus. Qu'est-ce que je cherche, là ? Je ne sais pas non plus. L'homme qui tient Matthew par la main sur la photo de Rachel nous a-t-il épiés sur cette aire de jeux ? Nous a-t-il suivis ?

Je n'en ai pas la moindre idée.

Je repense au reste. Retour à la maison. Je mets Matthew au lit. Me sers à boire. Zappe d'une chaîne à l'autre. Quand me suis-je endormi ? Je ne sais pas. C'est l'odeur du sang qui m'a réveillé. Je me revois sortant dans le couloir…

Les lumières s'allument bruyamment. Je me dresse sur mon lit, le visage en sueur. C'est le matin. Mon cœur bat la chamade. Je respire lentement pour essayer de me calmer.

Ce que j'ai vu dans ce pyjama Marvel, cette abominable masse ensanglantée et difforme… ce n'était pas Matthew.

Aussitôt, le doute s'insinue dans mon esprit. Comment est-ce possible ? Mais je ne cède pas au flottement. Si je me trompe, je finirai bien par le savoir, et ce sera retour à la case départ. Qui ne tente rien… Donc, pas de doute pour l'instant, juste des questions. La violence avait certainement pour but de masquer l'identité de la victime. Ça fait du bien de le considérer comme une victime, pas comme étant Matthew. C'était un garçon, bien sûr. Même taille, même carrure, même couleur de peau que mon fils. Il n'y a pas eu de test ADN. Pour quoi faire ? Personne n'a interrogé l'identité de la victime, n'est-ce pas ?

N'est-ce pas ?

Mes codétenus entament leurs rituels quotidiens. Bien que nous soyons seuls dans nos cellules de huit mètres carrés, nous pouvons voir la plupart des autres pensionnaires. C'est censé être plus « sain » que l'ancien système où il y avait trop d'isolement et aucune interaction. Personnellement, je le déplore : moins il y a d'interactions, mieux je me porte. Earl Clemmons, un violeur en série, commence sa journée en nous offrant un commentaire détaillé de sa remise en forme matinale. Avec des effets sonores comme la clameur d'une foule et une voix différente pour chaque commentateur sportif. Ricky Krause, un suprémaciste blanc qui a délibérément écrasé trois ados avec son pick-up, aime chanter les vieux classiques en les arrangeant à sa sauce fort peu ragoûtante. En ce moment même, il est en train de beugler :

— Maman est en haut, qui se bouffe les lolos.

Et plus on lui crie de se taire, plus il en rajoute.

Nous nous mettons dans la file d'attente pour le petit déjeuner. Autrefois, les repas étaient livrés en cellule. Dit comme ça, on a l'impression qu'on bénéficiait des services d'Uber Eats. Mais c'est fini. L'un des détenus a décidé que forcer quelqu'un à manger seul dans sa cellule était anticonstitutionnel. Il a porté plainte. Les prisonniers adorent les procédures. Dans ce cas précis, cependant, l'administration ne s'est pas fait prier. Servir les détenus en cellule était plus coûteux et demandait plus de personnel.

Il y a quatre tables dans la petite cafétéria, avec des tabourets métalliques, tous vissés au sol. En attendant que tout le monde soit assis, je traîne pour trouver une place à l'écart de mes camarades les plus expansifs. Non pas que les conversations manquent d'intérêt. L'autre jour, il y a eu un débat animé pour savoir qui avait violé la femme la plus âgée. Earl a « battu » ses concurrents en prétendant avoir sodomisé une femme de quatre-vingt-sept ans après être entré chez elle par l'escalier d'incendie. Certains se sont montrés sceptiques – ils le soupçonnaient de bluffer –, mais le lendemain, Earl est revenu avec des coupures de presse qu'il avait soigneusement conservées.

Ce matin j'ai de la chance. L'une des tables est entièrement libre. Après m'être servi en toasts, bacon et œufs en poudre – inutile de préciser à quel point la tambouille carcérale est immonde –, je m'installe sur un tabouret tout au bout et commence à manger. Pour la première fois, j'ai de l'appétit. Mes pensées ont cessé de me ramener à cette nuit-là, et même à la photo, pour se focaliser sur un projet totalement fou.

Je dois m'évader de Briggs.

Je suis ici depuis assez longtemps pour connaître la routine, les gardiens, la topographie, les horaires, le personnel et tout le tintouin. Conclusion : il n'y a pas moyen de s'évader. Il faut trouver autre chose.

Le bruit d'un plateau posé bruyamment sur la table me fait sursauter. Une main tendue surgit devant mon visage. Je lève la tête. On dit que les yeux sont le miroir de l'âme. Si c'est le cas, les yeux de cet homme-là affichent complet.

— David Burroughs, si je ne m'abuse ?

Son nom est Ross Sumner. Il a été transféré la semaine dernière dans l'attente d'un appel hypothétique qui n'aura jamais lieu. Ça m'étonne même qu'on l'ait laissé sortir de sa cellule. Son histoire a fait la une des médias, documentaires et podcasts consacrés aux grandes affaires criminelles. C'était un fils de bonne famille – ça se dit encore ? – qui a viré psychopathe. Beau gosse style Ralph Lauren, il a assassiné au moins dix-sept personnes – hommes, femmes et enfants de tous âges – et mangé leurs intestins. Juste les intestins. Des corps dépecés ont été découverts dans un congélateur haut de gamme au sous-sol de la propriété familiale. Les faits sont irréfutables. Son appel se fonde sur la conclusion du jury, qui l'a reconnu sain d'esprit.

Il attend toujours que je lui serre la main. Un sourire flotte sur ses lèvres. J'aimerais mieux embrasser un rongeur vivant sur la bouche que de serrer la main de ce type, mais en prison, on n'a pas toujours le choix. J'échange donc une poignée de main avec lui, la plus brève possible. Sa main est étonnamment petite et délicate. En la lâchant, je ne peux m'empêcher de penser à ce qu'elle a dû toucher. On raconte qu'il éviscérait ses victimes alors qu'elles étaient encore en vie et plongeait les mains dans leur abdomen – y compris *cette* main-ci – pour en retirer les intestins.

Parlons-en, de l'appétit.

Il sourit comme s'il lisait dans mes pensées. Il a une trentaine d'années, les traits fins et les cheveux noir de jais. Il s'assoit juste en face de moi. C'est bien ma chance.

— Je suis Ross Sumner.

— Oui, je sais.

— Ça ne vous ennuie pas, j'espère, que je me mette là.

Je ne réponds pas.

— C'est juste que les autres, je les trouve plutôt frustes.

Il secoue la tête.

— Peu raffinés, si vous préférez. Savez-vous que vous et moi sommes les seuls à avoir fait des études supérieures ?

Je hoche la tête, les yeux rivés sur mon assiette.

— Vous avez étudié à Amherst, n'est-ce pas ?

Il prononce « Amherst » correctement, sans aspirer le *h*.

— Un bel établissement, poursuit-il. J'aimais mieux quand les étudiants s'appelaient les Lord Jeff. Un nom qui en impose. Mais il y en a qui trouvaient ça politiquement incorrect. Détester un homme mort au XVIIIe siècle. Ridicule, non ?

Je joue avec mes œufs en poudre.

— Aujourd'hui, ils se font appeler les Mammouths d'Amherst. Mammouths, franchement. Mais vous savez, c'est drôle, pour ma part j'ai fréquenté Williams College. Les Ephs. Nous étions des rivaux. C'est amusant, hein ?

Il me gratifie d'un sourire espiègle.

— Hilarant, dis-je.

— Il paraît que vous avez eu de la visite hier, enchaîne-t-il sans transition.

Je me fige. Il s'en aperçoit.

— Oh, ne soyez pas aussi surpris, David.

Il sourit toujours. C'est un sourire chaleureux, charmeur, du genre qui ouvre des portes et vainc les inhibitions. C'est aussi probablement la dernière chose que ses victimes ont dû voir.

— C'est une petite prison. Les nouvelles vont vite.

En effet. On dit que la famille Sumner n'a pas hésité à se servir de sa fortune pour lui assurer un traitement de faveur. C'est un bruit qui court, mais j'y crois.

— Je me fais un point d'honneur de rester informé.

— Mmm, dis-je en scrutant mes œufs.

— Alors, comment ça s'est passé ? demande-t-il.

— Quoi ?

— La visite. C'était votre… belle-sœur, n'est-ce pas ?

Je me tais.

— Ça doit être quelque chose, non ? Votre première visite depuis tout ce temps. Vous aviez l'air songeur avant que j'arrive.

Je lève les yeux sur lui.

— Dites, Ross, je suis en train de manger là, OK ?

Il écarte les mains, faussement contrit.

— Oh, pardon, David. Je ne voulais pas être indiscret. J'aurais bien aimé qu'on soit amis. Je suis en manque aigu de stimulations intellectuelles. J'imagine que c'est pareil pour vous. On a tous deux fréquenté une université prestigieuse… Ça devrait créer un lien, non ? Mais je vois que je tombe au mauvais moment. Toutes mes excuses.

Je marmonne :

— C'est bon.

Je mords dans ma tartine. Sumner ne me quitte pas des yeux.

— Vous pensez à votre fils ? chuchote-t-il soudain.

Je frissonne.

— Quoi ?

— Quel effet ça fait, David ?

Son regard s'illumine.

— Je me place sur un plan purement théorique. Une discussion entre gens éduqués. Voyez-vous, je me targue d'étudier la condition humaine. J'ai envie de savoir. D'un point de vue analytique ou émotionnel, c'est à vous de choisir. Mais quand vous avez brandi cette batte de base-ball pour l'abattre sur la tête de votre propre enfant, dans quel état d'esprit étiez-vous ? Vous êtes-vous senti soulagé ? Comme si vous n'aviez pas le choix ? Ou avez-vous tenté de faire taire les voix dans votre tête ? À moins que ce ne soit une sorte d'euphorie…

— Allez vous faire foutre, Ross.

Il fronce les sourcils.

— Me faire foutre, sérieux ? C'est tout ce que vous avez trouvé ? Franchement, David, vous me décevez. Moi qui comptais sur une grande discussion philosophique. Nous savons des choses que d'autres ne savent pas. Je voudrais comprendre ce qui peut pousser un homme à commettre un acte aussi barbare. Tuer son propre fils. La chair de sa chair. Ça peut vous paraître hypocrite, venant de ma part…

Je rectifie :

— Délirant.

— … mais moi, je tue des inconnus. Les inconnus sont des figurants dans une vie. De simples accessoires de scène. Une toile de fond pour notre monde… le monde intérieur que nous créons. Réfléchissez un peu. Nous pleurons davantage la perte d'un animal de compagnie que des milliers de vies humaines emportées par un tsunami. Vous me suivez ?

Je ne vois aucune raison d'acquiescer. Ça ne ferait que l'encourager.

Il se penche vers moi.

— Je tue des étrangers. Des accessoires. Un décor de scène. Mais assassiner son propre enfant, sa chair et son sang…

Il secoue la tête comme si cela le dépassait. Je bous intérieurement mais n'en laisse rien paraître. À quoi bon ? Je n'ai pas besoin de m'attirer les faveurs de ce psychopathe. Je jette un coup d'œil à la recherche d'un autre siège, mais ce n'est pas tellement mieux ailleurs.

Ross Sumner déplie délicatement sa serviette en papier et la pose sur ses genoux. Il goûte l'œuf du bout de sa cuillère et grimace.

— Cette nourriture est infecte. Absolument aucun goût.

C'est plus fort que moi.

— Contrairement, disons, aux intestins humains ?

Il me dévisage fixement. Je soutiens son regard. On ne doit jamais montrer sa peur, ici. Jamais. C'est aussi ce qui explique ma repartie. On a beau se réfugier dans le silence, si on ne réagit pas face à l'innommable, ça finira par vous exploser à la figure.

Il m'observe encore une seconde ou deux, puis renverse la tête et éclate de rire. Tout le monde se tourne vers nous.

— Alors *ça* ! s'exclame-t-il après avoir repris son souffle, c'était vraiment drôle. Voilà ce que j'étais venu chercher, David. Ce genre de ping-pong verbal. De stimulation mentale. Merci. Merci, David.

Je ne réponds pas.

Il se lève, riant toujours :

— Je vais me chercher des toasts. Vous voulez quelque chose, tant que j'y suis ?

— J'ai terminé.

Je ferme les yeux et me frotte les tempes. La migraine me vrille le crâne. Les crises remontent à ce premier passage à tabac, séquelles de la commotion cérébrale et de la fracture de la boîte crânienne. Le médecin de la prison appelle ça « algie vasculaire de la face ». J'en suis encore à me masser les tempes sans me méfier quand un bras s'insinue autour de mon cou. Avant que j'aie le temps de réagir, il se referme brutalement et m'écrase la trachée. J'ai l'impression que ma gorge va ressortir à l'arrière de mon cou. Les yeux exorbités, j'agrippe son avant-bras, en vain.

Ross Sumner resserre son bras et tire d'un coup sec. Mes pieds se soulèvent, mes tibias se cognent à la table. La vaisselle oscille. Je bascule en arrière. Il lâche prise, et ma tête heurte le sol.

Je vois trente-six chandelles.

Je cille et, quand j'ouvre les yeux, il est là qui s'élance en l'air. Son sourire espiègle s'est mué en quelque chose de carrément dément. J'essaie de réagir. Je lève les mains pour le repousser, mais il est déjà trop tard. Il atterrit sur moi de tout son poids, enfonçant ses genoux dans ma cage thoracique.

Les chandelles sont de retour.

Je voudrais appeler à l'aide, mais il s'installe à califourchon sur moi. Je m'attends à recevoir une pluie de coups, au lieu de quoi il ouvre grand la bouche et s'incline vers ma poitrine.

Même à travers ma combinaison de prisonnier, la morsure m'entame la peau.

Je hurle. Il enfonce ses dents plus profondément dans la partie charnue juste sous le mamelon. La douleur est atroce. Les autres détenus forment un cercle autour de nous, bras dessus bras dessous… Un stratagème bien connu pour éloigner les gardiens. Mais quelque part au fond de moi, je sais que les matons n'interviendront pas. Du moins pas tout de suite. Pas tant que l'un de nous deux ne sera pas mis K-O. C'est plus sûr. Personne n'a envie de risquer sa peau.

Je suis livré à moi-même.

Je rassemble ce qui me reste de forces et lui boxe les oreilles. Il desserre les mâchoires. Je roule sur le côté pour essayer de me débarrasser de lui. Il saute sur mon dos et tente de nouveau une clé de cou en serrant de plus en plus fort.

Je n'arrive plus à respirer.

Je me débats, mais il s'accroche. Je sens la pression qui monte dans ma tête. Mes poumons sont sur le point d'imploser. Les chandelles tournoient devant mes yeux, mais surtout il fait noir. Je lutte pour aspirer une goulée d'air, une seule, mais rien ne vient.

Je ne peux pas respirer.

Mes yeux se ferment. J'entends une clameur indistincte : ce sont mes camarades de détention. Ross Sumner se penche vers moi.

— Cette oreille m'a l'air bien appétissante.

Il s'apprête à me la mordre. Je m'en moque. Il me faut de l'air. Juste une bouffée d'air. Je sens ses lèvres sur ma peau. Je me tortille comme un poisson au bout d'une ligne.

Mais où sont passés les matons ?

Il serait grand temps qu'ils interviennent. Un détenu mort, ça fait désordre. Puis je pense à la fortune de Ross Sumner, à sa famille qui arrose largement le personnel de la prison, et je prends conscience une fois de plus que personne ne volera à mon secours.

Si je m'évanouis – et je n'en suis pas loin –, je suis un homme mort.

Et si je meurs, qu'adviendra-t-il de Matthew ?

Au bord de la syncope, les yeux injectés de sang, je m'affaisse mollement sur le sol. Ce n'est pas facile. Cela va à l'encontre de tout instinct de survie. Mais ça marche. Je n'ai qu'une solution : allumer un contre-feu pour combattre l'incendie.

J'ouvre la bouche et mords le bras de Ross Sumner.

Fort.

Son cri de douleur est le meilleur son que j'aie entendu depuis longtemps.

Il desserre son coude autour de mon cou et tente de se dégager. J'aspire goulûment l'air par la bouche sans lâcher prise pour autant. Il crie encore. J'enfonce mes dents de plus belle. Il secoue le bras. Je m'accroche tel un bouledogue. Les poils de son bras m'effleurent le visage.

Je sens le goût de son sang, mais ça m'est égal.

Ross parvient à se relever. Moi, je suis à genoux. Il me balance un coup de poing. Je crois qu'il m'atteint au sommet du crâne, pourtant je ne ressens rien. Il essaie de se libérer, mais le public est de mon côté maintenant. Je lui enfonce mon coude dans l'aine. Il s'effondre comme une chaise pliante. Son bras est entraîné par sa chute, me laissant un bout de chair entre les dents.

Je le recrache.

Je bondis sur lui, l'enfourche et commence à le frapper.

Je lui aplatis le nez. Je sens littéralement le cartilage s'étaler sous les jointures de mes doigts. Je l'attrape par le col et lui assène un coup de poing en plein visage. Puis encore un. Et encore un autre. Sa tête se balance comme sur un ressort distendu. Pris de vertige, les yeux dilatés, je lève le poing une nouvelle fois, mais cette fois, quelqu'un me crochète le coude. On me saisit par-derrière.

Les matons me plaquent au sol. Je me laisse faire, l'œil rivé sur la masse sanguinolente qui gît devant moi.

Et, l'espace d'un instant, je me prends à sourire.

5

L'avion de Philip Mackenzie atterrit sans encombre à l'aéroport Logan de Boston. Il avait grandi tout près d'ici, dans la petite ville de Revere. À l'époque, pour se poser sur la principale piste d'atterrissage, les avions passaient pile au-dessus de sa maison. Il se souvient du bruit assourdissant. Cela n'empêchait pas ses deux frères aînés, dont il partageait la chambre, de dormir, mais lui, le petit Philip, se cramponnait à la barrière du lit du dessus : le lit tremblait tellement qu'il avait peur de tomber. Certaines nuits, les avions volaient si bas qu'ils semblaient vouloir arracher le toit vétuste de la maison.

Revere Beach avait été une banlieue ouvrière de Boston. Et elle l'était restée à bien des égards. Le père de Philip était peintre en bâtiment, sa mère, femme au foyer (aucune femme mariée ne travaillait en ce temps-là, les femmes célibataires étaient institutrices, secrétaires ou infirmières). Ils étaient six : trois garçons et trois filles. Une chambre pour les garçons, une autre pour les filles et une seule salle de bains pour tout le monde.

Le taxi déposa Philip devant une maison de Dehon Street qu'il connaissait bien, à deux pas de celle de son enfance. Façade de brique décatie, porte d'entrée à la peinture verte écaillée. Le béton du large perron, où Philip avait passé tant d'heures avec ses copains, notamment avec Lenny Burroughs, était fendu. La bâtisse se composait de quatre logements et, pendant trente ans, tous avaient été occupés par des membres de la famille Burroughs. Lenny habitait au rez-de-chaussée droite. Sa cousine Selma, une jeune veuve, logeait au-dessus avec sa fille Deborah. La tante Sadie et l'oncle Hymie avaient l'appartement du rez-de-chaussée gauche. D'autres parents – oncles, tantes, cousins et Dieu sait qui encore – se succédaient dans l'appartement du dessus. C'était comme ça dans le quartier. En l'espace de trois décennies, des familles d'immigrés – celle de Philip était irlandaise et celle de Lenny juive – avaient afflué d'Europe et d'ailleurs. Ceux qui étaient déjà sur place accueillaient les nouveaux venus. Les aidaient à trouver du travail. Certains de leurs proches campaient sur le canapé ou par terre durant des semaines, voire des mois. Il n'y avait aucune intimité, et ça ne posait pas de problème. Ces maisons-là étaient des entités vivantes, en perpétuel mouvement. Parents et amis circulaient sans discontinuer dans les couloirs et les escaliers comme un flux de sang dans les veines. Aucune porte n'était fermée à clé, non parce qu'il n'y avait pas de danger – il y en avait –, mais parce que les membres de la famille entraient sans frapper et qu'il était hors de question de les laisser sur le paillasson. La notion de vie privée leur était étrangère. Tout le monde se mêlait de tout. On fêtait ensemble les victoires, on se lamentait sur les défaites. On ne faisait qu'un.

On était une famille.

Ce monde-là avait disparu avec ce qu'on appelait le progrès. La plupart des Burroughs et des Mackenzie avaient déménagé. Aujourd'hui, ils habitaient des villas dans des banlieues plus huppées comme Brookline ou Newton, avec haies, clôtures, salles de bains en marbre et piscines, et où l'idée même de vivre au sein d'une tribu semblait cauchemardesque et incompréhensible. D'autres membres de la famille avaient opté pour une résidence sécurisée dans une région plus chaude, la Floride ou l'Arizona : ils affichaient une peau tannée par le soleil et des chaînes en or. Des immigrés plus récents – cambodgiens, vietnamiens ou autres – avaient pris possession des vieilles maisons. Eux aussi travaillaient dur et accueillaient tous les membres de leur famille élargie. Ainsi le cycle recommençait.

Philip paya le taxi et descendit sur le trottoir fissuré. L'odeur salée de l'océan tout proche flottait encore dans l'air. Revere Beach n'avait jamais été un endroit chic. Déjà dans sa jeunesse, le minigolf miteux, le grand huit rouillé et les stands qui bordaient la plage ne tenaient que par la peinture. Mais ça ne les dérangeait pas, ni lui, ni Lenny, ni leur bande de copains. Ils se retrouvaient derrière la pizzeria de Sal pour fumer, boire de la bière Old Milwaukee parce que c'était la moins chère, et jouer aux dés. Les autres gars de la bande – Carl, Ricky, Heshy, Mitch –, devenus médecins ou avocats, avaient tous déménagé. Seuls Philip et Lenny étaient restés, pour travailler dans la police municipale. Philip hésita à aller faire un tour dans Shirley Avenue pour revoir la maison où Ruth et lui avaient élevé leurs cinq enfants. De bons souvenirs mais, non, il ne voulait pas se laisser distraire.

Les souvenirs, ça fait toujours mal, n'est-ce pas ? Surtout les bons.

Les marches en béton étaient drôlement hautes. Gamin, ado, jeune homme, Philip les montait deux à deux en bondissant. Cette fois, ses genoux craquèrent et il grimaça. Un seul appartement sur les quatre était encore occupé par les Burroughs. Lenny, son plus vieil ami, son ancien coéquipier dans la police de Revere, était revenu dans l'appartement du rez-de-chaussée droite que sa famille occupait depuis soixante-dix ans. Il vivait là avec sa sœur Sophie. Elle n'avait jamais quitté ce logement, comme s'il fallait quelqu'un pour veiller sur le foyer familial.

Il songea au fils de Lenny qui purgeait une peine de perpétuité à Briggs. Cette histoire-là était un véritable crève-cœur. David n'allait pas bien. C'était évident. Philip était son parrain, même s'ils avaient réussi à ne pas l'ébruiter afin de faire transférer David à Briggs. David était enfant unique (Maddy, la femme de Lenny, avait un « souci » : à l'époque, on ne parlait pas de ces choses-là), mais Adam, le fils aîné de Philip, était son meilleur ami, presque un frère, un peu comme Philip avec Lenny. Adam aussi avait passé des heures ici. En ce temps-là, c'était un endroit étrange et merveilleux. Quand Philip était jeune – et même quand son fils était jeune –, c'était une maison chaleureuse et colorée. Les Burroughs vivaient à plein volume, comme une radio réglée au maximum. Chaque émotion était vécue intensément. Lorsqu'on se disputait – et on se disputait souvent ici –, on le faisait avec passion.

Tout avait changé à la mort de la mère de David.

À présent, la maison était silencieuse, sans vie, une apparition en train de dépérir. Philip resta immobile un instant à fixer la porte. Il allait frapper quand le battant d'un vert passé s'ouvrit. Il se figea. S'il s'était senti désorienté jusqu'ici, maintenant il était complètement perdu. Retrouver son ancien quartier avait provoqué une bouffée de nostalgie, mais revoir le visage de Sophie, toujours belle malgré les années, le ramena encore plus brutalement en arrière. Elle aussi frôlait les soixante-dix ans, mais Philip vit seulement l'ado essoufflée qui lui avait ouvert cette même porte le soir du bal de fin d'année. Ils étaient sortis ensemble il y avait une éternité. Ils étaient amoureux. Mais tellement jeunes. Que s'était-il passé ? L'armée, l'école de police, allez savoir. C'était il y a cinquante ans. Sophie avait épousé un gars de Lowell, un militaire nommé Frank. Il avait perdu la vie au cours d'un exercice à Ramstein, et elle s'était retrouvée veuve avant même son vingt-cinquième anniversaire. Après la mort de Maddy, elle s'était installée chez Lenny pour l'aider à élever David. Elle ne s'était jamais remariée. Malgré ses quarante ans de vie commune avec Ruth, Philip pensait quelquefois à Sophie, plus qu'il n'aurait voulu l'admettre. La croisée des chemins. Les « si seulement ». Le bonheur qu'il avait laissé filer.

Était-ce un crime ?

Il dévisagea Sophie, l'esprit égaré dans un univers parallèle où il ne l'aurait pas laissée partir.

Elle posa ses mains sur ses hanches.

— J'ai quelque chose de coincé entre les dents, Philip ?

Il secoua la tête.

— Alors pourquoi tu me regardes comme ça ?

— Je ne sais pas.

Et il ajouta :

— Tu as l'air en forme, Sophie.

Elle leva les yeux au ciel.

— Allez, entre, joli cœur. Ton charme me fait tourner la tête.

Philip obtempéra. Presque rien n'avait changé ici. Il sentit les fantômes se presser autour de lui.

— Il se repose, dit Sophie en le précédant dans le couloir. Il ne devrait pas tarder à se réveiller. Tu veux un café ?

— Volontiers.

La cuisine avait été rénovée. Sophie se servit d'une machine à dosettes comme on en voyait partout. Elle lui tendit la grosse tasse sans lui demander comment il voulait son café. Elle le savait.

— Alors, qu'est-ce qui t'amène, Philip ?

Il se força à sourire par-dessus sa tasse.

— Quoi, on ne peut plus rendre visite à un vieil ami et à sa ravissante sœur ?

— Je plaisantais quand je disais que je ne pouvais pas résister à ton charme.

— Je m'en suis douté.

Il reposa sa tasse.

— Il faut que je lui parle, Sophie.

— C'est au sujet de David ?

— Oui.

— Il est malade, tu sais. Je veux dire Lenny.

— Je sais.

— Presque entièrement paralysé. Il ne peut plus parler. Je me demande même s'il me reconnaît.

— Je suis désolé, Sophie.

— Ça risque de le perturber ?

Philip hésita.

— Je n'en sais rien.

— Je ne vois pas trop l'intérêt.

— Peut-être qu'il n'y en a pas.

— Mais ça, c'est typique de vous deux, fit Sophie.

— C'est vrai.

Elle se tourna vers la fenêtre.

— Lenny n'aimerait pas qu'on le ménage. Alors vas-y. Tu connais le chemin.

Philip se leva. Il aurait voulu dire quelque chose, mais les mots ne vinrent pas. Elle ne le regarda pas sortir. Il tourna à droite dans le couloir et se dirigea vers la chambre du fond. L'horloge de parquet était toujours là. Maddy l'avait achetée dans une vente immobilière au siècle dernier. Ils l'avaient chargée dans le vieux pick-up de Philip. Elle pesait plus de cent kilos. Ils avaient mis un temps fou à la démonter. Il avait fallu envelopper le balancier, le ressort principal, les cordes, les chaînes, les poids, le carillon et tout un tas d'éléments dans du papier bulle et d'épaisses couvertures. Ils avaient scotché du carton par-dessus la porte vitrée, ce qui ne les avait pas empêchés de perdre un fragment de moulure en route. Mais Maddy adorait cette horloge, et Lenny aurait fait n'importe quoi pour sa femme. Quant à Philip, il avait tout à gagner dans cette amitié, même si personne ne songeait à tenir les comptes.

Avant d'entrer, il prit une grande inspiration et plaqua un sourire sur son visage. Pourvu que son regard ne trahisse pas le chagrin et le désarroi ! Dans la chambre, il contempla ce qui restait de son vieil ami. Il avait gardé l'image d'un Lenny athlétique, tout en muscles saillants tel un poids coq. Lenny avait surveillé sa santé et son alimentation avant tout le monde. Il faisait cent pompes chaque matin. Sans interruption. Ses avant-bras aux veines proéminentes ressemblaient à deux câbles métalliques. À présent, ils étaient livides et on aurait dit deux roseaux. Les yeux vitreux de Lenny avaient l'expression lointaine de quelqu'un qui en avait trop vu au Vietnam. Ses lèvres étaient blêmes. Sa peau ressemblait à du parchemin.

— Lenny.

Pas de réaction. Philip fit un pas vers le lit.

— Lenny, qu'est-ce qui arrive à nos Celtics, hein ? Tu as une idée ?

Toujours rien.

— Et les Pats ? Ils ont toujours été bons, on n'a pas à se plaindre, mais quand même.

Philip sourit, se rapprocha encore un peu.

— Tu te souviens de notre rencontre avec Yaz ? Un type génial. Mais tu l'avais dit toi-même : « Les joueurs autonomes, c'est la mort des équipes. »

Rien.

Derrière lui, il entendit la voix de Sophie :

— Assieds-toi à côté de lui et prends sa main. Des fois, on peut ressentir une pression.

Elle les laissa seuls. Philip s'assit au bord du lit. Il ne prit pas la main de Lenny. Ce n'était pas leur style. Plutôt celui d'Adam et de David. Philip n'avait jamais dit à Lenny qu'il l'aimait. Et vice versa. Ils n'avaient pas besoin de ça. Et contrairement à ce qu'avait dit David, Lenny ne considérait pas que Philip lui devait quelque chose. Ils n'étaient pas comme ça.

— Il faut que je te parle, Lenny.

Et il se jeta à l'eau. Il lui raconta la visite de David dans son bureau. Tous les détails dont il se souvenait. Lenny, bien sûr, ne réagit pas. Son regard restait vague. Peut-être que son visage s'était assombri, mais Philip l'attribua à sa propre imagination. C'était comme parler à un tabouret. Au bout d'un moment, presque à la fin de son récit, Philip mit doucement sa main par-dessus celle de son vieil ami. Qui ne ressemblait pas à une main non plus. C'était un objet inanimé, fragile comme un oisillon mort.

— Je ne sais pas quoi faire, dit Philip, à bout de souffle. C'est pour ça que je viens te voir. On les connaît tous les deux, les criminels qui clament leur innocence ou tentent de justifier ce qu'ils ont fait. Bon sang, on a passé notre vie à écouter ce psychocharabia. Mais là, il ne s'agit pas de ça. Je suis formel. Ton fils, il n'est pas comme ça. David y croit. Il se trompe, bien sûr. Si seulement c'était vrai – j'aurais tellement voulu que ce soit vrai –, mais non, Matthew est mort. David a agi dans une sorte d'état second. C'est ce que je pense. Toi et moi, on en a déjà parlé. Il ne se souvient de rien, et qui peut dire s'il est responsable ou coupable ? Plaider la démence, ça n'a jamais été notre truc, et nous savons tous les deux que David est un gentil garçon.

Il regarda Lenny. Toujours rien. Seule sa poitrine qui se soulevait montrait à Philip qu'il ne s'adressait pas à un cadavre.

— Alors voilà.

Philip se pencha plus près et, involontairement, baissa la voix.

— David voudrait que je l'aide à s'évader. C'est fou, non ? Tu es d'accord avec moi ? Je n'ai pas ce pouvoir-là. Et même si je l'avais, admettons, où irait-il ? Ils déclencheraient une chasse à l'homme à grande échelle. Il finirait par se faire descendre. Nous, on ne veut pas de ça. J'espère encore qu'il se fera aider… Peut-être un nouveau procès, qui sait. C'est sa meilleure chance, tu ne crois pas ?

Un tuyau de chauffage fit entendre des claquements sourds. Philip secoua la tête et sourit. Ce satané tuyau. Ces bruits remontaient à quoi, quarante… cinquante ans ? Trop d'air dans les canalisations, quelque chose comme ça. Ils descendaient à la cave pour régler le problème ; ça marchait pendant quelques semaines, puis – clang, clang – ça revenait.

— On est vieux, Lenny. Trop vieux pour ces conneries. Dans un an et quelques, je suis à la retraite. Je vais toucher une double pension. Je risque de tout perdre si je me plante. Tu comprends ? Je ne peux pas faire ça à Ruth. Elle a déjà repéré une résidence sécurisée en Caroline du Sud. Beau temps toute l'année. Mais tu sais bien que je veillerai toujours sur David. Quoi qu'il arrive. Comme je l'ai promis. C'est ton fils. Alors je voudrais savoir. Je garderai un œil sur lui…

Philip se tut. Il se sentit oppressé. C'était peut-être la dernière fois qu'il voyait Lenny. Cette pensée fut comme un coup de poing. Les larmes lui montèrent aux yeux. Il cilla pour les chasser, se détourna et posa la main sur l'épaule de son ami. Il n'y avait plus de chair, plus de muscles. On avait l'impression de toucher un os.

— Il faut que j'y aille, Lenny. Prends soin de toi, d'accord ? On se voit bientôt.

Sophie vint à sa rencontre.

— Ça va, Philip ?

Il hocha la tête, incapable de parler.

Leurs regards se croisèrent. C'était plus qu'il ne pouvait en supporter. Elle jeta un coup d'œil sur son frère alité et fit un signe à Philip. Lenny n'avait pas bougé. Son visage décharné ressemblait toujours à un masque mortuaire, les yeux dans le vague, la bouche entrouverte en un cri silencieux. Mais Philip vit ce que Sophie cherchait à lui montrer.

Une larme solitaire brillait sur la joue cireuse de Lenny.

Philip se tourna vers elle.

— Je dois partir.

Sophie l'escorta dans le couloir, passant devant la vieille horloge et le piano. Elle ouvrit la porte. Il sortit sur le perron. L'air frais lui fit du bien. Ébloui par le soleil, il mit sa main en visière et sourit faiblement.

— J'ai été content de te revoir, Sophie.

Elle lui rendit un sourire crispé.

— Quoi ? fit-il.

— D'après Lenny, tu étais l'homme le plus fort qu'il ait jamais connu.

— J'étais.

— Et maintenant ?

— Maintenant, je suis juste vieux.

Sophie secoua la tête.

— Tu n'es pas vieux, Philip. Tu as peur, c'est tout.

— Je ne sais pas s'il y a vraiment une différence.

Il descendit les marches en béton sans se retourner. Dans son dos, il sentait le regard de Sophie, un regard lourd et, pour la première fois peut-être, accusateur.

6

Je suis trop survolté pour dormir.

J'arpente ma cellule exiguë : deux pas, demi-tour, deux pas, demi-tour. L'adrénaline pulse dans mes veines. Après mon altercation avec Ross Sumner, je n'ai pas fermé l'œil de la nuit.

— Burroughs, visite.

C'est encore Boucly. Je suis surpris.

— J'ai toujours droit à des visites ?

— Jusqu'à nouvel ordre.

J'ai mal partout, mais c'est une bonne douleur. Après que les matons nous ont séparés, nous avons été conduits à l'infirmerie. J'ai pu y aller à pied. Ross a dû être transporté sur un brancard. L'infirmière a tamponné les morsures et les égratignures avec de l'eau oxygénée avant de me renvoyer dans ma cellule. Ross Sumner n'a pas eu cette chance. À ma connaissance, il est toujours à l'infirmerie. Je ne devrais pas m'en réjouir. Faut-il attribuer cette joie mauvaise à quelque instinct primaire alimenté par les dures conditions de détention ? En tout cas, je tire une grande satisfaction des souffrances endurées par Ross.

Boucly m'escorte au parloir sans dire un mot. Aujourd'hui, je me pavane plus que je ne marche.

— C'est la même personne ?

Je pose la question pour voir sa réaction.

Pas de réaction.

Je m'assois sur le même tabouret. Cette fois, Rachel ne cache pas son effroi.

— Mon Dieu, qu'est-ce qui t'est arrivé ?

Je souris.

— Si tu voyais l'autre type !

Elle scrute mon visage pendant un long moment. Hier, elle a essayé de se montrer plus discrète. Mais l'heure n'est plus aux faux-semblants. Elle pointe le menton vers moi.

— D'où ça vient, toutes ces cicatrices ?

— À ton avis ?

— Ton œil…

— Je n'y vois plus très clair. Mais ça va. On a d'autres chats à fouetter.

Elle continue à me dévisager.

— Allez, Rachel. Il faut que tu te concentres. Oublie mon visage, OK ?

Son regard glisse sur mes cicatrices quelques secondes encore. Je la laisse faire. Elle finit par demander :

— Alors, qu'est-ce qu'on fait ?

— Je dois sortir d'ici.

— Tu as un plan ?

Je secoue la tête.

— À titre d'exercice mental, pour ne pas perdre complètement la boule, j'ai imaginé toutes sortes de moyens d'évasion. Pas pour passer à l'acte. Juste comme ça.

— Et ?

— En faisant appel à mes facultés d'investigation, sans parler de mon esprit ingénieux, j'ai abouti à…

Je hausse les épaules.

— Rien. *Nada.* C'est impossible.

Rachel acquiesce :

— Personne ne s'est évadé de Briggs depuis vingt ans… et celui qui l'a fait a été arrêté au bout de trois jours.

— Je vois que tu y as réfléchi, toi aussi.

— Une vieille habitude. Alors, que décides-tu ?

— Laissons ça de côté. Je voudrais que tu fasses quelques recherches pour moi.

Lorsque Rachel sort son carnet à spirale format poche, je ne peux m'empêcher de sourire. Ces carnets, elle les a utilisés pendant des années, avant même d'entrer au *Globe* : il ne lui manquait plus qu'un chapeau feutre sur la tête avec la carte « PRESSE » fichée dans le galon.

— Vas-y, dit-elle.

— Tout d'abord, il faut qu'on sache qui était la vraie victime.

— Parce que nous savons maintenant que ce n'était pas Matthew.

— « Savons » est une formulation un peu optimiste, mais oui, c'est ça, l'idée.

— D'accord, je vais commencer par le National Center for Missing & Exploited Children.

— Mais ne t'arrête pas là. Explore tous les sites qui te viennent à l'esprit, les réseaux sociaux, les archives de presse, tout. Commençons par répertorier tous les enfants blancs de sexe masculin entre deux et, disons, quatre ans, portés disparus dans un laps de temps de deux mois par rapport à la date du meurtre. Tâche de limiter tes recherches à un rayon de trois cents kilomètres avant de les élargir progressivement. Un peu plus jeune, un peu plus âgé, plus éloigné... Bon, tu connais la musique.

Rachel noircit son carnet.

— Il me reste quelques sources que je n'ai peut-être pas grillées au FBI, dit-elle. Je pourrais leur demander.

— Des sources que tu n'as pas grillées ?

Elle balaie ma question d'un revers de la main.

— Quoi d'autre ? dit-elle.

— Hilde Winslow.

Nous nous taisons quelques instants.

— Eh bien ? demande Rachel finalement.

La gorge nouée, j'ai du mal à parler.

— David ? s'inquiète Rachel.

Je lui fais signe que ça va. Le temps de me ressaisir et de recouvrer ma voix, je lui réponds :

— Tu te souviens de son témoignage ?

— Bien sûr.

Hilde Winslow, une veuve âgée dotée d'une vision parfaite, a déclaré m'avoir vu enterrer quelque chose dans le bosquet entre nos deux maisons. La police a creusé à cet endroit et exhumé l'arme du crime couverte de mes empreintes digitales.

Les yeux rivés sur moi, Rachel attend.

— Je n'ai jamais réussi à me l'expliquer, dis-je en m'efforçant de garder un certain recul, comme s'il s'agissait d'un autre que moi. Au début, j'ai cru qu'elle m'avait confondu avec quelqu'un. Il était 4 heures du matin. Il faisait noir. J'étais assez loin de sa fenêtre de cuisine.

— C'est ce que Florio a souligné dans son contre-interrogatoire.

Tom Florio, mon avocat.

— Oui, mais ça n'a pas changé grand-chose.

— Mrs Winslow a été un témoin clé, reconnaît Rachel.

Je hoche la tête. L'émotion monte, menaçant de me submerger.

— C'était une charmante vieille dame avec un esprit acéré. Elle n'avait aucune raison de mentir. Son témoignage m'a porté le coup de grâce. C'est à ce moment-là que mon entourage le plus proche a commencé à douter.

Je lève les yeux.

— Y compris toi, Rachel.

— Y compris toi, David.

Elle soutient mon regard. C'est moi qui me détourne le premier.

— Il faut qu'on la retrouve.

— Pourquoi ? Si elle s'est trompée…

— Elle ne s'est pas trompée, dis-je.

— Je ne vois pas…

— Hilde Winslow a menti. C'est la seule explication. Elle a menti à la barre, et il faut qu'on sache pourquoi.

Rachel se tait. Une jeune femme, pratiquement une ado, passe derrière elle et s'installe sur le tabouret d'à côté. Un détenu que je ne reconnais pas, un type immense couvert de tatouages réalisés à l'arrache, vient s'asseoir en face d'elle. Sans préambule, il se met à l'insulter dans une langue que je n'arrive pas à identifier en gesticulant comme un fou. La fille baisse la tête en silence.

— Bon, dit Rachel. Autre chose ?

— Prépare-toi.

— Ce qui veut dire ?

— Si tu dois mettre de l'ordre dans tes affaires, fais-le maintenant. Retire un max de cash au distributeur. Pareil à la banque. Mais ne dépasse pas les dix mille dollars par jour pour ne pas alerter les services administratifs. Commence dès aujourd'hui. Il nous faut le plus d'argent liquide possible, juste au cas où.

— Au cas où quoi ?

— Où je trouve le moyen de sortir d'ici.

Je me penche en avant. Je sais que j'ai les yeux injectés de sang et, à en juger par l'expression de Rachel, je dois avoir l'air… bizarre. À faire peur même.

Je chuchote :

— Écoute, normalement je devrais te faire un laïus comme quoi si j'arrive à m'évader… Attends, laisse-moi finir… Si j'arrive à m'évader, tu seras complice d'un criminel, ce qui est un délit en soi. Je devrais te dire que c'est mon combat, pas le tien, mais je ne peux pas faire ça. Mes chances sont nulles sans toi.

— C'est mon neveu, répond-elle en se redressant légèrement.

Elle n'a pas dit « c'était ». Elle parle au présent. Donc elle y croit. Mon Dieu, nous sommes deux à croire que Matthew est toujours vivant.

— Alors, quoi d'autre, David ?

Je triture pensivement ma lèvre inférieure, le regard dans le vide.

— David ?

— Matthew est là, quelque part. Il était là tout ce temps.

Mes paroles restent en suspens dans l'air confiné du parloir.

— Ces cinq dernières années, j'ai vécu l'enfer, mais je suis son père. Je peux le supporter.

Je plante mon regard dans celui de Rachel.

— Et mon fils, qu'a-t-il vécu pendant ce temps-là ?

— Je ne sais pas, dit-elle. Mais nous devons le retrouver.

Ted Weston aimait se faire appeler Boucly au boulot. Personne à la maison ne le surnommait ainsi. Seulement ici, à Briggs. Cela lui permettait de se distancier de la racaille avec laquelle il travaillait tous les jours. Il n'avait pas envie que ces gens-là connaissent ou utilisent son vrai nom. Quand Ted finissait sa journée, il prenait une douche dans les vestiaires des surveillants. Toujours. Il ne portait jamais son uniforme chez lui. Il faisait couler de l'eau très chaude et se frictionnait pour se débarrasser des effluves de la prison, de ces horribles individus et de leur souffle fétide qui aurait pu imprégner ses cheveux ou ses habits, de leur sueur et de leur ADN, de leur perversité qui, tel un parasite, s'attachait à toute forme de vie honnête pour la ronger insidieusement. Ted se frottait au savon industriel, avec une brosse dure, puis s'habillait en civil avant d'aller retrouver Edna et leurs deux filles, Jade et Izzy. Arrivé chez lui, il se douchait à nouveau et changeait encore de vêtements pour être certain de ne pas contaminer son foyer et sa famille.

Jade avait huit ans et Izzy, six. Izzy souffrait d'autisme ou d'un trouble du spectre autistique, terme à la noix inventé par les soi-disant spécialistes pour décrire la petite fille la plus adorable de la Création. Ted les aimait toutes les deux. Il les aimait si fort que parfois, rien qu'à les regarder, il avait l'impression que son cœur allait exploser à cause d'un trop-plein d'amour.

Mais en cet instant, à l'infirmerie de la prison, au chevet d'un détenu particulièrement répugnant nommé Ross Sumner, Ted s'en voulut ne serait-ce que de penser à ses filles, d'invoquer leur image innocente en présence d'un monstre tel que Sumner.

— Cinquante mille, dit Sumner.

Ross Sumner était alité. Tant mieux. David Burroughs lui avait mis la pâtée. Qui l'aurait cru ? Ni l'un ni l'autre n'étaient des « gros durs », comme les appelait Ted par opposition à ceux qui n'étaient que des « affreux ». Néanmoins, Sumner le beau gosse avait la figure en vrac. Nez écrasé, yeux tellement gonflés qu'il pouvait à peine les ouvrir. Il avait l'air de souffrir, et Ted s'en félicitait.

— Vous m'avez entendu, Theodore ?

Sumner, bien sûr, connaissait son véritable nom. Ted n'aimait pas ça.

— Je vous ai entendu.

— Et ?

— La réponse est non.

— Cinquante mille. Réfléchissez bien.

— Non.

Sumner tenta de se redresser.

— Cet homme a assassiné son propre enfant.

Ted Weston secoua la tête.

— C'est vous, le tueur. Pas moi.

— Le tueur ? Oh non, Ted, vous avez mal compris. Vous ne serez pas un tueur. Vous serez un héros.

Un ange vengeur. Avec cinquante mille dollars en poche.

— Pourquoi voulez-vous à tout prix qu'il meure ?

— Regardez mon visage. Regardez ce que Burroughs a fait à mon visage.

Mais Ted n'était pas dupe. Il y avait autre chose là-dessous.

— Cent mille, dit Sumner.

Ted déglutit. Cent mille dollars. Il pensa à Izzy et au prix que lui coûtaient tous ces spécialistes.

— Je ne peux pas.

— Mais bien sûr que si. Vous nous avez déjà tuyautés sur la visiteuse de Burroughs et sur la photo.

— C'était… ce n'était qu'un petit service.

— Alors considérez cela comme un autre genre de service. Plus grand peut-être, mais j'ai un plan. Un plan imbattable.

— C'est ça, persifla Ted. On ne me l'a encore jamais faite, celle-là.

— Et si je vous disais le fond de ma pensée ? En théorie seulement. Écoutez-moi. Juste pour le plaisir.

Ted ne protesta pas, ne lui dit pas de la fermer. Il ne s'éloigna pas, ne secoua même pas la tête. Il resta là sans bouger.

— Admettons qu'un surveillant pénitentiaire – quelqu'un comme vous, Ted – m'apporte une lame. Un surin, comme on dit en prison. Ce n'est pas ce qui manque ici, vous le savez bien. Admettons – c'est une pure hypothèse – que je serre le surin dans ma main pour y laisser mes empreintes. Alors que le surveillant pénitentiaire, lui, aura mis des gants. Comme ceux qu'on trouve dans cette infirmerie.

Ross sourit malgré la douleur.

— C'est moi qui porterai le chapeau. J'avouerai sans problème… Après tout, qu'est-ce que j'ai à perdre ? À la limite, ça aidera à me faire libérer.

Ted Weston fronça les sourcils.

— Comment ça ?

— Mon recours en appel se fonde sur ma santé mentale. Le meurtre de Burroughs me fera passer pour plus cinglé que je ne le suis déjà. Ne voyez-vous pas ? Ils auront l'arme du crime avec mes empreintes digitales. Ils auront mes aveux. Une vingtaine de témoins ont assisté à notre bagarre, une bagarre où on a failli laisser notre peau. Ça me fait un mobile supplémentaire.

Il mima un geste d'impuissance.

— Affaire classée.

Ted Weston ne put s'empêcher de trépigner. Cent mille dollars. Et en cash s'il vous plaît, sans impôts… Ça revenait presque à deux années de salaire. Edna et lui croulaient sous les factures. Une somme pareille, ce n'était pas une bouée de sauvetage, c'était tout un canot. Et il savait que Sumner tiendrait parole. Il avait déjà transféré deux mille dollars sur son compte et celui de Bob pour qu'ils regardent ailleurs à la cafétéria, et c'est ce qu'ils avaient fait jusqu'à ce que ça dégénère.

Regarder ailleurs pour deux mille dollars était une chose. Toucher cinq cents dollars par mois pour rapporter les faits et gestes de Burroughs, comme Ted le faisait depuis plusieurs années déjà, c'était cool aussi. Mais cent mille dollars… Nom de Dieu, ça dépassait l'entendement. Il lui suffisait de poignarder un salopard d'infanticide qui de toute façon méritait la chaise électrique. Et qui était un homme mort puisque Sumner l'avait décidé. Où était le mal ? Pourquoi en faire toute une histoire ?

Sumner avait raison. Personne ne s'en prendrait à Ted. Même si les choses tournaient mal. Il était aimé de ses collègues. Ils le soutiendraient.

Ce serait tellement facile.

— Theodore ?

Ted secoua la tête.

— Je ne peux pas.

— Si vous essayez de négocier la somme…

— Ce n'est pas ça. Je ne suis pas comme ça.

Sumner rit.

— Vous vous croyez au-dessus de la mêlée, hein ?

— Je veux être en règle avec ma famille. Et avec mon Dieu.

— Votre Dieu ?

Sumner rit de nouveau.

— Ces balivernes superstitieuses ? Votre Dieu qui laisse mourir de faim des milliers d'enfants tous les jours, mais qui me permet de vivre pour tuer et violer ? Ça vous arrive d'y penser, Theodore ? Votre Dieu m'a-t-il regardé torturer des gens ? Était-il trop faible pour m'arrêter… ou a-t-il choisi de les voir mourir dans d'atroces souffrances ?

Ted fixait le plancher. Son visage s'était empourpré.

— Vous n'avez pas le choix, Theodore.

Ted leva les yeux.

— Ça veut dire quoi ?

— Ça veut dire que j'ai besoin de vous. Vous avez déjà accepté de l'argent de notre part. Je peux en parler à vos employeurs… voire à la police locale, à la presse, à votre famille. Je n'ai pas envie de faire ça. Je vous aime bien. Vous êtes un chic type. Mais nous sommes au pied du mur. Vous ne semblez pas vous en rendre compte. Nous voulons la mort de Burroughs.

— Vous n'arrêtez pas de dire « nous ». C'est qui, « nous » ?

Sumner le regarda fixement.

— Vous n'avez pas besoin de le savoir. Il faut qu'il meure. Et il faut qu'il meure ce soir.

— Ce soir ?

Ted n'en croyait pas ses oreilles.

— Même si je…

— Je peux formuler d'autres menaces, si vous voulez. Je peux vous rappeler notre fortune. Les ressources dont nous disposons toujours à l'extérieur. Je peux vous rappeler que nous savons tout sur vous, l'endroit où votre famille…

Ted le saisit à la gorge. Sumner ne broncha pas, même quand les doigts de Ted se refermèrent autour de son cou. Cela ne dura pas, bien sûr. Ted le lâcha presque aussitôt.

— On peut vous pourrir la vie, Ted. Vous n'imaginez même pas à quel point.

Ted se sentait perdu, déboussolé.

— Mais passons sur les choses déplaisantes, n'est-ce pas ? Nous sommes amis. Les menaces en l'air, cela ne nous ressemble pas. Nous sommes du même côté. Les meilleures relations, ce n'est pas zéro partout, Theodore. Les meilleures relations, c'est gagnant-gagnant. J'ai l'impression de m'être mal conduit ici. Je vous prie d'accepter mes excuses. Plus un bonus de dix mille dollars.

Sumner s'humecta les lèvres.

— Cent dix mille dollars. Songez seulement à tout cet argent.

Ted se sentait mal. Des menaces en l'air. Un type comme Ross Sumner ne proférait pas de menaces en l'air.

Il l'avait dit lui-même, Ted n'avait pas le choix. Il avait atteint le point de non-retour.

— C'est quoi déjà, votre plan ? demanda-t-il.

7

De retour dans sa chambre, Rachel examina la photo du présumé Matthew et prit son téléphone. Elle hésitait. Devait-elle appeler sa sœur ? Prendre le risque de faire éclater cette bombe au-dessus de sa tête ?

Bizarrement, David n'avait pas cherché à revoir cette photo. Quand on la scrutait de près, il était évident que c'était Matthew. Mais quand on ne l'avait plus sous les yeux, il semblait vraiment absurde de croire que l'image d'un enfant à l'arrière-plan puisse être une preuve de vie.

Rachel était descendue au motel Briggs Motor Lodge du Maine, célèbre pour ses murs en papier à cigarette. À cet instant même, elle entendait ses voisins profiter bruyamment de leur séjour comme si elle partageait leur lit. La femme n'arrêtait pas de brailler : « Oh, Kevin », « Vas-y, Kevin », « Oui, Kevin » et même – Rachel espérait de tout cœur que c'était bien là les affres de la passion et non une façon de faire la maligne – « Envoie-moi au ciel, Kevin ».

Petit intermède de l'après-midi, pensa-t-elle avec une pointe d'amertume. *Ça doit être sympa.*

Depuis combien de temps n'avait-elle pas vécu un après-midi comme celui-ci ?

Mais ce n'était pas le moment de penser à ça. Elle se remettait tout juste d'une attaque de panique causée par ses retrouvailles avec David et le fait d'avoir arrêté les anxiolytiques. Les médicaments n'avaient pas d'effet sur elle. Elle prenait du Xanax pour faire taire la douleur d'avoir causé la mort d'un être humain, mais le sentiment de culpabilité était toujours là.

Il fallait qu'elle se concentre si elle voulait être sûre de prendre la bonne décision.

Si les rôles avaient été inversés, elle aurait préféré que Cheryl la tienne au courant. Rachel jouait avec son téléphone portable. Le réseau n'était pas terrible ici, au fin fond du Maine. Tous les clients du motel étaient d'une façon ou d'une autre liés au pénitencier de Briggs : visiteurs, vendeurs, fournisseurs, livreurs et ainsi de suite.

Elle avait suffisamment de barres pour téléphoner. Son doigt resta suspendu au-dessus du bouton d'appel.

Ne fais pas ça.

Elle s'était promis de ne pas en parler à Cheryl – de la protéger – tant que rien n'était sûr. Le facteur émotionnel mis à part, elle n'était pas plus avancée. Elle avait une photo d'un garçon qui ressemblait à son défunt neveu. Point. Malgré l'enthousiasme de David, ils n'avaient rien, absolument rien.

Elle alluma le téléviseur. Le Briggs Motor Lodge se vantait d'avoir une « TV COULEUR » dans les chambres, chaque lettre étant d'une couleur différente : le C était orange, le O vert, le U bleu, etc. Ce qui aurait été vraiment original, c'est que le motel soit équipé de postes noir et blanc. Elle zappa d'une chaîne à l'autre. C'étaient essentiellement des talk-shows et des actualités locales. Les spots publicitaires – achetez de l'or, prenez une seconde hypothèque, consolidez votre dette, investissez dans la crypto-monnaie – ressemblaient tous à une version légale de la pyramide de Ponzi.

L'économie américaine repose plus sur l'escroquerie que nous n'aimons le croire.

Derrière le mur, les réjouissances atteignirent leur apogée quand Kevin annonça à plusieurs reprises qu'il était proche de la ligne d'arrivée. Quelques secondes plus tard, le gong symbolique retentit, et tout redevint calme. Rachel se retint d'applaudir. David l'avait interrogée sur sa carrière de journaliste, et elle avait éludé la question. Inutile de revenir sur l'histoire de son sabordage, les humiliations subies, le licenciement. C'était hors de propos. À vrai dire, seule une affaire comme celle-ci pourrait l'aider à remonter la pente. Mais de toute façon, elle serait venue. C'est ce qu'elle se disait, et c'était sans doute la vérité.

Son téléphone était sur le lit.

Oh, et puis zut.

Elle le prit et, avant de changer d'avis, lança l'appel et colla le portable à son oreille. Pas encore de sonnerie. Elle pouvait raccrocher. À la première sonnerie, Rachel ferma les yeux. À la deuxième, une voix saccadée répondit :

— Allô ?

C'était Ronald, le nouveau mari de Cheryl.

— Salut, Ronald, dit Rachel.

Et même si son nom devait s'afficher à l'écran, elle ajouta :

— C'est Rachel.

— Bonjour, Rachel. Comment vas-tu ?

— Bien.

Puis :

— Ce n'est pas le téléphone de Cheryl ?

— Si.

Ronald était toujours Ronald, jamais Ron ou Ronny, ce qui en disait long sur sa personnalité.

— Ta sœur sort juste de la douche, donc j'ai pris la liberté de répondre à sa place.

Silence.

— Si tu veux bien attendre, elle ne va pas tarder.

— J'attends.

Rachel l'entendit poser le téléphone. Malgré les vapeurs d'alcool qui tourbillonnaient encore sous sa boîte crânienne, elle se sentait en pleine possession de ses moyens. Il y eut un murmure de voix, puis Cheryl prit la communication.

— Salut, Rach, dit-elle d'une voix épuisée.

Des gens auraient pu penser que l'aversion de Rachel pour Ronald Dreason était injuste ou exagérée. Mais c'était la faute de Cheryl. Elle n'avait pas choisi le bon moment pour faire entrer un nouvel homme dans sa vie.

— Salut, réussit à articuler Rachel.

Elle pouvait presque voir la mine soucieuse de sa sœur.

— Ça va, toi ? dit Cheryl.

— Oui.

— Tu as bu ?

Silence.

— Qu'est-ce qui t'arrive ?

Rachel avait maintes et maintes fois répété son discours mais à présent les mots lui manquaient.

— Je voulais juste prendre de tes nouvelles. Comment tu te sens ?

— Très bien. Je n'ai plus de nausées matinales. On passe une écho jeudi.

— Super. Tu vas savoir le sexe ?

— Oui, mais ne t'inquiète pas : on ne va pas faire une annonce publique.

Ouf, pensa Rachel, et elle dit :

— Tout ça a l'air génial.

— Oui, Rach, super, génial, peu importe. Veux-tu arrêter de tourner autour du pot et me dire ce qui ne va pas ?

Rachel regarda la photo. Irene, Bugs Bunny et ce garçon de profil. Elle songea au visage couturé de David derrière le Plexiglas, à la façon dont il avait penché tendrement la tête en effleurant l'image, à l'expression déchirante dans ses yeux creux. Elle avait raison. David n'avait rien. Cheryl avait une vie. Elle avait souffert immensément, perdu son enfant, puis découvert que son mari en était la cause. Il serait injuste de bouleverser son équilibre fragile pour une simple supposition.

— Hé ho ! fit Cheryl. Y a quelqu'un ?

Rachel était oppressée.

— Pas au téléphone.

— Quoi ?

— Il faut que je te voie. Le plus vite possible.

— Tu me fais peur, Rach.

— Ce n'était pas mon intention.

— Bon, eh bien, tu n'as qu'à passer.

— Je ne peux pas.

— Pourquoi ? s'enquit Cheryl.

— Je ne suis pas chez moi.

— Tu es où ?

— Dans le Maine. Comté de Briggs.

Le silence était assourdissant. Cramponnée à son téléphone, Rachel ferma les yeux et attendit. Lorsque Cheryl parla de nouveau, sa voix n'était qu'un murmure angoissé.

— Qu'est-ce que tu cherches à me faire ?

— Je rentre demain. On se retrouve chez moi. 20 heures. Et sans Ronald.

À Briggs, la frontière entre le jour et la nuit est mince.

L'« extinction des feux » est fixée à 22 heures, mais ça revient à baisser les lumières sans les éteindre complètement. Ce qui n'est peut-être pas plus mal. Bien sûr, nous avons chacun notre cellule ; personne n'irait rôder dans le couloir pour importuner les autres. J'ai une lampe dans la mienne qui me permet de lire jusque tard dans la nuit. On pourrait croire que je passe beaucoup de temps à lire et à écrire, sauf que mon œil a du mal à accommoder depuis l'agression, et au bout d'une heure, ça me file la migraine. C'est peut-être psychosomatique, allez savoir.

Ce soir, je m'allonge, les mains derrière la nuque, j'ouvre les vannes de mon esprit et, pour la première fois depuis que je suis ici, je laisse entrer Matthew. Je ne bloque pas les images, ne les filtre pas. Je les laisse affluer et me submerger. Je pense à mon père en train de mourir dans la chambre qu'il a partagée avec ma mère. Je pense à ma mère, morte quand j'avais huit ans, et je me rends compte que je ne m'en suis jamais vraiment remis. Je n'arrive plus à voir son visage ; ce sont les photos sur le piano qui me tiennent lieu de souvenirs. Je me représente ma tante Sophie, ma merveilleuse Sophie, cet ange terrestre qui m'a élevé après la mort de maman et que j'aime d'un amour inconditionnel, Sophie piégée dans cette maison et qui veillera sur mon père jusqu'à son dernier souffle.

Un bruit à la porte de ma cellule me fait tendre l'oreille.

Les bruits nocturnes ne sont pas rares ici, certains vous glacent le sang. Mes voisins ne sont pas de bons dormeurs. Beaucoup crient dans leur sommeil. D'autres restent à bavarder jusqu'à pas d'heure ; tels des vampires, ils vivent la nuit et dorment le jour. Et pourquoi pas ? Il n'y a ni jour ni nuit ici, finalement.

Et bien sûr, il y en a qui se masturbent ouvertement avec plus de morgue que de discrétion.

Mais le son qui m'a alerté est différent. Il ne provient ni d'une autre cellule ni de la guérite du gardien. Il vient de ma porte.

— Il y a quelqu'un ?

Un faisceau de lumière m'aveugle momentanément. Je n'aime pas ça. Je n'aime pas ça du tout. Une main devant les yeux, je plisse les paupières.

— Qui est-ce ?

— Reste tranquille, Burroughs.

— Boucly ?

— J'ai dit : reste tranquille.

Déconcerté, je ne bouge pas. Nous n'avons pas de cadenas traditionnels à Briggs. Les portes des cellules fonctionnent avec un verrou à ressort, dispositif de sécurité électromécanique qui les bloque automatiquement. Les clés ne servent qu'en cas de dépannage.

C'est ce que Boucly utilise maintenant.

C'est la première fois que je vois un maton se servir d'une clé.

Je demande :

— Qu'est-ce qui se passe ?

— Je t'emmène à l'infirmerie.

— Pas la peine, dis-je. Je vais bien.

— C'est pas toi qui décides, souffle-t-il.

— Qui alors ?

— Ross Sumner a porté plainte.

— Oui, et alors ?

— Le docteur doit faire un rapport sur les blessures.

— Maintenant ?

— Pourquoi, tu es occupé ?

Il persifle comme à son habitude, mais sa voix est crispée.

— Il est tard, dis-je.

— Tu rattraperas ton sommeil après. Magne-toi.

Je me lève, hésitant.

— Vous voulez bien éloigner la lumière de mes yeux ?

— Allez, bouge.

— Pourquoi vous chuchotez ?

— Sumner et toi avez fichu un sacré bordel ici. Je n'ai pas envie que ça recommence.

Il n'a pas tort, mais en même temps, ses paroles sonnent faux. D'un autre côté, ai-je vraiment le choix ? Je vais y aller. Je vais aller voir le docteur. Et j'en profiterai pour ricaner en passant devant le lit de Sumner.

Nous quittons notre aile et nous engageons dans le couloir. Les cris lointains provenant des autres secteurs ricochent sur les murs comme des balles en caoutchouc. L'éclairage est faible. Je porte des chaussures en toile sans lacets, tandis que ses godillots noirs claquent sur le sol. Il ralentit le pas. Je fais de même.

— Avance, Burroughs.

— Hein ?

— Avance, ne réfléchis pas.

Il reste à un demi-mètre derrière moi. Nous sommes seuls dans ce couloir. Je risque un coup d'œil par-dessus mon épaule. Son visage est livide. Ses yeux brillent. Ses lèvres tremblent. On dirait qu'il va fondre en larmes.

— Ça va, Boucly ?

Il ne répond pas. Nous franchissons un poste de contrôle désert. Bizarre. Il ouvre le portail avec une sorte de passe. Au croisement, il pose la main sur mon coude et me pilote vers la droite.

— L'infirmerie est de l'autre côté, dis-je.

— Il y a des formulaires à remplir, d'abord.

Nous longeons un autre couloir. Les bruits de la prison se sont tus. Dans le silence qui s'installe, j'entends sa respiration laborieuse. Je ne connais pas ce secteur. Je ne suis jamais venu ici. Il n'y a pas de cellules. Les portes sont toutes en verre dépoli, comme des parois de douche. Ou comme celle du bureau de Philip. J'imagine que nous sommes dans la partie administrative, où quelqu'un m'aidera à remplir les papiers nécessaires. Mais aucune lumière ne filtre à travers les vitres. Visiblement, nous sommes seuls.

Je remarque soudain autre chose que je n'avais pas vu.

Il porte des gants.

En latex noir. Les matons s'en servent rarement. Alors, pourquoi ce soir ? Je ne suis pas du genre à suivre aveuglément mon intuition. Elle ne vous mène pas forcément à bon port. Mais quand on additionne le tout – l'heure, le prétexte, les gants, l'itinéraire, l'attitude de Boucly –, il y a définitivement quelque chose qui ne tourne pas rond.

Quelques jours plus tôt, je ne m'en serais pas soucié. Mais tout a changé depuis.

— Tout droit, dit-il. Dernière porte à gauche.

Mon cœur cogne dans ma poitrine. Je regarde la dernière porte sur ma gauche. Là non plus, aucune lumière.

Ce n'est pas bon signe.

Je m'arrête net. Il reste derrière moi. J'entends un petit bruit et me retourne lentement. Il est en train de pleurer.

— Ça ne va pas ?

J'aperçois soudain un éclair d'acier.

Une lame se dirige droit sur mon ventre.

Pas le temps de réfléchir. Je m'incline d'un côté et abats mon avant-bras sur le couteau, qui passe à deux centimètres de mon flanc droit. Il le retire d'un geste brusque, m'entaillant le bras. Le sang gicle, mais je ne sens pas la douleur.

Je bondis en arrière.

Nous sommes face à face maintenant, à demi accroupis comme deux lutteurs.

Il tient le couteau devant lui comme dans un mauvais remake de *West Side Story*. La sueur coule sur son visage, se mêlant à ses larmes.

— Je suis désolé, Burroughs.

— Qu'est-ce qui vous prend ?

— Vraiment désolé.

Il referme sa main sur le couteau. Je me tiens l'avant-bras en essayant d'endiguer le sang qui ruisselle maintenant entre mes doigts.

— Vous n'êtes pas obligé de faire ça, dis-je.

Mais il n'écoute pas. Il se jette sur moi. Je saute en arrière. Un vrombissement sourd m'emplit les oreilles. Je ne sais pas quoi faire. Je ne connais rien aux armes blanches.

J'opte donc pour la solution la plus simple.

Je me mets à hurler :

— Au secours ! Quelqu'un, aidez-moi !

Je n'y compte pas vraiment, bien sûr. Nous sommes dans une prison. Ici, les gens crient des insanités vingt-quatre heures sur vingt-quatre. Mais mon cri soudain dans ce couloir immobilise le maton. J'en profite pour tourner les talons et repartir en courant dans l'autre sens. Il se lance à ma poursuite.

— À l'aide ! Il veut me tuer ! À l'aide !

Je ne me retourne pas pour voir s'il se rapproche. Trop risqué. Je continue à courir comme un dératé en m'époumonant. J'arrive au bout du couloir, au poste de contrôle que nous avons franchi plus tôt. Il n'y a personne.

Je secoue le portail. Rien. J'essaie de l'ouvrir.

Impossible. Il est verrouillé.

Et maintenant ?

— Au secours !

Je suis fait comme un rat. Je me tourne face à lui tout en appelant à l'aide. Il s'arrête. Je tente de décrypter son expression. Désarroi, angoisse, rage, peur… La peur surtout. Et le seul moyen de la vaincre, c'est de me réduire au silence.

Quel que soit son mobile ou le doute qui l'ait habité, ils ne pèsent rien comparé à son besoin de survivre, de sauver sa peau, de préserver ses intérêts avant tout.

Je suis coincé contre le portail sans aucune issue possible. Il s'apprête à bondir sur moi, quand une voix derrière moi demande :

— C'est quoi, ce bazar ?

Une bouffée de soulagement m'envahit. Mais au moment où je me retourne pour expliquer que Boucly essaie de me tuer, je reçois un grand coup sur la tête. Mes genoux fléchissent. L'obscurité se referme sur moi.

Puis c'est le néant.

8

Cheryl prit une tasse de café, le journal et s'installa dans le coin petit déjeuner face à son mari. Il était 6 heures du matin, et c'était devenu son rituel matinal préféré. Ronald et elle portaient des peignoirs assortis cent pour cent coton avec un gros col châle et des manches à revers ; Ronald les avait achetés lors d'un séjour dans un spa de luxe à Scottsdale.

La plupart des gens lisent maintenant la presse en ligne, mais Ronald tenait à se faire livrer le journal tous les jours, comme autrefois. Il commençait par la première page, tandis que Cheryl se plongeait dans l'actualité économique. Elle n'y connaissait pas grand-chose, mais c'était un peu comme lire un roman-feuilleton. Sauf qu'aujourd'hui, elle ne comprenait vraiment rien à ce qu'elle lisait. Les mots défilaient devant ses yeux, vides de sens. Ronald, qui aimait commenter tout haut le contenu de sa page – une manie qu'elle trouvait attendrissante et agaçante à la fois –, se taisait. Cheryl savait qu'il l'observait. Elle avait mal dormi après le coup de fil de sa sœur. Il voulait lui demander ce qui la tracassait, mais il ne le ferait pas. C'était une de ses grandes qualités, savoir poser les questions au bon moment.

— C'est à quelle heure, ton premier rendez-vous ?

— 9 heures.

Cheryl recevait des patients à son cabinet trois jours par semaine. Les deux autres jours étaient réservés à la chirurgie. Elle s'était spécialisée dans la greffe du rein et du foie, un domaine complexe mais gratifiant car il demandait un suivi, quelquefois sur une longue durée, ce qui lui permettait de voir le fruit de son travail. Le parcours avait été laborieux, mais après le drame qu'elle avait vécu, l'hôpital – son activité, sa vocation, ses patients – lui avait permis de ne pas sombrer.

Ça et Ronald, bien sûr.

Elle croisa le regard de son mari, lui sourit. L'inquiétude se lisait sur son beau visage. Elle secoua imperceptiblement la tête pour lui signifier de ne pas s'en faire. Tout allait bien.

Pourquoi Rachel s'était-elle rendue au pénitencier de Briggs ?

La réponse était évidente. Pour voir David. En un sens, pourquoi pas ? David et Rachel avaient toujours été proches. Il purgeait sa peine depuis presque cinq ans déjà. Peut-être qu'elle avait voulu lui apporter un peu de réconfort. Ou peut-être qu'après une année catastrophique sur les plans personnel et professionnel, c'était elle qui venait chercher du réconfort auprès d'un homme qui avait toujours cru en elle et en ses rêves.

Non.

Il devait y avoir autre chose. Tout comme Cheryl adorait son métier de chirurgienne, Rachel avait adoré son job de journaliste d'investigation. Elle avait tout perdu du jour au lendemain, que ce soit mérité ou non, et depuis elle n'était plus la même. Dans le temps, Rachel avait été quelqu'un de sûr. Aujourd'hui, Cheryl se posait des questions sur la santé mentale de sa sœur.

Mais pourquoi Briggs ?

Considérait-elle le cas de David comme une opportunité ? Il n'avait jamais parlé à la presse, jamais donné sa version des faits. Rachel, qui était restée journaliste dans l'âme, comptait peut-être lui extorquer un récit… Récit qui ferait les gros titres et contribuerait à son retour en grâce.

Mais irait-elle jusque-là ?

Jusqu'à remuer toute l'horreur, jusqu'à faire éclater les cicatrices (pour employer une métaphore chirurgicale) dans le seul but de réintégrer son poste ? Était-elle capable d'un calcul aussi sordide ?

— Comment tu te sens ? demanda Ronald.

— On ne peut mieux.

Il lui sourit.

— Serait-ce trop trivial ou romantique de dire à ma femme que la grossesse la rend particulièrement désirable ?

— Ni l'un ni l'autre. « Salace » me semble être un terme plus approprié.

— Salace, moi ? s'exclama Ronald en portant sa main à son cœur.

Cheryl secoua la tête.

— Tous les mêmes.

— Nous sommes tellement prévisibles.

Elle était enceinte. Un véritable miracle. Et tout avait été si facile cette fois-ci. Sentant le regard de Ronald sur elle, Cheryl se força à sourire. Ils avaient refait la cuisine l'année dernière, l'avaient agrandie, rajoutant un vestibule (pour les petits pieds qui aimeraient sûrement patauger dans la gadoue), des fenêtres du sol au plafond et une cuisinière Viking avec six brûleurs. Le tout conçu par Ronald. Il adorait cuisiner.

L'explication était peut-être plus simple que ça. Rachel aurait décidé qu'il était temps de renouer avec son ancien beau-frère. Cheryl pouvait la comprendre. Elle était bien restée aux côtés de David quand l'étau avait commencé à se resserrer autour de lui. L'idée même que David puisse faire du mal à Matthew était ridicule. À l'époque, elle aurait plus facilement cru à la culpabilité d'un groupe d'extraterrestres qu'à celle de son mari.

Cependant, à mesure que l'enquête progressait, le doute s'était emparé d'elle et ne l'avait plus lâchée. Entre eux deux, ça n'allait plus depuis des mois. Leur couple partait en roue libre. Cheryl se disait qu'ils allaient s'en sortir. Ils avaient connu des hauts et des bas depuis qu'ils étaient ensemble. Depuis le lycée. Ils s'en étaient toujours sortis.

Mais peut-être pas cette fois. C'était tout le problème de la confiance. David avait perdu confiance en elle, et rien n'avait plus été comme avant. Et lorsqu'elle avait perdu confiance en lui…

Malgré les soupçons, Cheryl s'était efforcée de préserver les apparences, mais David n'était pas dupe. Sa réaction avait été de la rejeter. La tension était devenue insoutenable. Au moment où la machine judiciaire s'était mise en marche, leur mariage était déjà mort.

Au final, David avait assassiné leur fils. Et elle en était en grande partie responsable.

Ronald aspira bruyamment une gorgée de café, ramenant Cheryl dans la cuisine baignée de soleil. Elle tressaillit et leva les yeux. Il posa sa tasse.

— J'ai une idée, déclara-t-il.

Elle plaqua un sourire factice sur son visage.

— Je l'ai bien comprise, ton idée…

— Si on allait dîner ce soir à l'Albert's Café ? Rien que nous deux ?

— Je ne peux pas.

— Ah bon ?

— Je ne te l'ai pas dit ? J'ai rendez-vous avec Rachel.

— Non, fit-il lentement. Tu ne me l'as pas dit.

— Ça n'a pas grande importance.

— Elle va bien ?

— Je crois, oui. Elle m'a juste demandé de passer chez elle. Ça fait un moment qu'on ne s'est pas vues.

— C'est vrai.

— J'ai donc pensé faire un saut chez elle après le boulot. J'espère que ça ne t'ennuie pas.

— Bien sûr que non, ça ne m'ennuie pas, répliqua Ronald d'un ton un peu trop appuyé.

Il reprit son journal, le déplia d'un coup sec, se replongea dans la lecture.

— Amusez-vous bien.

Cheryl sentit la moutarde lui monter au nez. Quelle mouche avait donc piqué Rachel ? Si sa sœur avait envie d'accorder son pardon à David, grand bien lui fasse. Mais pourquoi la mêler à sa démarche ? Surtout maintenant qu'elle avait refait sa vie et qu'elle attendait un enfant. Rachel pouvait imaginer le mal qu'elle risquait de lui causer. Pourquoi ferait-elle cela ?

C'était surtout cette question qui la hantait. Rachel était une sœur formidable. Elles avaient toujours pu compter l'une sur l'autre, et bien que de deux ans sa cadette, Rachel avait été la plus vigilante et la plus protectrice des deux. Elle savait ce qu'il en avait coûté à Cheryl, ne serait-ce que pour arriver à se lever chaque matin après la mort de Matthew. David… Eh bien, Cheryl l'avait évacué de sa vie, de ses pensées. C'était comme s'il n'avait jamais existé. Alors que Matthew…

Jamais elle n'oublierait son merveilleux petit garçon. On ne tourne pas cette page-là. On apprend à cohabiter avec la douleur. On ne la combat pas. On l'accueille et on la laisse vivre en soi.

L'oubli serait bien pire que la douleur.

Un petit gémissement s'échappa de ses lèvres. Cheryl se mordit le poing pour l'étouffer. Ce n'était pas la première fois. Le chagrin attaque rarement de front. Il préfère vous prendre par surprise, au moment où vous vous y attendez le moins. Ronald changea de position sans la regarder. Elle lui en sut gré. Ce don qu'il avait d'être présent sans s'imposer… Il ferait un excellent père, Cheryl en était certaine.

Pourquoi Rachel veut-elle me voir ?

Sa sœur n'était pas du genre à faire des histoires pour rien. Ce devait donc être important. Très important. Quelque chose concernant David peut-être.

Mais plus vraisemblablement, c'était au sujet de Matthew.

9

— *Bonjour, étoile brillaaante ! La Terre te salue...*

Je dois être mort. Mort et en enfer : dans le noir, j'entends Ross Sumner massacrer la bande-son de la comédie musicale *Hair* pour l'éternité. J'ai l'impression qu'on m'enfonce un pieu dans le front avec un maillet. Une lueur transperce l'obscurité. Je bats des paupières.

Ross Sumner :

— *Tu scintilles au-dessus de nous, nous scintillons ici-bas...*

— La ferme, lui dit quelqu'un.

Je reprends connaissance. Mes yeux s'ouvrent, et je contemple le néon au plafond. J'essaie de m'asseoir, mais je n'y arrive pas. Ce n'est ni la douleur ni l'épuisement. Mes poignets sont menottés aux montants du lit. Pareil pour mes chevilles. Dispositif de contention à quatre points... Classique.

Ross Sumner éclate d'un rire de dément.

— Oh, j'adore ça ! Ça me procure une de ces joies !

Ma vision est toujours brouillée. Je prends mon temps pour examiner mon environnement. Les murs sont d'un gris verdâtre. Il y a plein de lits, tous vides à part le mien et celui de Ross. Ross a toujours la figure en bouillie avec un sparadrap par-dessus son nez cassé. L'infirmerie. Je suis à l'infirmerie. C'est déjà ça. Je tourne la tête et aperçois non pas un, non pas deux, mais *trois* matons à côté de mon lit. Deux sont assis à mon chevet comme des proches venus en visite. Le troisième fait les cent pas derrière eux.

Tous les trois me fusillent du regard.

— Tu es dans la merde, vieux, dit Ross Sumner. Dans la merde jusqu'au cou.

J'ai l'impression d'avoir la bouche pleine de sable, mais je réussis à articuler d'une voix rauque :

— Dis donc, Ross…

— Oui, David.

— Joli nez, ducon.

Ne jamais montrer sa peur face à un détenu.

Je me retourne vers les gardiens. La même règle s'applique à eux. Je les regarde dans les yeux à tour de rôle. Ils ont l'air en colère, et apparemment, leur colère est dirigée contre moi.

Je me demande où est Boucly.

Une femme, le médecin sûrement, s'approche de mon lit.

— Comment vous sentez-vous ? demande-t-elle sans même faire semblant de s'intéresser à la réponse.

— Groggy.

— Ce n'est pas étonnant.

— Qu'est-ce qui m'est arrivé ?

Elle jette un œil sur mes gardiens courroucés.

— C'est ce qu'on cherche à comprendre.

— Vous ne pouvez pas me détacher, au moins ?

La femme désigne les gardiens toujours aussi courroucés.

— Ce n'est pas moi qui décide.

Je scrute leurs mines implacables et n'y vois aucune trace d'amour. La femme quitte la pièce. Ne sachant trop que faire, j'opte pour le silence. Il y a une vieille horloge au mur, cadran blanc et aiguilles noires. Elle me rappelle celle que je fixais en espérant que les aiguilles bougeraient un peu plus vite à l'école élémentaire de Revere.

Il est 8 heures passées. 8 heures du matin, j'imagine, mais comme il n'y a pas de fenêtres ici, je n'en suis pas certain. Ma tête me fait mal. Je repense aux événements de la nuit dernière, jusqu'au moment où j'ai entendu cette voix et cru être sauvé. Mais je me souviens surtout du visage de Boucly… de sa peur panique.

Qu'est-il donc arrivé ?

Le maton qui fait les cent pas est un grand maigre à la pomme d'Adam proéminente. Son prénom, c'est Hal, mais tout le monde l'appelle Falz car il n'arrête pas de remonter son pantalon. Comme l'a dit un détenu, « Hal n'a pas de fesses ». Falz se rue vers moi et se penche jusqu'à ce que nos nez se touchent. Je m'enfonce dans l'oreiller, mais rien à faire. Son haleine est fétide, comme si un petit rongeur lui avait grimpé dans la bouche avant d'y mourir et de se décomposer.

— Tu es un homme mort, Burroughs, me siffle-t-il au visage.

La puanteur me coupe le souffle. J'ai envie de répondre par une remarque sur son haleine, mais un reste de bon sens me retient. L'un des deux autres gardiens, un type nommé Carlos, dit :

— Hal.

Mais l'autre s'en fiche.

— Un homme mort, répète-t-il.

Quoi que je dise, ça va se retourner contre moi. Alors je me tais.

Falz se remet à faire les cent pas. Carlos et son collègue, un dénommé Lester, restent assis. Je pose ma tête sur l'oreiller et ferme les yeux.

Bien que je ne sois clairement pas armé, je suis attaché au lit, et ils sont trois pour me surveiller.

N'est-ce pas un peu exagéré ?

Que se passe-t-il, à la fin ? Et où est Boucly ?

L'aurais-je blessé ?

Je crois me souvenir de tout, mais compte tenu de mes antécédents, comment en être sûr ? Peut-être que j'ai disjoncté. Si le gardien qui m'a entendu hurler n'avait pas déverrouillé le portail à temps, j'aurais pu m'emparer du surin et…

Nom d'un chien.

Et tandis que toutes ces questions se bousculent dans ma tête, il y en a une qui balaie tout sur son passage : mon fils est-il toujours en vie ?

Allongé sur le dos, j'essaie de me libérer de mes entraves, sans résultat évidemment. Je me sens impuissant. Le temps passe. J'échafaude plan sur plan, mais ne trouve pas de solution.

Le téléphone mural sonne. Carlos se lève, décroche et, me tournant le dos, répond tout bas. Je n'entends pas ce qu'il dit. Il raccroche au bout de quelques secondes. Lester et Falz le regardent. Il hoche la tête.

— C'est l'heure.

Falz sort une petite clé. Il ouvre d'abord les menottes autour de mes chevilles, puis celles autour de mes poignets. Carlos et Lester restent plantés au-dessus de moi comme s'ils me soupçonnaient de vouloir prendre la fuite. Je me masse les poignets.

— Debout ! aboie Falz.

Étourdi, je me redresse lentement… trop lentement à son goût. Il m'attrape par les cheveux et me tire vers le haut. Le sang reflue de mon crâne vers mes pieds. La tête me tourne.

— J'ai dit : debout ! éructe Falz entre ses dents.

Il arrache mes couvertures. J'entends le rire de Sumner. Falz m'empoigne par les pieds et les bascule sur le côté. Le reste de mon corps suit. Je parviens à me lever. J'ai les jambes en coton. J'esquisse un pas et trébuche comme une marionnette avant de me stabiliser.

Ross Sumner n'en perd pas une miette.

— *Na na na, na na na*, chantonne-t-il.

Mon crâne me fait mal. Je demande :

— Où va-t-on ?

Carlos me pousse doucement dans le dos. Je vacille et manque de tomber.

— Allons-y, dit-il.

Falz et Lester me prennent chacun par un bras en appuyant bien fort sur le point de pression sous le coude. Ils m'escortent hors de l'infirmerie en me traînant à moitié.

— Où m'emmenez-vous ?

Pour seule réponse, j'entends Ross Sumner reprendre le premier couplet de sa chanson en agitant la main.

— ... *Au revoir !*

J'essaie de remettre de l'ordre dans mes idées, mais mon esprit est embrumé. Carlos ouvre la marche. Lester est à ma droite, Falz à ma gauche. Le regard de Falz me transperce, un véritable concentré de haine. Mon pouls s'accélère. Où allons-nous, bon Dieu ?

Petit rappel : la nuit dernière, un maton a tenté de me tuer.

Tout se résume à ça. Boucly m'a entraîné dans un couloir désert et a essayé de me poignarder. La plaie sur mon avant-bras est maintenant entourée d'un gros bandage, mais je la sens qui me lance.

Nous nous engageons tous les quatre dans un tunnel éclairé par des ampoules protégées par des cages métalliques. Marcher me fait du bien. Ma tête s'éclaircit. Pas complètement. Mais assez. Au bout du tunnel, il y a une volée de marches. Par une fenêtre, j'aperçois la lumière du jour. Il est donc bien 8 heures du matin. Sur un panneau, il est écrit « Administration ». Tout est calme, mais je sais que les bureaux n'ouvrent pas avant 9 heures.

Alors que faisons-nous ici ?

J'hésite à faire du bruit, histoire qu'on sache au moins où je suis. Mais comme je l'ai dit, il n'est que 8 heures. Il n'y a personne dans ce couloir.

Carlos s'arrête devant une porte et frappe. Une voix étouffée lui dit d'entrer. La porte s'ouvre. Je jette un œil à l'intéricur.

Boucly est là.

Mon estomac se noue. J'essaie de faire demi-tour, mais Falz et Lester me tiennent par les bras. Ils me poussent en avant.

— Fumier, va ! grogne Boucly.

Nos regards se croisent. Encore une fois, il cherche à jouer les gros durs, mais je vois bien qu'il est terrorisé et au bord des larmes. J'ouvre la bouche pour protester, pour lui demander pourquoi il a voulu me tuer, mais à quoi bon ? Je ne sais même pas ce qui se joue ici.

Soudain, j'entends une voix familière :

— C'est bon, Ted.

Une vague de soulagement m'envahit. Je tourne la tête. C'est mon parrain, Philip.

Je suis en sécurité. Enfin, je crois.

Je cherche son regard, mais le vieil homme ne semble pas se préoccuper de moi. Costume bleu et cravate rouge, il se détourne de la fenêtre et vient serrer la main de Ted, *alias* Boucly.

— Merci de votre coopération, Ted.

— Pas de souci, monsieur le directeur.

Les yeux de Philip glissent sur moi avant de s'arrêter sur mon escorte.

— Je me charge du prisonnier, dit-il. Vous pouvez retourner à vos occupations.

— Bien, monsieur le directeur, répond Carlos.

Je suis toujours vêtu de ma fine blouse d'hôpital ouverte à l'arrière. Une paire de chaussettes complète ma tenue. Je n'ai plus mes chaussures en toile. Je me sens vulnérable et presque nu, mais dans cet accoutrement, je ne dois pas leur paraître bien menaçant.

Boucly se dirige vers la porte. Au passage, il se fait un devoir de me foudroyer du regard, mais c'est du pur cinéma.

Cet homme-là est mort de trouille.

— Ted ? dit Philip.

Il se retourne.

— Le prisonnier reste avec moi jusqu'à la fin de la journée. Qui est de garde dans votre secteur ?

— Moi. Je quitte à 3 heures.

— Vous n'avez pas dormi de la nuit.

— Ça va aller.

— Vous en êtes sûr ? Vous pouvez rentrer chez vous, personne ne vous en voudra.

— Je préfère travailler, monsieur le directeur, si ça ne vous dérange pas.

— Très bien. Je doute qu'on en ait terminé avec lui avant la fin de votre service. Ce n'est pas plus mal. Prévenez votre remplaçant.

— Oui, monsieur le directeur.

Boucly quitte la pièce. Falz le salue d'une tape amicale dans le dos. Philip ne m'a toujours pas accordé un seul regard. Falz et Boucly s'éloignent dans le couloir. Lester suit. Carlos passe la tête par l'entrebâillement de la porte.

— Vous avez besoin de moi, monsieur le directeur ?

— Pas tout de suite, Carlos. Je vous contacterai s'il me faut une déposition.

Carlos me regarde.

— Ça marche.

— Carlos ?

— Oui ?

— S'il vous plaît, fermez la porte en sortant.

— Vous êtes sûr, monsieur le directeur ?

— Oui, j'en suis sûr.

Carlos hoche la tête et ferme la porte. Nous restons seuls, Philip et moi. Il me fait signe de m'asseoir.

— Ted Weston dit que tu as essayé de le tuer la nuit dernière.

Voilà qui est fort de café.

Il croise les bras et s'adosse au bord du bureau.

— Il affirme que tu as simulé un malaise pour qu'il t'accompagne à l'infirmerie. À cause de ton altercation avec le détenu nommé Ross Sumner, au cours de laquelle tu as été blessé, il t'a cru sur parole.

Il tourne la tête et désigne le couteau sur son bureau, scellé dans un sac en plastique transparent.

— Il prétend également qu'une fois seul avec lui, tu as sorti ceci et essayé de le poignarder. Vous vous êtes battus. Il t'a arraché la lame en t'entaillant le bras au passage. Tu t'es enfui alors dans le couloir. Un autre surveillant a entendu le remue-ménage et t'a neutralisé.

— C'est un mensonge, Philip.

Il ne dit rien.

— Quel serait mon mobile ?

— Je ne sais pas, moi. N'es-tu pas venu me voir hier pour la première fois et me supplier de te faire sortir ?

— Et ?

— Tu as pu perdre les pédales. Tu t'es bagarré avec un détenu célèbre…

— Ce psychopathe m'a sauté dessus.

— Ce qui t'a conduit à l'infirmerie. Ça faisait peut-être partie de ton plan d'évasion. Ou alors c'est Ross Sumner qui t'a fourni l'arme. Si ça se trouve, vous êtes de mèche tous les deux.

— Philip, Boucly ment.

— Boucly ?

— C'est comme ça qu'on l'appelle. Je n'ai rien fait. Il est venu me réveiller. Il m'a conduit dans ce couloir. Il a essayé de me tuer. Je me suis blessé en voulant me défendre.

— Mais oui, c'est ça… Et tu voudrais qu'on croie un assassin d'enfant condamné à perpétuité plutôt qu'un surveillant en poste depuis quinze ans avec un casier irréprochable ?

Je garde le silence.

— J'ai vu ton père hier.

— Quoi ?

— Et ta tante Sophie.

Il détourne le regard.

— Comment vont-ils ?

— Ton père ne peut plus parler. Il est mourant.

Je secoue la tête.

— Pourquoi êtes-vous allé le voir ?

Il ne répond pas.

— Et hier en particulier ? Pourquoi êtes-vous allé à Revere, Philip ?

Il se dirige vers la porte.

— Viens avec moi.

Je ne pose plus de questions. Je me lève et le suis. Nous longeons le couloir et descendons l'escalier. Nous marchons côte à côte. Raide comme la justice, Philip regarde droit devant lui. Sans tourner la tête, il lâche :

— Tu as eu de la chance que ce soit Carlos qui t'ait neutralisé.

— Pourquoi ?

— Parce qu'il m'a appelé tout de suite. Pour signaler l'incident. J'ai aussitôt mandaté trois gardiens, dont lui, pour te surveiller vingt-quatre heures sur vingt-quatre.

Je m'arrête et le prends par la manche.

— Pour que personne ne termine le boulot. Vous aviez peur qu'on me tue.

Il contemple fixement ma main sur sa manche. Je le lâche.

— Tu n'es toujours pas tiré d'affaire, dit-il. Même si je te place à l'isolement. Même si je t'obtiens un transfert immédiat. Un gardien de prison vindicatif veut ta mort, et tu as Ross Sumner sur le dos, avec toute sa fortune derrière… Rien de tout cela ne laisse présager une issue favorable.

— Alors je fais quoi ?

Pour toute réponse, il ouvre la porte d'à côté, celle de son bureau, là où je suis venu le voir hier. Quand j'aperçois dans la pièce son fils Adam vêtu de son uniforme de policier, je sens soudain mon cœur palpiter de joie. Mon meilleur ami hoche la tête en souriant comme pour me dire que je ne rêve pas, que c'est bien lui. Je nous revois dans un autre monde, à une autre époque… Dans le vestiaire du lycée avant l'entraînement de basket, ou en train de flirter avec les sœurs Hancock au café, ou encore perchés sur les gradins de Fenway Park à chambrer les joueurs de l'équipe adverse.

Adam fait un pas en avant, et je tombe dans ses bras. Je ferme les yeux très fort ; j'ai peur de fondre en larmes. Je sens mes jambes fléchir, mais il me retient. Depuis combien de temps n'ai-je pas reçu le moindre geste d'affection ? Presque cinq ans. Et la dernière personne à m'avoir étreint chaleureusement, avec tendresse ? Mon père, aujourd'hui sur son lit de mort, le jour où le jury m'a reconnu coupable. Mais même chez mon père, l'homme que j'aimais le plus au monde, j'avais senti une certaine hésitation. Comme s'il se demandait – ou peut-être est-ce une projection de ma part – si c'était son fils qu'il tenait dans ses bras ou bien un monstre.

Il n'y a pas l'ombre d'un doute dans l'étreinte d'Adam.

Il me lâche seulement quand je commence à me dégager. Je m'écarte, incapable de proférer un son. Philip a déjà refermé la porte. Il s'arrête à côté de son fils.

— Nous avons un plan, dit-il.

10

Je demande :

— Quel plan ?

Philip adresse un signe de tête à son fils. Adam sourit et commence à déboutonner sa chemise.

— Tu vas devenir moi, dit-il.

— Redis-moi ça ?

— J'aurais aimé avoir plus de temps pour peaufiner tout ça, déclare Philip, mais je te l'ai déjà expliqué : si tu restes ici, même sous ma protection, ça va mal finir. Il faut agir vite.

Adam retire sa chemise et me la tend.

— J'ai choisi la plus petite taille dans ma garde-robe, mais tu vas flotter dedans quand même.

Je récupère la chemise. Adam déboucle son ceinturon.

— Voici le plan dans les grandes lignes, poursuit Philip. Tu nous as piégés, David.

— Moi ?

— Tu es venu me voir hier pour la première fois – le rendez-vous est noté dans ton dossier – en disant que tu voulais te racheter. Tu m'as servi un couplet larmoyant comme quoi tu étais prêt à tout avouer pour réparer le mal que tu avais fait et que tu étais décidé à te faire aider.

J'enlève ma blouse d'hôpital et enfile la chemise blanche d'Adam par-dessus ma tête. Puis je me glisse dans son uniforme.

— Continuez.

— Tu m'as supplié de te ramener ton meilleur pote Adam. Il te fallait quelqu'un qui puisse t'entendre sans te juger. Par loyauté à l'égard de mon vieil ami, ton père, j'ai cédé. Ça m'a semblé logique. S'il y avait une personne capable de te tirer du gouffre et t'aider à passer aux aveux, c'était bien Adam.

Un grand sourire aux lèvres, Adam me tend son pantalon.

— J'ai donc organisé une longue visite aujourd'hui même, comme je l'ai dit aux surveillants tout à l'heure. Adam et toi alliez passer la journée ensemble.

Le pantalon est trop long. Je le retrousse en pinçant le surplus de tissu aux chevilles.

— Ce que j'ignorais, c'est que tu étais armé.

Je fronce les sourcils.

— Armé ?

— Oui. Tu nous as menacés avec ton pistolet. Tu as forcé Adam à se déshabiller, puis tu l'as ligoté et l'as enfermé dans le placard.

Adam sourit.

— Moi qui ai peur du noir.

Je souris à mon tour. Enfant, Adam avait une veilleuse Snoopy près de son lit. Ça m'empêchait de dormir quand il m'arrivait de passer la nuit chez lui. Je fixais Snoopy, incapable de fermer l'œil.

C'est drôle, les souvenirs qui reviennent soudain.

— Après quoi, reprend Philip, tu as revêtu l'uniforme d'Adam, y compris son trench et sa casquette. Toujours sous la menace de ton pistolet, tu m'as obligé à t'emmener dehors.

— Mais d'où il me vient, ce pistolet ?

Il hausse les épaules.

— C'est une prison. Beaucoup de choses y circulent sous le manteau.

— Pas les armes, Philip. Et je viens de passer la nuit à l'infirmerie, surveillé par trois gardiens. Personne ne va gober ça.

— Pas faux, acquiesce Philip. Attends une minute.

Il ouvre le tiroir de son bureau et en sort un Glock 19.

— Tu m'as pris le mien.

— Quoi ?

Philip écarte les pans de son veston pour me montrer un holster vide.

— Je l'avais sur moi. Nous étions perdus dans nos souvenirs. Tu t'es mis à pleurer. Bêtement, je me suis rapproché pour te consoler. Tu m'as pris de court et tu t'es emparé de mon pistolet.

— Il est chargé ?

— Non, mais…

Philip prend une boîte de munitions dans son tiroir.

— Maintenant il l'est.

Ce plan est complètement dément. Il est plein de trous. De gros trous. Mais je sens déjà la vague qui m'emporte vers le large. Trop tard pour tergiverser. C'est ma seule chance. Il faut que je sorte d'ici. Quitte à ce que Philip et Adam payent le prix de leur sacrifice.

Mon fils est vivant. Il est là-bas dehors, quelque part. Rien d'autre n'a d'importance.

— Bon, et ensuite ? dis-je.

Il ne reste à Adam que ses sous-vêtements. Je m'assieds, enfile ses chaussettes et m'attaque aux chaussures. Il me dépasse de cinq centimètres, et bien que dans le temps notre poids ait été identique, aujourd'hui il doit peser dix ou quinze kilos de plus que moi. Je resserre le ceinturon pour maintenir le pantalon en place. Le trench s'avère bien utile.

— J'ai dit à Adam de mettre sa casquette en arrivant.

Philip me lance la casquette.

— Ça va te couvrir les cheveux. Marche vite et garde la tête baissée. Nous n'avons qu'un seul poste de sécurité à franchir avant le parking. Une fois à ma voiture, tu vas m'ordonner – toujours sous la menace du pistolet – de rentrer chez moi. Hier j'ai fait la bêtise d'aller à la banque pour retirer cinq mille dollars en liquide. J'aurais pris plus, mais ça aurait semblé louche.

Adam me jette son portefeuille.

— J'ai mille dollars là-dedans. Et peut-être que j'oublierai de bloquer l'une de mes cartes. La Mastercard, par exemple. De toute façon, je ne m'en sers pas.

Je hoche la tête en luttant pour ne pas céder à l'émotion. Il faut que je me concentre. La Mastercard, pourrai je l'utiliser sans me faire repérer ?

Plus tard, me dis-je. *Tu verras ça plus tard. Concentre-toi.*

— Et à quel moment allons-nous descendre au parking ?

Philip consulte sa montre.

— Maintenant. On devrait arriver chez moi avant 9 heures. Tu me ligoteras et je m'échapperai, disons, vers 6 heures du soir. Ça devrait te laisser une marge confortable. Je serai en panique, d'autant plus que tu auras neutralisé mon fils pour l'abandonner dans ce placard. Je reviendrai en courant pour le libérer avant de donner l'alerte. Mettons vers 7 heures. Comme ça, tu auras dix bonnes heures d'avance sur nous.

Je serre les lacets des chaussures d'Adam pour ne pas les perdre. J'ai enfoncé sa casquette sur mes yeux. Il hésite à enfiler la blouse d'hôpital, mais ça ne lui servira pas à grand-chose.

— Rentre dans le placard, dit Philip à son fils.

Adam et moi nous étreignons longuement, de toutes nos forces.

— Retrouve-le, me murmure-t-il. Retrouve mon filleul.

Philip lui remet plusieurs barres chocolatées, ainsi que les liens que j'aurais pu utiliser pour l'attacher. J'ignore si c'est crédible ou pas, mais avec un peu de chance, il sera retrouvé ce soir seulement… et par son propre père. Philip ferme la porte du placard à clé. Il prend le Glock, appuie sur le bouton et éjecte le chargeur. Je sais que ce modèle-là peut contenir jusqu'à quinze coups, mais sans un chargeur automatique, l'opération est longue et fastidieuse. Philip glisse six ou sept balles dans le chargeur et, d'un coup sec, le remet en place. Il me tend le pistolet.

— Évite de t'en servir, me dit-il. Surtout contre moi.

Je parviens à sourire.

— Prêt ? demande-t-il.

Je sens l'adrénaline courir dans mes veines.

— Allons-y.

Philip est ce qu'on appelle une force de la nature. Sa démarche est assurée. Ses foulées sont longues. Il garde la tête haute. Je lui emboîte le pas, la visière de la casquette d'Adam enfoncée sur le nez, mais pas trop non plus pour ne pas éveiller les soupçons. Nous nous arrêtons devant un ascenseur.

— Appuie sur le bouton, me dit Philip.

Je m'exécute.

— Il y a une caméra dans la cabine. Agite un peu le flingue. Menace-moi. N'en fais pas trop, mais débrouille-toi pour qu'on voie le pistolet.

— OK.

— Quand je reviendrai, on va me poser des questions. Plus on aura l'impression que j'étais en danger de mort, mieux ce sera.

L'ascenseur bipe et les portes s'ouvrent. Il est vide.

— Compris, dis-je en pénétrant à l'intérieur.

Le pistolet est dans la poche du trench. Cela ressemble à une mascarade, comme si je le tenais en respect avec mon doigt. Je sors le Glock et le garde à la main, bien dans l'angle de la caméra. Je m'éclaircis la voix, marmonne quelque chose à propos de gestes inutiles. On se croirait dans une mauvaise série B. Philip ne réagit pas. Il ne lève pas les mains, ne s'affole pas, ce qui, je l'admets, ajoute à la crédibilité de ma « menace ».

Quand l'ascenseur s'arrête au rez-de-chaussée, je fourre le pistolet dans ma poche. Philip sort d'un pas rapide. Je me précipite pour le rattraper.

— Continue à marcher, m'enjoint-il tout bas. Ne ralentis pas, ne me regarde pas. Reste légèrement en arrière à ma droite. Je vais bloquer la ligne de mire de la sécurité.

Je hoche la tête. En apercevant le portique de sécurité, je me fige presque, mais très vite je me rends compte qu'il contrôle ceux qui entrent, pas ceux qui sortent. Et puis nous sommes dans le bâtiment administratif ; les détenus ne passent jamais par là. Il n'y a qu'un seul gardien. De loin, il a l'air jeune et il s'ennuie ferme. Il me fait penser à un surveillant de lycée qui aurait forcé sur la fumette.

Philip avance sans hésiter. J'essaie de ralentir ou de presser le pas pour rester à l'abri de ses larges épaules. En voyant le directeur foncer vers lui, le jeune gardien déplie ses jambes et se lève. Il nous regarde à tour de rôle.

Je n'arrive pas à lire son expression.

Nous sommes tout près de cette satanée porte.

Je me rends compte avec frayeur que j'ai toujours le pistolet à la main. Ma main est dans ma poche. Inconsciemment, je serre la crosse. Je pose un doigt sur la détente.

Serais-je vraiment capable de tirer sur ce gars-là pour m'échapper ?

Le visage impénétrable, Philip hoche la tête en passant. J'en fais autant… À ma place, Adam l'aurait salué aussi.

— Bonne journée, monsieur le directeur, dit le gardien.

— À vous aussi, fiston.

Nous sommes à deux pas de la sortie. Philip appuie fort sur la barre pour ouvrir les portes.

L'instant d'après, nous quittons le bâtiment et nous dirigeons vers sa voiture.

Ted Weston dit Boucly était assis dans la salle de repos, la tête dans les mains. Tout son corps était agité d'un tremblement irrépressible.

Mon Dieu, qu'avait-il fait ?

Il avait merdé. Merdé dans les grandes largeurs. Qu'est-ce qui lui avait pris, bon sang ? Lui qui avait toujours été droit dans ses bottes. « Une bonne journée de boulot et une bonne paie à la fin », disait son père. Ce dernier avait travaillé dans une grosse boucherie industrielle. Il se levait à 3 heures du matin, passait sa journée dans un local réfrigéré et se traînait jusque chez lui pour dîner et aller se coucher car le lendemain le réveil sonnait à 3 heures. Telle avait été sa vie jusqu'à ce qu'il s'effondre, terrassé par une crise cardiaque à l'âge de cinquante-neuf ans.

Ted avait néanmoins réussi à marcher plus ou moins droit. Il lui arrivait de magouiller, mais tout le monde magouille, non ? Sinon comment font les gens pour s'en sortir avec un salaire de misère ? Alors, si quelqu'un lui demandait de garder un œil sur un prisonnier, comme il l'avait fait avec Burroughs toutes ces années, ou si une famille voulait lui donner un pourboire – c'est comme ça que Ted voyait la chose – pour qu'il transmette à un proche telle ou telle babiole, pourquoi refuser, hein ? S'il disait non, un autre que lui dirait oui. C'était ça, la vie.

Sauf que Ted n'avait jamais employé la violence.

C'était un détail important. Il tournait le dos quand ces animaux se bagarraient entre eux. De toute façon, ils auraient trouvé le moyen de régler leurs comptes.

Une fois, il avait été pris au milieu d'une échauffourée, et un détenu qui ressemblait à une maladie vénérienne sur pattes l'avait profondément griffé avec son ongle. Son ongle ! La plaie s'était infectée. Ted avait dû se bourrer d'antibiotiques pendant presque deux mois.

Il avait eu tort de fricoter avec Ross Sumner.

Certes, cet argent, il ne l'avait pas rêvé. Ted n'avait pas tant besoin d'une « vie meilleure » – la sienne lui convenait parfaitement – que de sortir la tête hors de l'eau, noyé qu'il était sous des piles de factures. Oublier l'espace de quelques jours ses tracas financiers, peut-être inviter Edna dans un bon restaurant… Franchement, était-ce trop demander ?

Ted chercha des yeux un donut sur la table, mais il n'y en avait pas. Zut. Un abruti avait apporté des croissants à la place. Des croissants. Essayez donc de manger un croissant sans vous mettre des miettes partout. Mais bon, un croissant, c'est français. Ça fait élégant et classieux.

De qui se moque-t-on ?

Deux de ses collègues, Moronski et O'Reilly, enfournaient des croissants et postillonnaient comme des déchiqueteuses en discutant de la meilleure photo de seins sur Instagram. Moronski préférait le « décolleté plongeant », alors qu'O'Reilly s'extasiait devant le *side boob*, ou « vue latérale ».

Sûr, se disait Ted, *les croissants, ça apporte une touche de classe.*

— Eh, Ted, tu en penses quoi ? lança Moronski.

Ted les ignora. Il hésita à mordre dans un croissant et voulut même en attraper un, mais ses mains tremblaient trop.

— Ça va ? lui demanda O'Reilly.

— Mais oui.

— On a appris ce qui s'est passé. Jamais je n'aurais cru ça de Burroughs. Tu as fait quelque chose pour le contrarier ?

— Je ne crois pas.

— Je ne comprends pas trop pourquoi tu l'as emmené à l'infirmerie sans prévenir Kelsey.

— Je l'ai bipé, mentit Ted. Il n'a pas répondu.

— N'empêche. Pourquoi ne pas avoir attendu ?

— Burroughs m'avait l'air mal en point. Je n'avais pas envie qu'il nous claque entre les doigts.

— Fiche-lui la paix, O'Reilly, fit Moronski.

— Quoi ? J'ai juste posé une question.

Assez, pensa Ted. Que pouvait bien raconter Burroughs au directeur en ce moment même ? Probablement sa propre version des faits… Que c'était Ted qui était armé, pas lui. Oui, et après ? Qui croirait un assassin d'enfant ? O'Reilly avait beau être trop curieux, Ted savait que ses collègues gardiens le soutiendraient. Même Carlos, qui semblait passablement choqué par ce qu'il avait vu la veille, ne dérogerait pas à la règle. Ici, le mot d'ordre était « pas de vagues ». Personne ne prendrait le parti d'un détenu contre un maton.

Alors pourquoi se sentait-il aussi nerveux ?

Le mieux serait de tourner la page. De retourner au boulot comme si rien ne s'était passé.

Sauf que, mon Dieu, qu'avait-il failli faire ?

D'accord, Sumner l'avait mis au pied du mur, soumis à un chantage en bonne et due forme, mais s'il avait « réussi » ? Il aurait ôté la vie à un autre être humain. C'était ça qui ne passait pas. Lui, Ted Weston, avait tenté d'assassiner un homme. Et s'il s'agissait d'un acte manqué de sa part ? Si ce n'était pas tant Burroughs qui avait été prompt à se défendre, mais plutôt lui qui avait été incapable d'aller jusqu'au bout ? Il y pensait maintenant. Supposons qu'il ait touché Burroughs au cœur et vu la vie quitter son corps ?

Il était en panique. Mais s'il avait exécuté son plan, se serait-il senti mieux pour autant ?

Il empoigna un gobelet de café, le vida d'un trait et regarda l'horloge. Il était l'heure de reprendre son service.

Il était en train de monter l'escalier, toujours transi de peur, quand quelque chose derrière la fenêtre grillagée attira son regard. Il s'arrêta net, comme si une main géante l'avait saisi par l'épaule et tiré en arrière.

C'est quoi, ce... ?

La fenêtre donnait sur le parking réservé à la direction. Les surveillants comme lui se garaient plus loin et devaient prendre une navette pour rejoindre leurs bâtiments respectifs. Mais ce n'était pas ce qui l'avait alerté. Il plissa les yeux. Le directeur avait été clair : il allait passer des heures, sinon toute la journée, avec Burroughs.

Oui, bon, très bien.

Alors pourquoi le directeur montait-il dans sa voiture ?

Et qui était ce type avec lui ?

Il eut un pressentiment désagréable. Il n'aurait su dire pourquoi. En soi, ce n'était pas grand-chose. Il vit le directeur s'asseoir au volant. Le type qui l'accompagnait – avec un trench et une casquette – prit place à côté de lui.

Si le directeur était en train de partir, où était David Burroughs ? Ted avait sa radio sur lui. Il n'y avait pas eu d'appel pour venir escorter le prisonnier. Peut-être que le directeur l'avait placé à l'isolement ? Mais non, ils auraient été informés. Ou il l'avait laissé avec quelqu'un d'autre, un subalterne, pour poursuivre l'interrogatoire ?

Il y avait un loup quelque part. Il le sentait dans ses tripes. Il se passait quelque chose de grave.

Il se rua sur le téléphone mural, décrocha le combiné.

— Ici Weston, secteur quatre. Je crois qu'on a un problème.

11

Me voici dans la voiture de Philip. Je n'arrive pas à le croire.

Je regarde à travers le pare-brise. Il fait gris, et la pluie ne va pas tarder… C'est mon visage qui me le dit. J'ai entendu parler d'arthritiques qui pouvaient prédire les orages d'après la douleur dans leurs articulations. Moi, bizarrement, je le ressens dans ma pommette et ma mâchoire, fracturées lors du passage à tabac. J'ignore s'il y a un orage qui s'annonce, mais j'ai mal comme si j'avais une dent de sagesse inflammée.

Philip démarre, recule et sort de sa place de parking. Je frissonne en voyant la bâtisse aux allures de forteresse. Je ne reviendrai pas, me dis-je. Quoi qu'il arrive. Jamais je ne remettrai les pieds ici.

Philip, concentré, fronce ses sourcils broussailleux. Ses mains noueuses agrippent le volant comme s'il voulait l'arracher.

— On va se demander comment j'ai fait pour m'emparer de votre arme, dis-je.

Il hausse les épaules.

— Vous prenez un gros risque.

— Ne t'inquiète pas pour ça.

— Vous faites ça à cause de ce qui s'est passé la nuit dernière ou parce que vous pensez comme moi que Matthew est vivant ?

Le vieil homme semble ruminer pendant quelques secondes.

— C'est important ?

— Pas forcément.

Philip s'engage dans le rond-point. Devant nous, j'aperçois le mirador et le portail que nous allons bientôt franchir. Plus qu'une centaine de mètres. Je me cale dans le siège en essayant de garder mon calme.

On n'en a plus pour longtemps.

Assis dans l'obscurité au fond du placard, Adam Mackenzie s'efforça de trouver une position confortable. Si tout se passait bien, il serait coincé là-dedans pendant les dix ou onze prochaines heures. Il s'adossa à la paroi du placard. Il avait laissé son téléphone dans la voiture de son père car jamais le « cinglé » David Burroughs ne lui aurait permis de le garder. N'empêche, dix ou onze heures à moisir dans ce placard sombre ? Il secoua la tête. Il aurait dû emporter une lampe de poche et de la lecture.

Adam ferma les yeux. Il était épuisé. Son père l'avait appelé après minuit pour l'informer de l'altercation entre David et les gardiens et de sa folle hypothèse selon laquelle Matthew était en vie. C'était absurde, bien sûr. David lui avait demandé d'être le parrain de son fils, tout comme le père d'Adam était le sien. Adam en était très fier. Il avait toujours été fier de sa relation avec David, un garçon comme les autres, mais qui avait ses démons. Quand les soupçons s'étaient portés sur lui, Adam évidemment avait refusé d'y croire, mais peu à peu le doute s'était insinué dans son esprit. David avait du tempérament. Il y avait eu cette bagarre quand ils étaient en terminale. Adam était le meilleur marqueur de leur équipe, mais ç'avait été David, le défenseur intrépide, qui avait été élu capitaine par leurs coéquipiers. Cette année-là, le lycée de Revere avait perdu contre Brookside, quand Adam, qui avait marqué 24 points, avait raté son double-pas quatre secondes avant la fin du match. Ce double-pas manqué le hantait encore aujourd'hui. Plus tard dans la soirée, lorsque des gars de Brookside s'étaient moqués de lui et de son erreur, David avait pris les choses en main. Il avait administré une raclée à deux d'entre eux avec une rage telle qu'Adam avait dû s'interposer puis le pousser dans la voiture.

Mais surtout, il y avait le père de David, Lenny. Lenny et le propre père d'Adam… c'était quoi déjà, le proverbe ?

Les fautes des pères retomberont sur les fils.

Il aurait dû venir voir son ami d'enfance depuis toutes ces années. Au début, David refusait les visites, mais il aurait dû insister. Or il avait laissé tomber. Il n'en avait pas la force. L'homme incarcéré dans ce trou sordide n'était pas son meilleur ami. Le David qu'il avait connu autrefois n'était plus. Il avait été battu à mort en même temps que son fils.

Adam allait étendre ses jambes quand il entendit la porte du bureau s'ouvrir.

Une voix bourrue demanda :

— C'est quoi, ce bordel ?

Oh merde.

Il saisit les cordes et les enroula autour de ses chevilles. Il fourra le mouchoir dans sa bouche pour avoir l'air bâillonné. Le plan était simple. Si on le retrouvait avant le retour de son père, il devait faire comme s'il était sur le point de se libérer.

Une autre voix répondit :

— Je te l'ai dit. Il est parti.

La voix bourrue :

— Comment ça, parti ?

— Hein, quoi ?

— Où est le détenu ?

— Tu veux dire qu'il ne l'a pas ramené avant de partir ?

— Non.

— Tu en es sûr ?

— Je bosse dans ce secteur. Je pense que je l'aurais su, si le détenu qui a essayé de me buter était de retour en cellule.

Adam retenait son souffle.

— C'est peut-être quelqu'un d'autre qui a ramené Burroughs.

— Non, c'est mon boulot.

— Mais tu étais en pause, non ? Si ça se trouve, le directeur était à la bourre, alors il a appelé un autre gars.

— Peut-être.

La voix bourrue semblait dubitative.

— Je vais téléphoner pour vérifier. Je ne sais pas pourquoi tu flippes comme ça.

— Je viens de le voir avec quelqu'un. Le directeur, je veux dire. Sur le parking.

— Ça devait être son fils.

— Son fils ?

— Oui, il est flic.

— Il est venu avec son fils ?

— Ouais.

— Pourquoi ?

— Comment veux-tu que je sache ?

— Je ne comprends pas. Le directeur apprend qu'un de ses surveillants pénitentiaires a failli se faire tuer par un détenu… et il nous fait le coup de la journée parents-enfants ?

— Je ne sais pas. Peut-être.

— Tu crois pas qu'on devrait donner l'alerte ? demanda la voix bourrue.

— Pour quoi faire ? On ne sait même pas si Burroughs manque à l'appel. Contactons déjà ton secteur et l'isolement pour voir s'il y est.

— Et s'il n'y est pas ?

— Alors on donnera l'alerte.

Il y eut un blanc, puis la voix bourrue répondit :

— OK. Allons téléphoner.

— On peut appeler de mon portable. Il est juste à côté.

Adam entendit les deux hommes sortir. Il se leva. Les murs du placard semblaient se refermer sur lui. Il se sentait piégé, à la limite de la claustrophobie. Il appuya sur la porte. Elle était fermée à clé. Évidemment. Son père l'avait enfermé pour rendre leur mise en scène plus crédible.

Bon sang, que faire maintenant ?

Ils n'allaient pas tarder à s'apercevoir de l'absence de David. L'alarme allait retentir. Zut. Il poussa la porte à nouveau, plus fort. En vain.

Il n'avait pas le choix.

Il devait défoncer cette porte. Pas avec l'épaule… il ne ferait que se la démettre. Plaqué contre la paroi du fond, Adam leva le pied. Il vérifia d'abord l'orientation des gonds. Si la porte s'ouvrait vers l'intérieur, il avait peu de chances de réussir. Heureusement, ce n'était pas le cas. Un placard, en général, s'ouvre vers l'extérieur. Et on enfonce toujours le côté où se trouve le verrou. Se servant du fond du placard pour créer un effet de levier, Adam donna un grand coup de talon juste au-dessous du verrou. Il dut s'y reprendre à trois fois, mais la porte finit par céder. Clignant des yeux, il trébucha jusqu'au bureau de son père.

Il décrocha le combiné. Il lui fallut quelques secondes pour trouver le numéro de son père sur une liste plastifiée posée sur le bureau – comme la plupart des gens, il n'avait pas jugé utile de le retenir.

Adam composa le numéro et entendit la sonnerie.

Lorsque la voiture de Philip s'arrête en douceur derrière un camion blanc, un garde vient vers nous avec un appareil à la main.

— Garde ta visière baissée, me recommande Philip.

Le garde fait le tour de la voiture, les yeux rivés sur son appareil. Il marque une pause devant le coffre avant de reprendre son inspection.

Je demande :

— Qu'est-ce que c'est ?

— Un détecteur de battements de cœur. Il peut capter un cœur qui bat même à travers un mur.

— Donc si quelqu'un se cache à l'arrière ou dans le coffre…

— On le repère, acquiesce Philip.

— C'est pointu.

— Depuis que je suis à Briggs, il n'y a pas eu une seule évasion.

Je baisse le nez jusqu'à ce que le garde regagne sa guérite. Il hoche la tête à l'intention de Philip. Qui lui adresse un petit signe amical. J'attends que le portail électronique s'ouvre. J'ai l'impression qu'il met un temps fou, mais c'est sûrement à cause de mon angoisse. Je contemple le grillage haut de trois mètres et surmonté de rouleaux de fil barbelé. Dessous, l'herbe est étonnamment verte : on se croirait presque sur un terrain de golf. De l'autre côté du grillage, le paysage est plutôt boisé.

Ma respiration s'accélère, allez savoir pourquoi. J'ai la sensation d'hyperventiler, et c'est peut-être bien le cas.

Il faut que je sorte d'ici.

— Du calme, dit Philip.

Au même instant, son portable sonne. Il est fixé au tableau de bord, et le bruit soudain me vrille les oreilles. Je regarde l'écran qui affiche « numéro masqué ». L'air déconcerté, Philip décroche le téléphone de son support.

— Allô ?

Je crois reconnaître la voix d'Adam. Je ne distingue pas ses paroles, mais je le sens paniqué. Je ferme les yeux en m'exhortant au calme. Le portail coulisse en grinçant, comme s'il s'ouvrait à contrecœur. Le camion blanc est toujours devant nous.

— Zut, dit Philip dans le téléphone.

Je demande :

— Quoi ?

Il ignore ma question.

— Combien de temps avons-nous avant… ?

La sirène de la prison – alerte évasion – déchire le silence.

Le vacarme est assourdissant. Je regarde Philip. Il a reposé le téléphone sur le tableau de bord. Son visage s'est assombri. Le portail, qui s'est ouvert presque en entier, s'immobilise et repart en sens inverse. Le garde sur le mirador est au téléphone. Il lâche le combiné et se saisit d'un fusil.

— Philip ?

— Braque le pistolet sur moi, David.

Je ne cherche pas à en savoir plus. Philip écrase l'accélérateur, double le camion blanc par la droite et fonce vers le portail pour essayer de passer. Pas de chance, l'ouverture n'est plus assez large pour nous laisser le passage. Le pied au plancher, Philip engage l'avant de la voiture dans l'espace étroit. Les pneus crissent. Il continue d'accélérer. Le portail cède un peu, mais pas suffisamment.

Le garde armé sort en courant du mirador.

— Menace-moi avec le pistolet ! crie Philip.

Je fais de mon mieux.

Le garde s'arrête soudain et pointe son fusil sur la voiture.

Philip passe la marche arrière et recule. Les bords du portail raclent la carrosserie. Il remet la marche avant et tape de nouveau le portail. Qui bouge à peine. Deux autres gardes accourent, l'arme au poing. Je les vois se rapprocher. Le pistolet pèse lourd dans ma main.

Ils sont tout près maintenant. La sirène continue à mugir.

Je regarde le pistolet.

— Philip ?

— Accroche-toi.

La voiture bondit en avant. J'entends un bruit de tôle froissée. Les deux battants du portail s'écartent légèrement. Le capot est maintenant coincé entre les deux. Philip accélère par à-coups. Le moteur ronfle et vrombit.

Les gardes nous crient quelque chose, mais la sirène couvre leurs voix.

La voiture force le passage par l'ouverture. Nous y sommes presque, hélas les battants se referment sur nous, s'enfonçant dans la tôle. Ça me rappelle la scène du compacteur de déchets dans *Star Wars* et les vieilles séries télé où les héros sont piégés dans une pièce dont les murs se resserrent sur eux.

Le premier garde est juste derrière ma vitre. Il hurle… Je ne sais pas ce qu'il dit et je m'en moque. Nos regards se croisent. Il lève son fusil. Je n'ai plus le choix. Je n'y retournerai pas. Je n'abandonnerai pas. Mon arme est pointée sur Philip, mais je tourne le canon vers le garde.

Vise les jambes, me dis-je.

— Non ! crie Philip.

Le garde me tient en joue. C'est lui ou moi. Je n'ai vraiment pas le choix. Mais au moment où je m'apprête à tirer, la voiture fait un saut en avant, me projetant contre mon siège. Le portail nous retient encore une seconde, pas plus, puis nous libère dans un ultime grincement.

Les gardes se précipitent, Philip a le pied sur l'accélérateur. La voiture prend de la vitesse. Je me retourne. Les surveillants se sont arrêtés. Tout comme le pénitencier de Briggs, ils s'éloignent, de plus en plus petits, jusqu'à disparaître complètement.

Mais j'entends toujours la sirène.

12

Rachel aussi entendit la sirène.

Elle prenait son petit déjeuner à La Gare de Nesbitt, une brasserie nichée dans deux wagons de chemin de fer réaménagés à cet effet et dont la carte était, en nombre de mots, presque aussi longue qu'un roman. Le burger se déclinait en une quarantaine de versions : bœuf, bison, poulet, dinde, élan, champignon portobello, saumon sauvage, cabillaud, haricot noir, végétarien, à base de plantes, agneau, porc, olives, etc. Mais son préféré, c'était le « Ma femme ne veut rien », autrement dit un burger avec une portion de frites en plus et deux bâtonnets de mozzarella. Une pancarte à l'entrée disait : *Ouvert 24 heures, mais pas d'affilée*. Les horaires affichés allaient de 17 heures à 2 heures du matin du lundi au samedi. Sur un autre écriteau, on lisait : *Apportez votre propre bouteille, mais n'oubliez pas de partager avec le serveur.*

Le cheeseburger de la veille avait été délicieux, néanmoins le principal attrait de cet endroit était le wifi. Au motel, la connexion était si mauvaise que Rachel avait cru entendre le grésillement d'un modem quand elle avait tenté d'y accéder. Il n'y avait ni bar ni restaurant, juste un espace dans le hall avec petit déjeuner « continental » à volonté, se résumant à un petit pain rassis avec un carré de margarine à moitié fondu.

Sur l'horloge de la salle, tous les chiffres étaient des 5, avec l'inscription : *Pas d'alcool avant cinq heures*. Encore une heure à tuer avant le parloir… Cela lui laissait le temps de continuer ses recherches. Voilà pourquoi elle campait là depuis la veille, une tasse de café à la main, passant une commande de temps à autre pour ne pas s'attirer les foudres du personnel parce qu'elle monopolisait une table.

Elle avait passé la nuit sur son ordinateur portable à collecter toutes sortes d'informations. Jusqu'ici, elle n'avait pas réussi à trouver un petit garçon blanc âgé de deux à trois ans qui aurait disparu… et n'aurait pas réapparu depuis cinq ans. Pas un seul. Il y avait eu des morts dans cette tranche d'âge. Et puis aussi des enfants kidnappés, surtout lors d'un conflit autour de la garde, et finalement retrouvés. Trois avaient été localisés au bout de huit mois seulement.

Mais aucun qui corresponde à ses critères, donc la question restait entière : si le cadavre n'était pas celui de Matthew, alors qui était-ce ?

Bien sûr, il était encore tôt. Elle allait élargir ses recherches à d'autres zones géographiques, consulter d'autres bases de données. L'enfant assassiné dans le lit de Matthew – ça semblait tellement fou – était peut-être plus jeune ou plus âgé, métis ou eurasien, ou totalement autre chose. Rachel allait passer au peigne fin toutes les informations recueillies. Avant sa disgrâce, elle avait été considérée comme une investigatrice hors pair.

Là, elle avait beau tourner cela dans tous les sens, ces premières investigations portaient un coup à la théorie d'un Matthew vivant.

Matthew vivant. Non, mais quelle idée folle !

La bonne nouvelle, s'il pouvait y avoir quelque chose de bon là-dedans, concernait le principal témoin à charge, la « gentille vieille dame » (comme les médias l'avaient aussitôt baptisée), Hilde Winslow. Normalement, la localiser ne devait pas poser de problème. N'y arrivant pas, Rachel se demanda si la dame âgée n'était pas décédée depuis. Sauf qu'il n'y avait aucun avis de décès. Elle avait trouvé seulement deux personnes portant le même nom. L'une avait trente ans et vivait à Portland, dans l'Oregon. L'autre était à l'école primaire à Crystal River, en Floride.

Hilde était une variante d'un prénom plus courant, Hilda. Les minutes du procès, comme tous les comptes rendus médiatiques, la nommaient Hilde, mais à tout hasard, Rachel essaya Hilda Winslow. Il n'y en avait que deux aussi, et aucune ne correspondait au signalement. Elle fit des recherches avec son nom de jeune fille, toujours en vain.

C'était une impasse.

La sirène – ça devait être une sorte d'alarme incendie – continuait à mugir.

Son portable vibra. C'était Tim Doherty, un vieil ami du temps où elle était au *Globe*. Il avait été l'un des rares à ne pas lui tourner le dos quand le scandale avait éclaté. Pas publiquement, bien sûr. Cela aurait été un suicide professionnel. Rachel n'aurait vraiment pas voulu ça.

— Je l'ai, déclara Tim.

— Le dossier complet ?

— Les minutes du procès et les transcriptions. En revanche, pas moyen de consulter les rapports de police.

— Tu as le numéro de Sécurité sociale de Hilde Winslow ?

— Oui. Je peux savoir pourquoi tu en as besoin ?

— Il faut que je la retrouve.

— Oui, je m'en doute. Mais pourquoi ne pas utiliser les canaux habituels ?

— J'ai commencé par ça.

— Et tu as fait chou blanc.

Elle sentit un frémissement dans la voix de Tim.

— Exact. Pourquoi ? Qu'as-tu trouvé ?

— J'ai pris la liberté de vérifier son numéro de Sécurité sociale.

— Et ?

— Deux mois après le procès de ton beau-frère, Hilde Winslow a changé de nom pour devenir Harriet Winchester.

Bingo, se dit Rachel.

— Waouh !

— Tout à fait, répondit Tim. Elle a aussi vendu sa maison et emménagé dans un appartement sur la 12e Rue, à Manhattan.

Il lui dicta l'adresse.

— Au fait, elle va avoir quatre-vingt-un ans cette semaine.

— Pourquoi une femme de son âge aurait-elle changé de nom et déménagé ? demanda Rachel.

— La pression médiatique ?

— Ah oui ?

— Cette histoire a fait beaucoup de bruit.

— Oui, mais bon. Une fois qu'elle a joué son rôle, on ne s'est plus intéressé à elle.

Le plus vil des séducteurs : voilà à quoi ressemblait la presse. Une fois que les journaux avaient obtenu ce qu'ils voulaient, ils passaient à autre chose. Un changement de nom, même si cela pouvait se comprendre, était une démarche extrême et inhabituelle.

— Pas faux, dit Tim. Tu penses qu'elle a menti à propos de ton beau-frère ?

— Je n'en sais rien.

— Rachel ?

— Oui ?

— Tu es sur un gros coup, là, n'est-ce pas ?

— Je crois que oui.

— Je t'aurais bien demandé un avant-goût de cette affaire, mais tu en as plus besoin que moi. Tu mérites une seconde chance. Si je peux faire quelque chose pour toi, surtout n'hésite pas, d'accord ?

Elle sentit les larmes lui monter aux yeux.

— Tu es le meilleur, Tim.

— Je sais. Allez, on se reparle bientôt.

Tim raccrocha. Rachel s'essuya les yeux. Elle regarda par la fenêtre en direction du parking bondé. La sirène meuglait toujours au loin. Même si on lui offrait une seconde chance, Rachel n'était pas certaine de la mériter. Cela faisait deux ans que Catherine Tullo était morte. Morte par sa faute.

Catherine n'aurait pas droit à une seconde chance. Alors pourquoi elle ?

Cela avait été l'enquête la plus importante de toute sa carrière. Après huit mois de longues investigations, le

Globe Sunday Magazine allait publier son réquisitoire contre Spencer Shane, président adulé de l'université de Lemhall, qui non seulement avait fermé les yeux sur deux décennies de harcèlement et d'agressions sexuelles de la part de certains enseignants, mais avait lui-même participé à un système de maltraitance et de dissimulation dans l'un des établissements les plus prestigieux du pays. L'affaire était tellement énorme, et en même temps si frustrante et fluctuante, qu'elle avait obsédé Rachel bien au-delà du cadre professionnel. En se focalisant sur la gravité des faits, la jeune femme avait perdu de vue la fragilité des victimes.

L'université de Lemhall, où elle-même avait fait ses études, s'était arrangée pour faire signer nombre de promesses de non-poursuite, afin que personne ne soit inquiété. Rachel l'avait caché à sa rédaction, mais elle aussi avait subi des pressions en première année pour en signer une, après un incident lors d'une soirée de Halloween. Elle avait refusé. L'institution avait mal géré son cas.

C'était peut-être là que tout avait commencé. Elle avait perdu à l'époque. Elle n'allait pas perdre cette fois-ci.

Du coup, elle avait forcé le destin.

Pour finir, les charges s'étaient révélées trop lourdes pour être publiées au *Globe*, car les promesses de non-poursuite étaient incontournables. Rachel n'en était pas revenue. Elle s'était adressée au procureur, mais il n'avait pas eu le cran de s'attaquer à un personnage aussi respecté ni à une institution célèbre. Spencer Shane allait s'en tirer. Et les agressions continueraient. Rachel était donc allée voir son ancienne camarade

Catherine Tullo et l'avait suppliée de rompre sa promesse. Catherine aurait bien voulu, mais elle avait peur. Telle fut sa réponse. Inutile d'insister, elle ne changerait pas d'avis. L'enquête tombait à l'eau, et l'institution, qui avait couvert le propre agresseur de Rachel, conserverait sa bonne réputation.

C'était hors de question.

Acculée, Rachel avait fait pression sur Catherine Tullo : « Fais ton devoir ou je te dénonce de toute façon. » Si Catherine ne se souciait pas du sort des autres victimes, Rachel ne voyait aucune raison de la protéger. Elle allait publier toute l'histoire sur Internet et révéler ses sources. Catherine s'était mise à pleurer. Rachel n'avait pas bronché. Au bout d'une demi-heure, Catherine avait eu une illumination. Elle n'avait pas besoin de dédommagement financier. Elle se moquait de la promesse qu'elle avait signée. Elle ferait ce qu'il fallait. Catherine avait étreint son amie et lui avait assuré qu'elle lui donnerait une plus longue interview le lendemain. Puis, une fois Rachel partie, elle avait rempli sa baignoire d'eau chaude et s'était ouvert les veines.

Depuis, Catherine ne cessait de la hanter. En cet instant même, elle était assise en face d'elle avec son sourire hésitant, cillant comme si elle s'attendait à recevoir une gifle, jusqu'à ce que Rachel surprenne l'échange entre la serveuse aux cheveux bleus et le client à la table d'à côté :

— Ça fait un bail qu'on ne l'a pas entendue, hein, Cal ?

Le dénommé Cal répondit :

— Oh oui, ça fait des années.

— Tu crois… ?

— Nan, dit Cal. Briggs doit procéder à un exercice. Je suis sûr que c'est rien.

Rachel se figea.

— Si tu le dis, répliqua la serveuse.

Mais à en juger par son expression, elle n'était pas convaincue.

Rachel se pencha en avant.

— Pardon, je ne voudrais pas être indiscrète, mais est-ce la sirène du pénitencier de Briggs ?

Cal et la serveuse échangèrent un regard. Hochant la tête, Cal la gratifia d'un sourire condescendant.

— Ne vous tracassez pas, ma jolie. Ça doit être un exercice, voilà tout.

— Un exercice de quoi ? demanda Rachel.

— Une évasion, expliqua la serveuse. Ils actionnent cette sirène-là seulement quand un détenu met les voiles.

Le portable de Rachel vibra. Elle se recula et le colla à son oreille.

— Allô ?

— J'ai besoin de ton aide, dit David.

13

Trois véhicules de police, gyrophares allumés, nous poursuivent.

Je suis hébété. J'ai quitté Briggs pour la première fois en cinq ans. S'ils me rattrapent, je n'en sortirai plus. Plus jamais. Il n'y aura pas de seconde chance. Mes doigts se crispent sur le pistolet. Le contact du métal est curieusement tiède et réconfortant.

Les véhicules de police se déploient en une formation en V.

Je me tourne vers Philip.

— C'est fini, non ?

— Tu es prêt à risquer ta vie ?

— Quelle vie ?

Il hoche la tête.

— Pointe le flingue sur moi, David. Lève-le pour qu'ils puissent le voir.

J'obéis. Le pistolet devient soudain lourd. Ma main tremble. L'adrénaline nourrie par ma bagarre avec Sumner, l'agression de Boucly et ce plan cousu de fil blanc commence à retomber. Philip accélère. Les voitures de police restent à notre hauteur.

— Et maintenant ? dis-je.

— Attends.

— Attendre quoi ?

En guise de réponse, son portable sonne. Le visage de Philip est un masque austère. Avant de décrocher, il me dit :

— Rappelle-toi, tu es un homme désespéré. Comporte-toi en conséquence.

J'acquiesce.

Philip prend l'appel en mains libres et lâche un « Allô » chevrotant. Une voix lui dit aussitôt :

— Votre fils est sain et sauf, monsieur le directeur. Il a réussi à se libérer et à enfoncer la porte.

— Qui est à l'appareil ? questionne Philip.

Sa voix est brusque et hostile.

Son interlocuteur hésite.

— Je suis… euh, c'est…

— J'ai demandé qui c'était, tonne Philip.

— Je suis le lieutenant Wayne Semsey…

— Quel âge avez-vous, Semsey ?

— Pardon ?

— Voyons, avez-vous toujours été ce crétin incompétent ou c'est nouveau ?

— Je ne comprends pas…

Philip coule un regard dans ma direction.

— J'ai un détenu désespéré qui colle son arme contre mon oreille. Dois-je vous faire un dessin, Semsey ?

Je presse le pistolet contre son oreille.

— Euh… non, monsieur.

— Alors dites-moi, Semsey, croyez-vous qu'il serait raisonnable de contrarier l'individu en question ?

— Non…

— Dans ce cas, pourquoi ces véhicules de patrouille me collent aux fesses ?

Philip m'adresse un imperceptible signe de tête. Je ne me le fais pas dire deux fois.

— Donnez-moi ça !

J'arrache le portable de son support en forcené que je suis. J'avoue que ça ne me demande pas un grand effort.

— Je ne suis pas d'humeur causante.

Je hurle en crachant les mots pour essayer de paraître le plus menaçant possible.

— Alors écoutez-moi bien. Je vous donne dix secondes. Je ne vais même pas compter. Dix secondes. Si après ça j'aperçois le moindre flic dans les parages, je vais mettre une balle dans la tête du directeur et je prendrai le volant moi-même. Vous m'avez entendu ?

— Mon Dieu, David, ajoute Philip, tu ne vas pas faire ça, hein ?

J'ai peur qu'il ne surjoue, mais il faut croire que non.

J'entends Semsey dire dans le téléphone :

— Doucement, David, allons-y mollo, OK ?

— Semsey ?

— Oui ?

— Je purge une peine à perpétuité. Si je descends le directeur, je deviens un héros à Briggs. Vous comprenez ça ?

— Bien sûr, David. Bien sûr. Ils ne vous suivent plus. Regardez.

Je me retourne. Les véhicules de police se sont laissé distancer.

— Je ne veux pas qu'ils ralentissent. Je veux qu'ils disparaissent carrément.

Semsey adopte un ton apaisant.

— Écoutez, David. Je peux vous appeler David ? Ça ne vous dérange pas ?

Je tire une balle par la lunette arrière. Philip hausse un sourcil surpris.

— La prochaine finira entre les yeux du directeur.

Philip joue le jeu à fond.

— Mon Dieu, non ! Semsey, écoutez-le.

Paniqué, Semsey se met à bafouiller.

— D'accord, calmez-vous, David. Ils s'arrêtent. Vous avez vu ? Je vous le promets. Regardez derrière vous. On peut encore s'arranger, David. Personne n'a été blessé. Discutons, OK ?

Je demande :

— C'est quoi, votre numéro de téléphone ?

— Comment ?

— C'est marqué « numéro masqué ». Je vais raccrocher et je vous rappelle dans cinq minutes pour vous dicter mes conditions. C'est quoi, votre numéro ?

Semsey me le donne. Puis je lui dis :

— Préparez un papier et un crayon. Je vous rappelle.

— J'ai déjà un papier et un crayon, David. Pourquoi ne pas en parler maintenant ? Je suis sûr que nous arriverons à…

— Lâchez-nous et il n'y aura pas de dégâts, dis-je. Si je flaire la moindre voiture de police, il va finir avec une balle dans la tête.

Je raccroche et me tourne vers Philip

— Ça nous laisse combien de temps ?

— Cinq minutes maxi. Ils ont déjà dû faire décoller un hélico pour nous surveiller d'en haut.

— Que me conseillez-vous ?

Il réfléchit un instant.

— Il y a un grand centre commercial de magasins d'usine quelques kilomètres plus loin. Avec un parking souterrain. Ils vont nous perdre de vue pendant une dizaine de secondes. Tu peux en profiter pour descendre. Il y a un Hyatt dans le centre. Avant, ils avaient une station de taxis, mais avec les Uber et tout ça, je ne sais pas où ça en est. À partir de là, tu te débrouilles tout seul. Je ne peux pas faire plus. Il y a une gare, avec des trains et des bus, à deux kilomètres. Tu peux tenter ta chance de ce côté-là.

Je n'aime pas ça.

— S'ils nous voient entrer dans le parking souterrain, ils vont se douter de quelque chose, non ?

— Sincèrement, je n'en sais rien.

Je jette un coup d'œil par-dessus mon épaule. Aucune voiture de police en vue, mais cela ne veut pas dire qu'il n'y en a pas. Je baisse la vitre et sors la tête à l'extérieur. Pas d'hélicoptère non plus. On l'aurait entendu, de toute façon. Je pourrais rappeler Semsey et le menacer pour qu'ils ne nous voient pas nous engouffrer dans le parking, mais est-ce que ça va marcher ? Les flics ne sont pas des magiciens. S'ils voulaient utiliser un dispositif de surveillance à distance – télescopes, caméras, que sais-je –, il leur faudrait du temps pour le mettre en place. Idem pour la géolocalisation du portable de Philip ou d'Adam.

Ce qui me laisse une certaine marge.

— On est encore loin de ce parking souterrain ?

— Trois ou quatre minutes.

Une idée me vient alors à l'esprit. Elle est loin d'être parfaite, mais mon père, le flic de terrain, qui s'inquiétait de mon perfectionnisme obsessionnel, me disait souvent : « Il ne faut pas attendre d'être parfait pour commencer quelque chose de bien. » Je ne suis même pas sûr que mon idée soit bonne, mais je n'ai pas trouvé mieux.

Par la vitre baissée, nous entendons le vrombissement de l'hélico.

— Zut, lâche Philip.

— Donnez-moi votre portefeuille.

— Tu as un plan ?

— Continuez jusqu'au parking. Je descendrai là-bas. Je vous ai volé votre portefeuille. Dites-leur que vous aviez genre vingt dollars en espèces. Et Adam pareil. Ils vont surveiller votre carte bancaire, mais je paierai tout en liquide.

— D'accord.

— Je vais rappeler Semsey avec votre portable et exiger des trucs impossibles.

— Et ensuite ?

— On entrera dans le parking pendant que je lui parlerai. Je descendrai vite fait, comme si vous ne vous étiez même pas arrêté. La seule différence, c'est que je vais garder votre téléphone pour continuer notre conversation.

Philip hoche la tête, comprenant où je veux en venir.

— Ils vont croire que tu es toujours dans la voiture.

— C'est ça. Vous, vous continuez à rouler. Avec l'hélico au-dessus, mais qui ne me verra pas descendre. Tant que je tiendrai le crachoir à l'autre, ils penseront que je suis avec vous. Dans dix minutes exactement, je vais raccrocher. Trouvez un autre sous-sol… Dans un centre commercial comme celui-ci ou un immeuble de bureaux.

— Pour quoi faire ?

— Vous vous y engagerez. Vous laisserez passer quelques secondes. Comme si c'était là que je vous aurais arrêté pour m'échapper.

— Alors que tu seras ici, dit Philip.

— Exactement.

— En sortant du sous-sol, je leur ferai signe comme quoi tu es parti. Et je leur dirai que je n'ai pas pu appeler parce que tu m'as pris mon téléphone.

— C'est ça.

— Du coup, ils te chercheront là-bas, pas ici.

— Oui.

Philip réfléchit brièvement.

— Ma foi, ça pourrait marcher.

— Vous croyez ?

— Non, pas vraiment.

Il me jette un regard.

— Ta manœuvre de diversion ne durera qu'un temps, David.

— Je sais.

— Saute dans le premier train ou autocar. Tu t'y connais en survivalisme ?

— Pas trop.

— Le mieux, c'est de te cacher dans la forêt. Ils enverront les chiens, mais ils ne pourront pas être partout. Ne va pas voir ton père. Je sais que tu seras tenté de le faire, mais la maison sera placée sous surveillance. Pareil pour ton ex-femme ou ta belle-sœur. Tu ne peux compter sur aucun de tes proches. Tout le monde sera surveillé.

Je n'ai plus de proches, mais je comprends ce qu'il veut dire.

— Je parlerai à ton père. Je lui dirai que je te crois… Que tu es innocent.

— Vous le pensez vraiment ?

Philip laisse échapper un long soupir et emprunte la sortie « Centre Lamy Outlet ».

— Oui, David, je le pense.

— Comment est-il, Philip ?

— Très mal. Mais il saura la vérité. Tu as ma parole.

Je me retourne encore une fois. Toujours pas de voitures de police en vue. C'est maintenant ou jamais. J'ai les poches pleines : le téléphone d'Adam, son portefeuille, celui de Philip, l'argent liquide qu'ils m'ont donné.

— Dernière chose, dit Philip.

— Laquelle ?

— Laisse ton arme ici.

— Pourquoi ?

— Tu comptes t'en servir ?

— Non, mais…

— Dans ce cas, laisse-la. Si tu es armé, tu auras beaucoup moins de chances d'être pris vivant.

— Je n'ai pas envie d'être pris vivant, dis-je. Et pourquoi abandonner le pistolet ? Qui va gober ça ? Ils vont savoir que vous êtes dans le coup.

— David…

Mais je n'ai plus le temps de tergiverser. J'attrape le portable de Philip et appelle Semsey. Il décroche immédiatement.

— Je suis content de vous entendre, David. Tout va bien ?

— Oui. Pour le moment. Mais il faut que je sorte de là. Pour commencer, j'ai besoin d'un moyen de transport.

— Mais oui, bien sûr, David, répond Semsey sur le même ton conciliant.

Il a l'air plus calme, plus maître de lui-même. Les cinq minutes lui ont fait du bien.

— On peut essayer d'arranger ça.

Je siffle :

— Il ne s'agit pas d'essayer.

Nous avons atteint le centre commercial. Philip bifurque vers la gauche. Nous descendons la rampe qui mène au sous-sol. La main sur la poignée de la portière, je me tiens prêt.

— Je veux que ce soit fait. Pas d'excuses.

Philip en rajoute une couche :

— David, pose le pistolet. Il fera ce que tu voudras.

— Il me faut un hélicoptère, dis-je à Semsey. Avec le plein de carburant.

On dirait un dialogue tiré d'une vieille série télé. Mais Semsey joue le jeu :

— Ça risque de prendre plusieurs heures, David.

— Foutaises ! Il y a un hélico juste au-dessus de nous. Vous me prenez pour un demeuré ?

— Il n'est pas à nous. Ça doit être la surveillance de la circulation routière. Ou bien un particulier. On ne peut pas fermer…

— Vous mentez.

— Ne nous énervons pas…

— Éloignez cet hélico. Tout de suite !

— Un de mes gars est en train d'appeler les héliports les plus proches, David.

— Je veux mon propre hélicoptère. Avec du carburant et un pilote. Et le pilote a intérêt à ne pas être armé.

Philip hoche la tête. Je suis prêt.

Il freine. J'ouvre la portière et saute. Il redémarre aussitôt. Le tout a dû prendre deux ou trois secondes, pas plus. Je m'accroupis derrière une Hyundai grise et enchaîne sans reprendre mon souffle :

— Combien de temps ? Je n'ai pas envie de buter le directeur.

— Personne n'a envie de ça.

— Mais vous êtes en train de me forcer la main. Vous me menez en bateau. Je pourrais lui tirer dans la jambe, tiens. Pour vous prouver que je suis sérieux.

— Non, David, nous savons que vous êtes sérieux. C'est pour ça qu'on a levé la filature. Je vous demande juste d'être raisonnable. On va trouver une solution.

Je me faufile entre les voitures en direction de l'entrée du centre commercial. Aucun véhicule ne nous a suivis. Je ne repère aucune présence suspecte dans ce sous-sol.

— Écoutez, Semsey, voici exactement ce que je veux.

Une fois au niveau inférieur du centre commercial, je prends l'escalator pour monter.

Je suis libre. Pour le moment.

14

Max – agent spécial du FBI Max Bernstein – arpentait rageusement la salle d'attente du directeur de la prison.

Max était toujours en mouvement. Sa mère disait qu'il avait des fourmis dans le caleçon. En classe, on le considérait comme un élément perturbateur car il ne cessait de se tortiller sur son siège. Mrs Matthis, son institutrice en primaire, avait supplié la directrice de l'autoriser à l'attacher au dossier de sa chaise. En ce moment même, comme chaque fois qu'il investissait un nouveau lieu, Max faisait les cent pas tel un chien explorant son environnement. Il cillait beaucoup. Ses yeux bougeaient dans tous les sens sans jamais croiser le regard d'un de ses semblables. Il se rongeait les ongles. Son blouson trop ample du FBI lui donnait une allure débraillée. Il était court sur pattes, avec une épaisse tignasse raide comme de la paille de fer qu'il n'arrivait jamais à coiffer, les rares fois où il tentait de le faire. Ses gestes brusques et désordonnés lui avaient valu le surnom de Toctoc parmi ses collègues du Bureau. Sauf que le jour de son coming out – seul agent fédéral à avoir franchi le pas –, les homophobes connus pour leur inventivité changèrent Toctoc en Tata.

Même les agents fédéraux peuvent essayer d'être drôles.

— Il a filé, lui dit Semsey, le flic qui avait tenté de gérer l'affaire sans succès.

— On a bien compris, rétorqua Max.

Ils avaient pris leurs quartiers dans la salle d'attente car le bureau du directeur était considéré comme une scène de crime. Une carte du comté de Briggs fut punaisée au mur pour suivre le trajet de la voiture du directeur à l'aide d'un surligneur jaune fluo. Comme dans l'ancien temps. Max aimait bien ça. Un ordinateur portable transmettait les données filmées par la caméra de l'hélicoptère. Semsey et les autres avaient assisté en direct au fiasco de toute l'opération. Avant même l'arrivée de Max et de sa coéquipière Sarah Jablonski, tout était terminé.

Ils étaient huit dans la salle d'attente, mais la seule tête connue de Max, c'était Sarah. Sarah Jablonski, son bras droit, son indispensable partenaire depuis seize ans déjà. Il n'imaginait pas sa vie sans elle. Grande, rousse, un mètre quatre-vingts, large d'épaules, Sarah dépassait Max d'une bonne quinzaine de centimètres. Leur duo avait quelque chose de comique, et ils en jouaient.

Deux marshals fédéraux sous ses ordres étaient aussi présents. Les quatre autres étaient de la police locale ou des gardiens de la prison. Max s'assit devant l'écran de l'ordinateur. Sa jambe droite était agitée de tressautements ; la médecine aurait conclu à un syndrome des jambes sans repos, en admettant que Max se soit intéressé à la question. Tous les regards étaient braqués sur lui tandis qu'il passait et repassait la fin de la vidéo.

— Tu as trouvé quelque chose, Max ? demanda Sarah.

Il ne répondit pas. Elle n'insista pas. Tous deux savaient ce que cela signifiait.

Sans quitter l'écran des yeux, Max questionna :

— C'est qui ici, le plus haut gradé parmi le personnel ?

— Moi, fit un homme corpulent qui transpirait dans sa chemise à manches courtes. Mon nom est…

Max n'avait que faire de son nom ou de son grade.

— Il nous faut plusieurs choses, et vite.

— Comme quoi ?

— La liste des visiteurs que Burroughs a reçus ces derniers jours.

— Bien.

— Les membres de la famille ou les amis proches. Les codétenus auxquels il aurait pu se confier ou qui auraient été relâchés. Il va avoir besoin d'aide. Il faut les surveiller.

— Compris.

Max se leva et reprit ses déambulations. Il mâchonna l'ongle de son index non pas légèrement ou avec nonchalance, mais comme un rottweiler s'attaquant à un nouveau jouet. Les autres échangèrent un regard. Sarah, elle, avait l'habitude.

— Le directeur est rentré, Sarah ?

— Il vient juste d'arriver, Max.

— Nous sommes prêts ?

— Nous sommes prêts, acquiesça-t-elle.

Max hocha énergiquement la tête et, s'arrêtant devant l'ordinateur, cliqua sur la vidéo. À l'écran, Philip Mackenzie descendit de voiture et agita les mains en direction de l'hélicoptère qui était en train de le filmer. Max regarda. Puis regarda de nouveau. Sarah se tenait derrière son épaule.

— Je vais le chercher, Max ?

— Encore un moment, Sarah.

Il remit la vidéo au début. Avec régularité, il bondissait de l'écran à la carte avec la grâce d'une gazelle blessée, suivait le trajet de son doigt à l'ongle rongé, puis revenait à l'ordinateur. Pendant tout ce temps, il tripotait les douze élastiques – douze exactement, jamais onze ni treize – qu'il portait autour du poignet.

— Semsey ! aboya Max.

— Je suis là.

— Redonnez-moi la fin de cette vidéo, plan après plan.

— Pardon ?

— Quand Burroughs est-il descendu de voiture ?

— Dans le tunnel de Wilmington. Ici, vous voyez ?

Semsey désigna la carte.

— C'est là que la voiture du directeur s'est engagée dans le tunnel.

— Vous étiez en train de parler à Burroughs ?

— Oui.

— Au moment où ils sont entrés dans le tunnel ?

— Il a raccroché avant.

— Combien de temps avant ?

— Euh… voyons, une minute peut-être. Je peux vérifier l'heure exacte.

— Vous ferez ça après, répondit Max, les yeux rivés sur l'écran. Comment ça s'est terminé, ce coup de fil ?

— J'étais censé le rappeler une fois que l'hélico était prêt.

— C'est ce qu'il vous a dit ?

— Oui.

Max fronça les sourcils à l'intention de Sarah. Elle haussa les épaules.

— Continuez.

— Le reste, eh bien, c'est sur la vidéo, fit Semsey. La voiture du directeur est entrée dans le tunnel, et on les a perdus de vue.

Ils firent défiler cette partie-là à l'écran.

— Burroughs était au courant, n'est-ce pas ? s'enquit Max.

— Au courant… ?

— Il vous a parlé de l'hélico au-dessus d'eux, non ?

— Ah oui, exact. Il l'a repéré à peu près un quart d'heure plus tôt. Il nous a dit de le faire partir.

— Mais vous ne l'avez pas fait.

— Non. Nous l'avons juste éloigné pour qu'il ne l'entende plus.

— Ils sont donc entrés dans le tunnel, reprit Max.

— Oui. Notre hélico attendait de l'autre côté, puisqu'on ne peut pas filmer dans le tunnel. Normalement, la traversée prend une ou deux minutes, pas plus.

— Mais là, ça a été plus long.

— La voiture du directeur est ressortie au bout de six minutes.

Max fit défiler la vidéo jusqu'au moment où la voiture émergeait du tunnel. Elle s'arrêta aussitôt sur le bas-côté. Le directeur descendit et se mit à agiter frénétiquement les mains.

Fin.

— Alors, qu'en pensez-vous ? demanda Max à Semsey.

— À propos de ?

— De ce qui s'est passé avec Burroughs !

— Ah… oui, d'accord. On le sait maintenant. Le directeur nous l'a dit. Comme l'hélico ne pouvait pas le voir dans le tunnel, Burroughs l'a obligé à s'arrêter, puis il a détourné une autre voiture. Nous avons installé des barrages un peu partout.

— Y a-t-il une vidéosurveillance dans le tunnel ?

— Non. Il y a une guérite là-dedans, mais elle est rarement occupée. Restrictions budgétaires.

— Mmm. Sarah ?

— Oui, Max.

— Où est le fils du directeur ?

— À l'infirmerie avec son père.

— Il va bien ?

— Oui, c'est juste une question de procédure.

— Va nous chercher le directeur et son fils. Et je ne veux plus personne ici.

La pièce se vida. Cinq minutes plus tard, Sarah ouvrit la porte pour faire entrer Philip et Adam Mackenzie. Max, les yeux rivés sur l'écran, ne se retourna même pas.

— Rude journée, hein, les gars ?

— Vous pouvez le dire.

Philip Mackenzie s'avança vers Max, la main tendue. Ce dernier fit semblant de ne pas la voir. Il bondit telle une boule de billard entre l'ordinateur et la carte.

— Comment s'est-il procuré l'arme ? lâcha-t-il.

Philip Mackenzie s'éclaircit la voix.

— Il m'a pris la mienne par surprise. Quand j'ai ramené le détenu…

— Le détenu ?

— Oui.

— C'est comme ça que vous l'appelez ?

Philip Mackenzie ouvrit la bouche, mais Max l'arrêta d'un geste.

— Peu importe. Le lieutenant Semsey m'a mis au courant. Il s'est emparé de votre arme, puis il a forcé votre fils à lui remettre son uniforme et, sous la menace du pistolet, il vous a escorté jusqu'à votre voiture.

Max s'interrompit, contempla la carte, fronça les sourcils.

— La question est de savoir pourquoi vous me mentez tous les deux.

Il y eut un silence prolongé. Philip Mackenzie dévisagea Max, mais ce dernier continuait à lui tourner le dos. Il fusilla Sarah du regard. Elle haussa les épaules.

— Qu'avez-vous dit ? tonna Philip.

Max soupira.

— Il faut vraiment que je me répète ? Sarah, n'ai-je pas été assez clair ?

— Clair comme de l'eau de roche, Max.

— À qui croyez-vous parler, agent Bernstein ?

— À un directeur de prison qui a facilité l'évasion d'un assassin d'enfant.

Philip serra les poings. Son visage s'était empourpré.

— Regardez-moi, nom d'un chien.

— Nan.

Il fit un pas en avant.

— Quand on traite quelqu'un de menteur, on peut au moins le lui dire en face.

Max secoua la tête.

— Ça ne marche pas avec moi.

— Qu'est-ce qui ne marche pas ?

— Cette histoire de face-à-face, les yeux dans les yeux. C'est du pipeau, tout ça. Les meilleurs menteurs que je connaisse sont capables de vous regarder dans les yeux pendant des heures. Pas vrai, Sarah ?

— Complètement vrai, Max.

— Mackenzie ?

— Quoi ?

— Ça ne sent pas bon pour vous. Pas bon du tout. Là-dessus, je ne peux rien faire. Mais pour votre taiseux de fils, il y aurait peut-être une éclaircie. Continuez à mentir, et je vous enterrerai tous les deux. Ça nous est déjà arrivé, hein, Sarah ?

— On aime ça, Max.

— Ça nous fait jouir.

— Des moments comme ça, dit Sarah, je les enregistre pour les utiliser à la place de préliminaires.

Philip Mackenzie pointa le doigt sur eux.

— Vous avez fini, oui ?

— Vous avez défoncé le portail, dit Max.

— Oui.

— Vous avez foncé à toute allure sur un portail à moitié ouvert.

Philip sourit d'un air bravache.

— Et c'est censé prouver quelque chose ?

— Pourquoi avoir accéléré avec autant d'ardeur ?

— Parce qu'un détenu qui n'avait rien à perdre me menaçait avec son arme.

— Tu entends ça, Sarah ?
— Je suis là, Max.
— Le grand Phil avait peur.
— Ça peut se comprendre, non ? rétorqua Mackenzie. Le détenu était armé.
— Le pistolet, c'était le vôtre.
— Oui.
— Un pistolet que, d'après votre secrétaire, vous ne portez jamais sur vous et qui n'est jamais chargé.
— Elle se trompe. Je le garde dans un holster sous mon veston pour qu'on ne le voie pas.
— Quelle discrétion, fit Sarah.
— Pourtant, poursuivit Max, non seulement Burroughs l'a vu, mais il a réussi à s'en emparer et à vous menacer avec.
— Il nous a pris au dépourvu.
— Vous êtes quelqu'un d'incompétent.
— J'ai commis une erreur. Je n'ai pas gardé mes distances avec le détenu.

Max sourit à Sarah. Elle haussa les épaules.
— Et vous persistez à l'appeler « le détenu ».
— C'est ce qu'il est.
— Certes, mais vous le connaissez, non ? Pour vous, c'est David. Son père et vous êtes de vieux potes. Votre fils, le mutique Adam, et lui ont grandi ensemble, n'est-ce pas ?

Philip Mackenzie ne parvint pas à cacher totalement sa surprise.
— C'est vrai, fit-il en se redressant. Je ne le nie pas.
— Quelle bonne volonté, observa Sarah.
— N'est-ce pas… railla Max.
— C'est pourquoi… commença Philip.

— Attendez, ne me le dites pas. C'est pourquoi Burroughs a pu vous approcher de suffisamment près pour s'emparer d'une arme que vous ne portez jamais, nous a juré votre secrétaire…

— Et qui n'est jamais chargée, ajouta Sarah.

— Jamais. Merci, Sarah. On ne sait comment, Burroughs a plongé la main sous votre veston, décroché le holster et sorti le pistolet chargé sans qu'aucun de vous deux réagisse. C'est bien ça ?

Pour la première fois, Adam prit la parole.

— C'est exactement ce qui s'est passé.

— Tiens, mais ça parle, Sarah.

— Il ferait peut-être mieux de s'abstenir, Max.

— Je suis d'accord. J'ai une autre question pour vous, monsieur le directeur, si vous le permettez. Pourquoi êtes-vous allé voir le père de David Burroughs hier ?

Philip Mackenzie eut l'air abasourdi.

— Tu veux lui expliquer, Sarah ?

— Bien sûr, Max.

Elle regarda Philip.

— Vous avez pris le vol American Eagle de 8 h 15 à destination de Boston. Le vol 302, si ça vous intéresse.

Silence.

— Je vois les rouages qui tournent dans sa tête, Sarah.

— C'est vrai, Max ?

Max acquiesça.

— Là, il est en train de se demander : dois-je admettre avoir rendu visite à mon vieux pote Lenny Burroughs ou vais-je prétendre que je suis allé à Boston pour une tout autre raison ? Il aurait bien choisi la seconde option, mais le problème – et vous le savez, monsieur le directeur – est que Sarah pourrait retrouver le taxi ou l'Uber qui vous a conduit de l'aéroport chez les Burroughs à Revere.

— Ou vice versa, Max, ajouta Sarah.

— Tout à fait, Sarah, ou vice versa. Le taxi qui vous a ramené à l'aéroport. Et avant que vous répondiez, sachez juste une chose : Sarah est très douée.

— Merci, Max.

— Je suis sérieux, Sarah. Tu es la meilleure.

— Tu vas me faire rougir, Max.

— Ça te va bien, Sarah.

Max haussa les épaules et se tourna vers le père et le fils Mackenzie.

— Ce n'est pas un choix facile. Franchement, je ne sais pas ce que je ferais à votre place.

Philip se racla la gorge.

— Je suis allé à Boston voir un ami malade. Je ne vois pas où est le problème.

Max sortit son portefeuille et sourit.

— Bon sang, Sarah, tu avais raison.

Elle ouvrit sa paume.

— Cinq dollars.

— Je n'ai qu'un billet de dix.

— Je te rendrai la monnaie plus tard.

Max lui tendit le billet de dix dollars.

Philip Mackenzie se jeta à l'eau.

— Vous avez raison, évidemment. Je suis proche de David. Il s'est comporté de façon irrationnelle ces derniers temps. Alors oui, j'ai voulu en parler à son père. Comme vous l'avez dit, Lenny et moi, ça remonte à loin…

— Attendez, laissez-moi deviner.

Max leva la main.

— Vous avez amené votre fils ici pour cette même raison. Parce que David et Adam étaient proches, et que David se comportait de manière irrationnelle.

— Pour ne rien vous cacher, oui.

Max sourit et tendit la main. Les sourcils froncés, Sarah lui rendit le billet de dix dollars.

— Vous deux, vous vous croyez drôles ? grinça Philip.

On frappa à la porte. Semsey entra, flanqué du type corpulent qui faisait partie du personnel de la prison.

— David Burroughs n'a eu qu'une seule visite pendant toute sa période d'incarcération, annonça ce dernier. Sa belle-sœur, Rachel Anderson. Elle était là hier et avant-hier.

— Attendez, la seule personne à être venue voir David Burroughs était là hier et avant-hier ?

Max porta la main à sa poitrine.

— Juste ciel, Sarah, encore une coïncidence.

— Le monde en est plein, Max.

— Il est plein de bizarreries, Sarah. Qu'en dites-vous, monsieur le directeur ?

Cette fois, Philip Mackenzie garda le silence.

Max regarda le type corpulent.

— Vous savez où elle est descendue, la belle-sœur ?

— Probablement au Briggs Motor Lodge. En général, c'est là que logent les visiteurs.

Max se tourna vers Semsey, qui déclara aussitôt :

— Je m'en occupe.

Le gros bonhomme ajouta :

— Ou alors elle a réservé au Hyatt, à côté du centre commercial.

— Tiens, tiens.

Max traversa la pièce de sa démarche sautillante et se posta devant la carte. Tout le monde se taisait. Il examina le trajet, puis bondit vers l'ordinateur et recommença :

— Bingo, Sarah.

— Quoi, Max ?

— Semsey ?

Le lieutenant de police fit un pas en avant.

— Je suis là.

— Vous dites que Burroughs était au téléphone juste avant qu'ils empruntent le tunnel, c'est ça ?

— Oui.

— C'est lui qui a appelé ?

— Oui. Il m'a demandé de lui laisser cinq minutes, puis il a rappelé.

— Il était quelle heure précisément ? Vérifiez sur votre téléphone.

— 8 h 50.

— Donc la voiture aurait été…

Max localisa l'endroit.

— Ici. Dans Green Street. Juste avant qu'ils entrent dans le parking souterrain du centre commercial.

Il se retourna vers Philip Mackenzie.

— Qu'êtes-vous allés faire dans ce parking, monsieur le directeur ?

Philip le regarda d'un œil torve.

— C'est le détenu qui l'a exigé. Et il était armé.

Max sautilla jusqu'à la carte. Pointant le doigt sur le centre commercial, il dessina le contour de son entourage immédiat.

— Tu vois ce que je vois, Sarah ?

— La gare, Max.

Il hocha la tête.

— Semsey, arrêtez tous les trains. S'il y en a qui sont partis après 8 h 50, envoyez une patrouille à bord. Dépêchez un maximum de flics dans ce centre commercial.

— Bien reçu.

15

Au musée Payne de Newport, Rhode Island, Gertrude Payne, quatre-vingt-deux ans, matriarche de la branche sise en Nouvelle-Angleterre, regarda son petit-fils Hayden monter sur l'estrade. À trente-sept ans, loin d'avoir l'allure raffinée ou aristocratique propre à son rang, il ressemblait davantage à son arrière-arrière-arrière-grand-père Randall Payne, un homme fruste qui avait fondé la Payne Kentucky Bourbon en 1868, société à l'origine de la fortune familiale.

— Au nom de ma famille, commença Hayden, et principalement de ma grand-mère Pixie…

Pixie, c'était Gertrude. Elle tenait ce surnom de son propre père, même si personne n'en comprenait la raison. Hayden se tourna vers elle et lui sourit. Elle lui rendit son sourire.

— … nous sommes ravis de vous voir aussi nombreux à notre gala caritatif de l'année. Tous les fonds récoltés iront à « Peindre avec Payne », organisme grâce auquel des jeunes des quartiers défavorisés de Providence peuvent prendre des cours d'arts plastiques. Merci infiniment pour votre générosité.

Des applaudissements polis résonnèrent dans la salle de bal en marbre de la résidence Payne, située dans Ochre Point Avenue. Construite en 1892, la demeure surplombait l'océan Atlantique. En 1968, peu après son mariage avec l'héritier de la famille, Gertrude avait lancé l'idée de créer un musée des Beaux-Arts et de vendre la maison à l'État pour la protéger. Bien que belle et majestueuse, la résidence Payne était pleine de courants d'air et froide dans tous les sens du terme. On s'imagine que le but de ce genre de transactions est que le public puisse en profiter. En fait, il y a toujours un bénéfice financier à la clé. La plupart de ces demeures sont rachetées par l'État à un prix avantageux pour leurs propriétaires fortunés.

— Cette année est particulièrement remarquable, poursuivit Hayden, car, comme promis, après le délicieux déjeuner servi par notre traiteur préféré, le divin Hans Laaspere…

Quelques applaudissements épars.

— … nous vous offrirons, à vous, nos principaux donateurs, une visite privée du musée. Et vous pourrez découvrir en avant-première une œuvre tristement célèbre que le public n'a pas vue depuis plus de vingt ans : *Jeune Femme au virginal*, de Johannes Vermeer.

Des « Oh ! » et des « Ah ! » fusèrent dans l'auditoire.

Le Vermeer en question avait été volé un quart de siècle plus tôt aux cousins de Gertrude du côté des Lockwood, puis retrouvé sur une scène de meurtre dans l'Upper West Side à Manhattan. Le tableau, qui mesurait seulement quarante-cinq centimètres de hauteur, était en soi une œuvre d'une valeur inestimable, mais avec le parfum de scandale – vol, meurtre –, il était devenu l'une des peintures les plus célèbres au monde. Depuis sa redécouverte, plutôt que de le laisser moisir dans un salon austère du manoir Lockwood, Win, le cousin de Gertrude, avait décrété que le tableau devait voyager dans le monde entier pour être vu du plus grand nombre. Et pour débuter sa tournée mondiale, le Vermeer était exposé pendant un mois ici à Newport, Rhode Island.

C'était un sacré coup d'éclat. Le prix de départ des billets pour le déjeuner de gala était de cinquante mille dollars par personne. Au fond, l'argent n'avait pas d'importance : la famille Payne valait des milliards. Mais dans la philanthropie des gens riches se trouve toujours un soupçon de culpabilité. C'était juste un prétexte pour donner une fête – car quand on se trouve à la tête d'une fortune aussi colossale, une simple fête a quelque chose d'indécent, de grossier, de trop m'as-tu-vu. Aux yeux de Gertrude, tout cela n'était qu'une mascarade. On peut toujours donner pour aider les moins favorisés – et quelquefois c'est même sincère –, mais personne n'irait jusqu'à se priver. Aucun des convives n'allait manquer de quoi que ce soit.

— La Fondation Payne, continuait Hayden, a aidé des dizaines de milliers d'enfants dans le besoin depuis que Bennett Payne, un saint homme, a ouvert son premier orphelinat en 1938.

D'un geste de la main, il désigna le grand portrait à l'huile de Bennett Payne.

Ah, cet excellent, ce vénéré oncle Bennett, pensa Gertrude. Peu de gens savaient que l'oncle Bennett avait été pédophile à une époque où ce terme ne semblait même pas exister. Le « généreux » Bennett avait choisi de travailler avec des enfants des classes défavorisées pour une raison bien simple : il avait ainsi accès à eux. Bien sûr, l'oncle Bennett gardait ses penchants pour lui, mais comme la plupart de ses semblables, il justifiait aussi sa conduite. Il finit par se convaincre qu'il faisait le bien. Ces enfants-là, surtout les plus pauvres, seraient morts sans son intervention. Bennett les nourrissait, les habillait, les éduquait… Quant au sexe, les deux partenaires y prenaient plaisir, non ? L'oncle Bennett avait voyagé dans le monde entier, souvent en compagnie de missionnaires qui avaient des goûts similaires, pour pouvoir avoir des rapports sexuels – aujourd'hui, on appelle ça un viol – avec des mineurs de toutes origines.

Bennett Payne, qui n'avait jamais connu la faim ni la soif, qui n'avait jamais exercé un vrai métier et avait vécu dans le luxe, avait-il fini par payer pour ses méfaits ? La réponse est, hélas, non. L'oncle Bennett était mort dans son sommeil à l'âge avancé de quatre-vingt-treize ans. Il ne fut jamais démasqué. À ce jour, son portrait ornait toutes les institutions caritatives gérées par la Fondation Payne.

Ironiquement, la Fondation Payne était aujourd'hui réputée pour l'ampleur de ses bonnes œuvres. Ce qui avait commencé comme un moyen pour l'oncle Bennett de satisfaire ses penchants criminels était à présent une organisation qui aidait des milliers de jeunes déshérités. Comment admettre un tel paradoxe ? Gertrude savait bien que l'enfer était pavé de bonnes intentions. Comme l'a dit Eric Hoffer, « chaque grande cause commence par être un mouvement, devient un business et finalement dégénère en racket ». Mais quand c'est l'inverse qui se produit ?

Tous les hommes, pensait Gertrude, étaient des sociopathes dotés d'une prodigieuse faculté de justifier n'importe quelle conduite. Prenez le cas de son père. C'était un alcoolique qui battait sa mère et exigeait qu'on lui obéisse, au nom de versets bibliques. George, le propre mari de Gertrude, avait été un coureur de jupons invétéré. Il invoquait l'argument « scientifique » du caractère « antinaturel » de la monogamie. Quant à l'oncle Bennett, on connaît l'histoire.

Gertrude n'avait eu qu'un seul fils, Wade, le père de Hayden. L'exception qui confirme la règle ? Peut-être le voyait-elle avec les yeux de l'amour. Wade avait trouvé la mort à trente et un ans dans un accident avec l'avion privé qui les emmenait sa femme et lui dans une station de ski. La déviance qui coulait probablement dans ses veines n'avait pas eu le temps de se manifester. Sa disparition avait terrassé Gertrude. Le petit Hayden n'avait que quatre ans à l'époque. Elle l'avait élevé, mais mal. Elle n'avait pas su veiller sur lui, et il en avait souffert.

Son téléphone vibra. Gertrude était fascinée par la technologie moderne. Bien sûr, cela pouvait déboucher sur des addictions, mais l'idée de communiquer avec n'importe qui à n'importe quelle heure ou de consulter les pages de toutes les bibliothèques du monde grâce à un petit appareil qu'elle gardait dans son sac à main, n'était-ce pas miraculeux ?

— Alors, encore une fois, acheva Hayden, je voudrais vous remercier tous de soutenir cette cause qui nous tient à cœur. Nous irons voir le Vermeer volé dans une quinzaine de minutes. D'ici là, je vous laisse savourer votre dessert.

Tandis que Hayden souriait en agitant la main, Gertrude risqua un coup d'œil sur son téléphone. Elle lut le message, et son sang se glaça. Hayden la rejoignit à leur table. En voyant sa tête, il hasarda :

— Ça va, Pixie ?

Elle posa une main sur la table pour se retenir.

— Viens marcher avec moi.

— Mais nous…

— Donne-moi le bras, s'il te plaît. Maintenant.

— Bien sûr, Pixie.

Tous deux gardèrent le sourire en traversant la vaste salle de bal. L'un des murs de la salle était tapissé de miroirs. Juste avant de sortir, Gertrude entrevit son reflet et se demanda qui était cette vieille femme.

— Qu'y a-t-il, Pixie ?

Elle tendit le téléphone à Hayden. Il parcourut le message et ses yeux s'agrandirent.

— Il s'est évadé ?

— Apparemment.

Gertrude lança un coup d'œil en direction de la porte. Stephano, leur responsable de la sécurité depuis de longues années, n'était jamais très loin. Leurs regards se croisèrent, et elle inclina la tête pour lui signifier qu'elle lui parlerait plus tard. Stephano acquiesça tout en gardant ses distances.

— C'est peut-être un signe, dit Hayden.

Elle dévisagea son petit-fils.

— Un signe ?

— Pas dans le sens strictement religieux, même si ce n'est pas exclu. Je dirais plutôt une opportunité.

Ce qu'il pouvait être bête.

— Ce n'est pas une opportunité, Hayden, fit-elle entre ses dents. Ils vont le rattraper en moins de vingt-quatre heures.

— Tu crois qu'on devrait l'aider ?

Gertrude dévisagea fixement son petit-fils jusqu'à ce qu'il baisse les yeux.

— On ferait bien de partir maintenant.

— Mais, Pixie, les invités…

— Ils sont venus pour le Vermeer. Peu leur importe qu'on soit là ou pas. Où est Theo ?

— Il voulait voir le tableau.

Elle passa entre deux vigiles et pénétra dans ce qui autrefois avait été le salon de musique et où était accroché le Vermeer. Un jeune garçon se tenait devant le tableau, leur tournant le dos.

— Theo, dit-elle à l'enfant, on peut y aller ?

— Oui, Pixie, on y va.

Lorsqu'il se retourna, le regard de Gertrude s'attarda malgré elle sur la tache de vin caractéristique qu'il avait sur la joue. Elle sentit sa gorge se serrer. Elle lui tendit la main.

— Alors allons-y.

Deuxième partie

Douze heures plus tard

16

Max et Sarah prirent place à la table d'interrogatoire. Rachel Anderson était assise seule face à eux. Ils se présentèrent et lui demandèrent de nouveau si elle souhaitait la présence d'un avocat. Rachel déclina la proposition.

— Pour commencer, dit Max, je voudrais vous remercier d'avoir accepté de nous parler.

— C'est normal, répondit Rachel, la mine candide. Puis-je savoir de quoi il s'agit ?

Max regarda Sarah. Elle leva les yeux au ciel.

Ils se trouvaient au siège du FBI à Newark, dans le New Jersey, à quelque huit cents kilomètres du pénitencier de Briggs. Leur avis de recherche avait finalement rencontré un écho quand une caméra de la police avait filmé la plaque de Rachel Anderson : elle était en train de traverser le pont George-Washington, entre New York et le New Jersey. Après avoir appelé des renforts – l'avis de recherche spécifiait que le prisonnier évadé David Burroughs était armé et dangereux –, la police routière du New Jersey arrêta la Toyota blanche de Rachel Anderson sur la route 4, à Teaneck.

David Burroughs n'était pas dans le véhicule.

Max décida de prendre le taureau par les cornes.

— Où est votre ancien beau-frère, Mrs Anderson ?

Rachel le contempla, bouche bée.

— David ?

— Oui. David Burroughs.

— David est en prison, répliqua Rachel. Il purge une peine au pénitencier de Briggs dans le Maine.

Max et Sarah se bornèrent à la dévisager.

— Sérieux, Rachel ? soupira Sarah.

— Pardon ?

— C'est l'attitude que vous comptez adopter avec nous ?

Max posa la main sur le bras de Sarah.

— Même si vous avez renoncé à vous faire assister par un avocat, dit-il à Rachel, laissez-moi vous donner quelques garanties.

— Des garanties ? répéta-t-elle.

Max pressa le bras de Sarah pour l'empêcher d'intervenir.

— Nous sommes prêts à vous accorder une immunité totale à condition que vous nous disiez la vérité.

Le regard de Rachel alla de Sarah à Max.

— Je ne comprends pas.

Sarah secoua la tête.

— Mon Dieu.

— Je vais vous expliquer ce que j'entends par « immunité totale ». Imaginez – simple supposition – que vous ayez aidé David Burroughs à s'évader de prison. Si vous nous dites où il est ou quel rôle vous avez joué dans ce qui est considéré comme un crime grave…

— … un crime dont la complicité peut vous valoir de longues années d'emprisonnement, ajouta Sarah.

— C'est ça, fit Max. Merci. Vous ne serez pas poursuivie. Vous sortirez d'ici libre comme l'air.

— Attendez ! s'exclama Rachel en portant une main à sa poitrine. David s'est évadé ?

Sarah se laissa aller en arrière et tripota sa lèvre inférieure. Elle scruta Rachel avant de la désigner d'un geste.

— Qu'en penses-tu, Max ?

— Excellente performance. Et toi ?

— Je ne sais pas, Max. Tu ne trouves pas qu'elle surjoue un peu la sidération ?

— Possible, concéda Max. Son « Attendez » avant le « David s'est évadé » était peut-être de trop.

— Et la main sur le cœur. Là, c'était franchement exagéré. Si elle avait eu un collier de perles, elle l'aurait sûrement serré entre ses doigts.

— N'empêche, dit Max, à mon avis, ça vaut un Oscar.

— Une nomination, éventuellement, rétorqua Sarah, mais pas la statuette.

Sarcastiques, tous deux applaudirent Rachel. Elle garda le silence.

— Quand David Burroughs s'est évadé, reprit Max, nous avons envoyé un homme à votre motel.

— Une personne, Max, dit Sarah.

— Comment ?

— Tu as parlé d'un homme. C'est un peu sexiste comme formule, tu ne crois pas ?

— Si, bien sûr. Toutes mes excuses. Où en étais-je ?

— On a envoyé un représentant des forces de l'ordre à son motel.

— C'est ça.

Max regarda Rachel.

— Vous n'y étiez pas. À l'accueil, on nous a dit que vous deviez être à la brasserie À la Gare de Nesbitt. Apparemment, vous vous étiez plainte du wifi dans le motel.

— Et alors ? Est-ce un crime d'aller dans une brasserie ?

— À en croire la serveuse, vous êtes partie à la hâte peu après que l'alarme a retenti.

— Et juste avant de partir, renchérit Sarah, vous avez reçu un appel.

Rachel haussa les épaules.

— Peut-être bien.

— Qui vous a appelée, vous vous en souvenez ? demanda Max.

— Non. Je ne sais même plus si j'ai répondu. Je n'avais pas beaucoup de temps.

— La serveuse vous a vue répondre.

— Alors ce devait être un démarcheur. Je reçois plein d'appels de ce genre.

— Ce n'était pas un démarcheur, fit Sarah. C'était David Burroughs.

Rachel fronça les sourcils.

— David est détenu dans un pénitencier fédéral. D'où aurait-il un téléphone ?

— Waouh, lâcha Sarah, les mains ouvertes pour mimer la capitulation.

— Il l'a volé au moment de s'évader, répondit Max.

Évidemment, il ne croyait pas à la thèse du vol. Il soupçonnait Philip et Adam Mackenzie d'avoir donné leurs portables à David. Cela devait faire partie de leur plan d'évasion, mais inutile d'aborder ce point maintenant.

— Le nom affiché à l'écran devait être celui d'Adam Mackenzie. Vous savez qui c'est ?

— Bien sûr. Adam et David ont grandi ensemble.

— Vous souvenez-vous d'avoir reçu un appel depuis le téléphone d'Adam ?

— Non, désolée, fit Rachel avec un sourire faussement contrit. Il a peut-être laissé un message. Vous voulez que je vérifie ?

Max et Sarah échangèrent un autre coup d'œil. La tâche n'allait pas être facile.

— Après avoir quitté la brasserie, interrogea Max, où êtes-vous allée ?

— J'habite ici, dans le New Jersey.

— Ça, nous le savons.

— Eh bien, je rentrais chez moi. J'étais presque arrivée quand une patrouille m'a arrêtée. En braquant leurs armes sur moi. Ils m'ont flanqué une peur bleue. Puis on m'a amenée ici.

— Vous comptiez donc rentrer directement chez vous ? demanda Max.

— Oui.

— Mais vous n'êtes pas repassée au motel. Vos affaires sont toujours dans votre chambre.

— J'avais l'intention de revenir.

— Comment ça ?

— C'est moins cher quand on loue à la semaine, expliqua Rachel. Du coup, j'ai décidé de garder la chambre. Je suis rentrée régler quelques bricoles à la maison. Je pensais retourner dans le Maine jeudi.

Elle se redressa.

— Je suis complètement perdue, inspecteur.

— Agent spécial, rectifia Sarah. Lui, c'est agent spécial Max Bernstein, du FBI. Moi, je suis agent spécial Sarah Jablonski.

Rachel soutint son regard.

— Agent spécial. Vous devez en être très fière.

Max ne voulait pas se laisser distraire.

— Quand vous avez pris la route, Mrs Anderson, c'était pour rentrer directement ?

Rachel se cala contre le dossier de sa chaise.

— Je me suis peut-être arrêtée en chemin.

— Huit minutes après que David Burroughs vous a appelée, votre Toyota Camry a été filmée par une caméra de surveillance du côté du centre commercial Lamy.

— Ah oui. Je pensais faire un peu de shopping.

Elle se tourna vers Sarah.

— Ils ont une boutique Tory Burch là-bas.

— Et alors ? la pressa Max.

— Alors quoi ?

— Vous avez fait les boutiques ?

— Non.

— Et pourquoi ça ?

— J'ai changé d'avis.

— Du coup, vous êtes repartie sans vous y arrêter.

— Quelque chose comme ça.

— Et par un curieux hasard, observa Sarah, le centre commercial Lamy, c'est là que David Burroughs s'est caché après son évasion.

— Je ne sais rien là-dessus. David s'est réellement évadé ?

Sarah ignora sa question.

— Nous avons contacté votre opérateur mobile. Ils ont pingé votre iPhone, et devinez quoi ?

Rachel haussa les épaules.

— Votre téléphone a été coupé pendant tout le trajet, pour que nous ne puissions pas le localiser.

— Et c'est censé être un facteur compromettant ?

— Ça l'est, oui.

— Pourquoi ? Il m'arrive d'éteindre mon téléphone quand je conduis. Je n'aime pas être dérangée.

— Non, Rachel, c'est faux, riposta Sarah sèchement. D'après votre opérateur, votre portable n'a jamais été coupé ces quatre derniers mois. Nous savons également que vous l'avez éteint au bout de seize kilomètres en direction du nord, ce qui est à l'opposé du New Jersey.

Rachel haussa de nouveau les épaules avec désinvolture.

— J'avais envie de voir du pays avant de rentrer.

— Quoi de plus logique, opina Sarah, imperturbable. Votre ex-beau-frère s'évade de prison. Peu après, vous recevez un appel du portable qu'il a volé. Vous vous rendez au centre commercial où il se cache. Ensuite, bizarrement, bien que vous prétendiez vouloir rentrer directement chez vous sans même repasser par votre motel, vous repartez dans la direction opposée et éteignez votre téléphone pour la première fois depuis la dernière mise à jour effectuée il y a quatre mois. J'oublie quelque chose ?

Rachel sourit à Sarah, puis regarda Max.

— Suis-je en état d'arrestation, agent spécial Bernstein ?

— Pas si vous coopérez.

— Et si je me lève pour partir ?

— Laissons tomber les hypothèses, Mrs Anderson, si vous voulez bien. Nous savons également que vous avez poursuivi la route vers le nord après avoir coupé votre portable. Une cinquantaine de kilomètres plus loin, David Burroughs a utilisé une carte bancaire volée pour acheter une panoplie complète de survie – tente, canif, sac de couchage, tout ça – dans un magasin à Katahdin. Le gérant nous a fourni un signalement précis. Un commentaire ?

Rachel secoua la tête.

— Je ne suis au courant de rien.

— C'est une région boisée. Des milliers d'hectares de forêt. Quelqu'un qu'on dépose là-bas peut disparaître facilement. Et éventuellement se diriger vers la frontière canadienne.

Rachel ne répondit pas.

Sarah décida de changer son fusil d'épaule. Leur objectif était de la déstabiliser, de la déconcerter par la masse d'informations qu'ils avaient pu recueillir en quelques heures.

— Pourquoi avoir choisi d'aller voir David Burroughs maintenant ?

— David était mon beau-frère. Nous étions très proches.

— Mais c'était votre toute première visite à Briggs.

— En effet.

— Il était là depuis quand ? Quatre, cinq ans ?

— Environ, oui.

Sarah eut l'air étonnée.

— Alors pourquoi maintenant, Rachel ?

— Je ne sais pas. J'ai senti que… c'était le bon moment.

— Pensez-vous que David Burroughs a tué votre neveu ?

Rachel regarda ailleurs.

— Je le pense, oui.

— Mais vous n'en êtes pas sûre.

— Si, si. Mais à mon avis, ce n'était pas prémédité. Il a dû agir dans un accès de démence.

— Vous ne lui en voulez donc pas ? s'enquit Max.

— Pas vraiment.

— De quoi avez-vous parlé durant votre visite ?

— J'ai demandé à David comment il allait.

— Et comment allait-il ?

— Il était toujours dévasté. Il ne voulait pas recevoir de visites. Il avait juste envie qu'on le laisse tranquille.

— Pourtant, vous êtes revenue le lendemain.

— Oui.

— Et vous comptiez y retourner.

— David et moi étions proches. Avant tout ça, j'entends. J'ai… je lui ai aussi parlé de moi.

— Puis-je savoir ce que vous lui avez raconté ?

— Ça n'a pas grande importance. J'ai eu mon propre lot de déconvenues.

— Et vous croyiez quoi ? Qu'il allait vous prêter une oreille compatissante ?

— En quelque sorte, répondit Rachel doucement.

— À propos de déconvenues, dit Sarah, vous faites allusion à votre récent divorce ?

— Ou au scandale qui a mis fin à votre carrière ? ajouta Max.

Rachel ne broncha pas.

Max se pencha en avant. Inutile de finasser plus longtemps.

— Tout est en train de remonter à la surface, Mrs Anderson. Vous le savez, n'est-ce pas ?

Elle ne mordit pas à l'hameçon.

— Voyez ce que Sarah a exhumé en seulement quelques heures. Nous allons l'arrêter. Il n'y a aucun doute là-dessus. S'il a de la chance, nous le prendrons vivant, mais David Burroughs est un assassin d'enfant qui a volé une arme à feu au directeur de la prison…

Max haussa les épaules pour signifier qu'il n'avait pas prise là-dessus.

— Sitôt que nous l'aurons attrapé – probablement dans les prochaines heures –, Sarah et moi nous attellerons à constituer un dossier contre vous pour complicité d'évasion.

— Vous risquez d'en prendre pour un bon bout de temps, fit Sarah.

— Ceci n'est pas une menace en l'air, renchérit Max.

Sarah fusilla Rachel du regard.

— J'ai trop hâte de vous voir derrière les barreaux.

— À moins que, Sarah…

— À moins que quoi, Max ?

— À moins qu'elle ne coopère. Ici et maintenant.

Sarah fronça les sourcils.

— Je crois qu'on n'a pas besoin d'elle, Max.

— Tu as sûrement raison, mais peut-être que Mrs Anderson ne savait pas où elle mettait les pieds. Peut-être qu'elle a agi sans réfléchir.

— Ça m'étonnerait.

— N'empêche… On s'était mis d'accord, Sarah. Si Rachel accepte de tout nous dire maintenant, nous lui accorderons une immunité totale.

— Ça, c'était avant, Max. Là, j'ai juste envie de la voir en prison. Pour nous avoir baladés comme elle l'a fait.

— Tu n'as pas tort, Sarah.

Rachel se taisait.

— C'est votre dernière chance, lui dit Max. Votre passeport pour la liberté expire dans trois minutes.

— Et ensuite on la boucle, Max ?

— Ensuite on la boucle, Sarah.

Sarah joignit les mains sur la table.

— Qu'en dites-vous, Rachel ?

— J'ai changé d'avis, répliqua-t-elle. Je veux mon avocat.

17

— OK, Sarah, quelle est ton hypothèse de travail la plus plausible ?

Max et Sarah se rendaient à l'aéroport de Newark pour retourner au pénitencier de Briggs. L'avocat de Rachel Anderson n'était autre que la célèbre Hester Crimstein, qui obtint promptement sa mise en liberté sous caution.

— Arrête de te ronger les ongles, Max.

— Lâche-moi, Sarah, veux-tu ?

— C'est mal élevé.

— Ça m'aide à réfléchir.

Elle poussa un soupir.

— Alors c'est quoi, notre hypothèse de travail ?

— Burroughs s'évade avec l'aide de Philip et Adam Mackenzie, commença Sarah.

— On est sûrs que les Mackenzie sont dans le coup ?

— Je pense que oui.

— Je le pense aussi, acquiesça Max. Continue.

— Burroughs descend de la voiture du directeur dans le parking souterrain du centre commercial. Il contacte Rachel Anderson qui attend son appel à la brasserie

À la Gare de Nesbitt. Rachel fonce au centre commercial. Tu me suis, Max ?

— Oui. Vas-y, ne t'arrête pas.

— Elle retrouve Burroughs. Il monte dans sa voiture.

— Et après ?

— Ils mettent le cap au nord. D'où le dernier *ping* sur son téléphone.

— C'est bizarre.

— Quoi donc ?

— Pourquoi avoir coupé son portable à ce moment-là et pas avant ? demanda Max.

— Si elle l'avait éteint au centre commercial, nous aurions su qu'elle était passée par là.

Max fronça les sourcils.

— Oui, peut-être bien.

— Mais ?

Il balaya sa question d'un geste.

— Continue.

— Ils arrivent dans ce magasin…

— À Katahdin.

— C'est ça. Là, il achète son matériel de survie. Compte tenu du timing et de la circulation, je dirais qu'elle l'accompagne pendant une bonne demi-heure encore. Quoi qu'il en soit, Rachel dépose Burroughs dans une zone boisée. On a envoyé un hélico et des chiens, mais le secteur n'est qu'un vaste trou noir.

— Et puis ?

Sarah haussa les épaules.

— Et puis c'est tout.

— Alors, ce serait quoi son plan, d'après toi ?

— Je n'en sais rien, Max. Il compte peut-être se cacher dans les parcs nationaux. En attendant que la pression retombe. Ou bien il pense traverser la frontière canadienne en douce.

Max mordilla férocement son ongle.

— Tu n'y crois pas, toi, fit Sarah.

— Je n'y crois pas.

— Dis-moi pourquoi.

— Trop de lacunes. Burroughs a grandi en ville. A-t-il une quelconque expérience du survivalisme ?

— Peut-être. Ou il se dit que ce ne doit pas être bien compliqué. Ou encore qu'il n'a pas le choix.

— Ça ne colle pas, Sarah.

— Qu'est-ce qui ne colle pas, Max ?

— Commençons par le commencement : cette évasion était-elle planifiée d'avance ?

— Forcément.

— Si c'est le cas, tu parles d'un plan foireux.

— Je ne sais pas, répondit Sarah. Moi, je trouve ça très ingénieux.

— Comment ça ?

— C'est tellement simple. Burroughs s'empare de l'arme et sort avec Mackenzie. Pas de tunnel à creuser. Pas de camion à détourner ni de benne à ordures dans laquelle se planquer. Si ce gardien… Quel est son nom, déjà ?

— Weston. Ted Weston.

— Si Weston n'avait pas regardé par la fenêtre au bon moment, s'il n'avait pas repéré Burroughs et le directeur en train de monter dans la voiture, ils s'en sortaient les doigts dans le nez. Personne n'aurait signalé la disparition de Burroughs avant la fin de la journée.

Max réfléchit.

— Alors suivons cette piste, hein, Sarah ?

— Oui, Max.

— Quand les choses ont mal tourné – quand Weston a donné l'alerte –, d'après toi, ils ont été obligés d'improviser.

— Exactement, dit Sarah.

— Ça explique pourquoi Burroughs a appelé Rachel pendant qu'elle était à la brasserie, fit Max, pensif. Si elle avait été dans le coup depuis le début, il n'aurait pas eu besoin de téléphoner. Elle aurait attendu sur place pour le récupérer.

— Intéressant, observa Sarah. Faut-il en conclure que Rachel Anderson n'était pas mêlée au plan d'évasion initial ?

— Je ne sais pas.

— Mais ce n'est pas une coïncidence. Elle rend visite à Burroughs, et le lendemain il se fait la belle.

— Ce n'est pas une coïncidence, confirma Max en s'attaquant à un ongle encore intact. Seulement voilà, Sarah.

— Quoi, Max ?

— Il y a un truc qui nous échappe. Et à mon avis, c'est du lourd.

18

Debout dans la 12e Rue, à New York, je dévore une tranche de la meilleure pizza pepperoni du monde, achetée dans une pizzeria de Christopher Street.

Je suis libre.

Je n'arrive toujours pas à y croire. Connaissez-vous cette sensation quand vous faites un rêve bizarre – bizarre dans le bon sens, en l'occurrence – et que soudain, en plein milieu de vos pérégrinations nocturnes, vous vous rendez compte que vous êtes en train de dormir et de rêver ? Vous avez si peur de vous réveiller que vous vous cramponnez désespérément aux images dans votre tête, alors même qu'elles s'évanouissent peu à peu. C'est ce que je ressens depuis quelques heures. Je suis tétanisé à l'idée d'ouvrir les yeux et de me retrouver à Briggs à la place de cette rue qui sent l'urine (encore heureux car normalement les rêves n'ont pas d'odeur).

Je me tiens en face de l'immeuble où Harriet Winchester, *alias* Hilde Winslow, réside à présent.

Je me suis évadé aujourd'hui. Ça dépasse l'entendement. Moins de vingt-quatre heures plus tôt, un maton de Briggs a tenté de m'assassiner. Et au moment où, de victime, on allait faire de moi l'agresseur, Philip et Adam m'ont sorti du pétrin. Les événements de cette folle journée – qui n'est pas encore terminée – forment un tourbillon dans ma tête. J'essaie d'y couper court pour me concentrer sur la tâche qui m'attend.

Hilde Winslow a menti à la barre pour m'envoyer en prison. Je veux savoir pourquoi. C'est la première étape de ma quête pour retrouver mon fils.

Retrouver mon fils.

Chaque fois que j'y pense, je lutte pour ravaler mes larmes. Avant la visite de Rachel, mon fils était mort assassiné, peut-être même de mon propre fait. Maintenant, c'est l'inverse qui m'apparaît clairement : Matthew est vivant, et on m'a tendu un piège. Qui, pourquoi ?... Je n'en ai pas la moindre idée. Un pas après l'autre.

Et le premier pas, c'est Hilde Winslow.

Après avoir sauté de la voiture de Philip dans le sous-sol du centre commercial, j'ai appelé Rachel pour qu'elle vienne me chercher. Elle était dans une brasserie. Je lui ai indiqué l'heure et le lieu de notre rendez-vous. En attendant, je me suis rendu sur le parking des employés. À cette heure matinale, la plupart commençaient à peine leur service. J'avais donc du temps devant moi. Rachel habite dans le New Jersey. Lorsque la police allait donner l'alerte, c'est ce qu'ils rechercheraient en premier : une plaque du New Jersey dans le Maine. J'ai repéré une vieille Honda Civic dont les plaques étaient faciles à dévisser. Son propriétaire allait-il s'en rendre compte ? Probablement pas tout de suite. Peu de gens vérifient que leurs plaques sont bien en place avant de monter dans leur voiture. Mais même si c'était le cas, Mr ou Mrs Vieille Honda ne s'en apercevrait pas avant la fin de la journée. Ce qui nous laissait une bonne avance.

Rachel a fait ce que je lui avais demandé : tirer un maximum d'argent liquide au distributeur. Elle détenait trois cartes bancaires, deux avec un plafond de huit cents dollars et une avec un plafond de six cents. Avec l'argent que les Mackenzie m'ont donné, j'avais de quoi subsister un bon bout de temps. La police finirait par trouver où Philip m'avait déposé réellement. Son histoire, quoi qu'il ait concocté, ne tiendra pas la route plus de deux jours.

Une fois que Rachel m'a eu récupéré tout au fond du parking où je me cachais, je lui ai dit de rouler tout droit. Trois kilomètres plus loin, nous avons repéré un restaurant fermé. Elle s'est garée derrière, et j'ai rapidement changé les plaques pour que sa Toyota Camry, une voiture on ne peut plus banale, soit désormais immatriculée dans le Maine.

— Et maintenant ? m'a-t-elle demandé.

Je savais qu'ils allaient lancer une chasse à l'homme à grande échelle, mais en même temps la police ne peut pas être partout. L'essentiel dans n'importe quel plan est d'avoir un but. Le mien est de retrouver mon fils.

Qu'est-ce que cela signifie d'un point de vue pratique ?

Explorer toutes les pistes possibles. La seule que j'aie pour l'instant, c'est Hilde Winslow. Non seulement elle a menti à la barre, mais elle a changé de nom et déménagé à New York. C'est ça, mon plan : aller voir Hilde Winslow pour savoir pourquoi elle a menti.

Ma destination étant définie, il s'agissait de semer un maximum de confusion. La police saurait assez vite que Rachel m'avait rendu visite en prison, et ils s'arrangeraient pour localiser son portable. Ainsi que ceux de Philip et d'Adam. Sauf que je les avais déjà éteints.

— Ton téléphone est allumé ? ai-je demandé.

— Oui. Oh mince, ils peuvent le suivre à la trace, c'est ça ? Dois-je le couper ?

— Attends un peu.

— Pourquoi ?

Une fois le téléphone coupé, l'opérateur ne serait plus en mesure de le borner, mais il pourrait informer la police de l'endroit où nous étions quand le téléphone a été éteint. New York étant ma destination finale, j'ai dit à Rachel de repartir dans la direction opposée. Après avoir parcouru une distance suffisante pour que la police nous soupçonne de vouloir gagner la frontière canadienne, elle a coupé son téléphone. Comme si, après avoir roulé pendant un quart d'heure, elle s'était soudain rendu compte qu'il était toujours allumé et donc détectable.

— On fait quoi maintenant ? a-t-elle demandé.

J'allais lui dire de faire demi-tour, mais je n'étais pas certain que le coup du téléphone suffise à brouiller les pistes.

— Continue vers le nord.

Vingt minutes plus tard, nous nous sommes arrêtés à Katahdin devant un magasin qui vendait du matériel de survie. J'ai cherché des yeux les caméras de surveillance autour des pompes à essence. Il n'y en avait pas. Non pas que cela changeait quelque chose. Ils sauraient assez tôt que j'étais passé par ici. Pendant que Rachel faisait le plein, j'ai acheté discrètement (du moins je l'espérais) le genre d'équipement qu'on doit emporter pour une longue randonnée. Je l'ai payé avec la Mastercard qu'Adam aurait « oublié » de bloquer. Cela aussi, la police finirait par le savoir, et lorsque l'avis de recherche serait lancé, le vieil homme qui m'a servi se souviendrait sûrement de mon visage.

Ce n'était pas bien grave.

Nous avons poursuivi la route sur un kilomètre (au cas où l'on demanderait quelle direction la voiture avait prise) avant de faire demi-tour pour redescendre vers le sud. À l'entrée de Boston, nous avons trouvé un conteneur de l'Armée du Salut derrière un immeuble de bureaux. J'y ai balancé mon matériel de survie. D'après l'affichette, la prochaine collecte aurait lieu dans quatre jours. Tant mieux. Même si l'Armée du Salut trouvait ça louche et prévenait la police, nous serions déjà loin. L'essentiel, c'était qu'on croie que je me cache dans la forêt.

Dans une pharmacie du côté de Milford, pendant que j'attendais dans la voiture, Rachel m'a acheté un téléphone jetable, une tondeuse pour les cheveux, de quoi me raser et une paire de lunettes. Elle a choisi des verres solaires qui s'éclaircissent à l'intérieur. Parfait. Au relais routier suivant, je suis allé aux toilettes, une casquette de base-ball enfoncée sur les yeux. Je me rasais rarement en prison, sauf quand ça me démangeait. Du coup, j'avais un peu de barbe. J'ai tout rasé en laissant juste la moustache. Puis je me suis coupé les cheveux, tondu le crâne et j'ai mis les lunettes.

Rachel a été impressionnée par mon déguisement.

— J'ai failli ne pas t'ouvrir la portière.

À l'approche du pont George-Washington, je lui ai demandé de sortir dans le Bronx. Nous nous sommes garés dans un coin pour que je remette en place ses plaques du New Jersey. J'ai jeté les autres dans un bac à ordures. Si la police était déjà sur le coup, ils relèveraient ses plaques au moment où elle traverserait le pont. Nous avons répété en chemin ce qu'elle devrait faire si on l'interceptait sur la route ou si on venait sonner chez elle.

— Je te cause beaucoup de soucis, lui ai-je dit.

— Ne t'inquiète pas pour ça. N'oublie pas, c'est mon neveu.

— Tu étais une bonne tante.

— La meilleure, a-t-elle répondu en esquissant un sourire.

— Mais si ça tourne mal, si tu te fais prendre…

— Ça va aller.

— Je sais. Mais si jamais ils te mettent au pied du mur, dis-leur que je t'ai forcée à faire ça sous la menace de mon pistolet.

— Allez, file.

Nous étions à deux pas de la station de métro Mount Eden Avenue. Je suis monté dans la rame pour descendre à Union Square trente-cinq minutes plus tard. Là, j'ai trouvé un Nordstrom Rack où j'ai acheté un blazer, une chemise et une cravate, le tout à moindre coût. C'était peut-être un peu exagéré, avec le crâne rasé, la moustache et les lunettes, mais si on me soupçonnait d'être à New York, on ne rechercherait probablement pas un homme avec blazer et cravate.

À partir de là, j'en avais pour dix minutes à pied jusqu'à la 12e Rue où habite Hilde Winslow. Je me suis arrêté dans Christopher Street pour m'acheter une part de pizza et un Pepsi. Dès la première bouchée, je me suis senti tout étourdi. Je crois que je n'ai rien connu d'aussi fabuleux que cette banale bouchée de pizza dans une rue de New York en tant qu'homme libre. Ça a réveillé des souvenirs depuis longtemps enfouis. Je me suis revu à Revere Beach, chez Sal, avec Adam, Eddie et TJ, toute la bande, quoi. Et c'était vraiment bon.

Maintenant, je fais le pied de grue.

Je pense à Rachel, bien sûr. Elle a déjà dû se faire alpaguer par les forces de l'ordre. A-t-elle réussi à rentrer chez elle ? Les flics l'ont-ils interceptée ? Que risque-t-elle ? Je pense aussi à Philip et à Adam, aux ennuis qui les guettent. Et, pour finir, je pense à Cheryl, mon ex et la mère de Matthew. Comment réagira-t-elle en apprenant mon évasion ? Et ma tante Sophie ? Et mon père, s'il est en état de comprendre ?

Mais ce n'est pas mon problème. Pas pour le moment.

Je traverse la rue. Hilde Winslow, *alias* Harriet Winchester, sait-elle que je me suis évadé ? Je n'en ai aucune idée. Il n'y a pas de portier dans son immeuble. Il faut sonner à l'interphone. Le nom « H. WINCHESTER » figure sous l'appartement 4B. Je presse le bouton. Ça sonne. Une fois, deux fois, trois fois. À la quatrième sonnerie, une voix que je reconnais grésille dans le haut-parleur :

— Oui ?

Il me faut une seconde pour recouvrer mes esprits. Je change ma voix en adoptant piteusement un accent d'Europe de l'Est.

— J'ai un paquet pour vous.

— Laissez-le dans le hall d'entrée, s'il vous plaît.

— Il me faut une signature.

J'ai passé ces dernières heures à échafauder des plans, mais à présent, si près du but, je suis en train de tout gâcher. Je ne suis pas habillé comme un livreur. Je n'ai pas de paquet à lui remettre.

— En fait, dis-je en improvisant, si j'ai votre accord verbal, je peux le laisser ici. J'ai votre permission de le laisser dans le hall ?

Il y a une pause, et je me demande si je n'ai pas été démasqué. Puis Hilde Winslow répond lentement :

— Vous avez ma permission.

— OK, je le dépose dans un coin.

Je m'écarte en réfléchissant à ce que je vais faire quand j'aperçois un homme qui descend l'escalier en direction de la porte d'entrée. Hilde aurait-elle chargé un voisin d'aller chercher son paquet ? Non, le timing est trop juste. Tandis qu'il pousse la porte, j'approche mon téléphone de mon oreille et dis :

— OK, je vous dépose votre chèque directement chez vous.

Subterfuge inutile : l'homme franchit la porte et sort sans faire attention à moi.

Je glisse mon pied dans l'entrebâillement et entre. La porte se referme derrière moi.

Et je gravis les marches jusqu'à l'appartement 4B.

Le téléphone de Sarah vibra. Elle contempla le message entrant.

— Tu avais raison, Max.

— À propos de ?

— Des plaques d'immatriculation.

Max trouvait bizarre que personne n'ait repéré la voiture de Rachel Anderson durant le long trajet entre le Maine et le New Jersey. Au début, il avait supposé qu'elle avait emprunté les routes secondaires, mais un rapide survol de la circulation leur avait appris qu'elle ne serait jamais arrivée à temps en évitant les autoroutes à péage.

— Un dénommé George Belbey a remarqué que ses plaques avaient disparu quand il a fini son service chez L.L.Bean.

— J'imagine que George Belbey réside dans le Maine ?

— Ouaip.

— Donc Burroughs ou Rachel a changé les plaques. Remplacé les siennes par des plaques du Maine.

— Sauf quand la police routière a repéré sa voiture sur le pont…

— Elle les avait rechangées, acheva Max. La question est : quand a-t-elle fait ça ? Et pourquoi ?

— Nous savons pourquoi, n'est-ce pas, Max ?

— Peut-être bien.

Le portable de Sarah vibra de nouveau. Elle jeta un coup d'œil sur l'écran.

— Waouh.

— Quoi ?

— Nous avons monitoré les appels récents de Rachel Anderson.

— Et ?

— Après son parloir avec Burroughs à Briggs, elle a contacté un ancien collègue du *Globe* pour lui demander un service.

— Quel genre de service ?

— Elle voulait le dossier sur le meurtre de Matthew Burroughs.

Max rumina un instant.

— Son ancien collègue a-t-il accès à ce type de documents ?

— Non. Mais Rachel l'a sollicité pour autre chose.

— Quoi donc ?

— Le numéro de Sécurité sociale d'un témoin au procès. Une femme nommée Hilde Winslow.

— Ça me dit quelque chose…

— C'est elle qui a déclaré avoir vu Burroughs enterrer la batte de base-ball.

— Exact. Une femme âgée, si mes souvenirs sont bons.

— Tout à fait, Max, mais c'est là qu'il y a un hic. Apparemment, Hilde Winslow a changé de nom peu de temps après le procès pour devenir Harriet Winchester.

Ils se regardèrent.

— Pourquoi aurait-elle fait ça ? demanda Max.

— Aucune idée. Mais tu ne sais pas la meilleure. Hilde-Harriet a aussi déménagé à New York.

Sarah plissa les yeux et scruta son téléphone.

— 135, 12e Rue Ouest pour être exacte.

Max cessa de mâchonner son ongle. Sa main retomba.

— Comme ça, Rachel Anderson vient voir David Burroughs en prison. Après leur entrevue, elle se renseigne sur un témoin clé dans cette affaire – celle que Burroughs a accusée d'avoir menti à la barre – et découvre qu'elle a changé de nom et déménagé.

Il leva les yeux.

— D'après toi, c'est là qu'il est allé ?

— Pour lui demander des explications ?

— Ou pire.

Max se dirigea vers la sortie de l'aéroport.

— Sarah ?

— Oui ?

— Trouve-nous une voiture pour New York. Et appelle le bureau de Manhattan. Je veux des flics partout autour de chez Hilde Winslow.

19

Me voici devant la porte de Hilde Winslow.

Et maintenant ?

Je pourrais frapper, certes, mais dans la mesure où il y a un interphone en bas et qu'elle est déjà méfiante par nature, je ne suis pas sûr que ce soit une bonne idée. Elle va demander qui c'est. Elle regardera par le judas. Pourrait-elle me reconnaître ? J'en doute, sauf si elle a entendu parler de mon évasion. De toute façon, elle n'ouvrira pas.

J'ai acheté une casquette de base-ball à un vendeur de rue. Que je jetterai après ma visite chez Hilde. Comme ça, si elle doit me décrire, elle ne saura pas que j'ai le crâne rasé.

Option numéro deux : je peux essayer de défoncer la porte ou de tirer dans la serrure. Sauf que, franchement, est-ce qu'elle ne va pas crier à l'assassin ? Les voisins vont appeler la police. Non, l'option numéro deux est nulle et non avenue.

Option numéro trois ? En fait, je n'en ai pas. Pas encore. Mais je ne peux pas rester planté dans ce couloir. Je vais me faire remarquer ; on se demandera ce que je fais là. Je n'y ai pas vraiment réfléchi. Durant toutes ces heures passées dans la voiture de Rachel, je n'ai pas mis au point un plan qui tienne la route. Et maintenant j'en paie le prix.

À ma gauche, il y a une porte qui donne sur l'escalier d'incendie. Et si je me cachais en attendant qu'elle mette le nez dehors ? Seulement, il commence à se faire tard. Il y a peu de chances qu'une octogénaire comme Hilde-Harriet sorte à cette heure-ci.

Voilà où j'en suis de mes réflexions lorsque le bouton de porte du 4B commence à tourner.

Ma réaction est purement instinctive. Hilde Winslow a probablement décidé d'aller chercher son supposé paquet laissé dans le hall d'entrée. Je n'hésite pas une seconde. Sitôt que la porte s'entrouvre, je la pousse avec mon épaule.

Le battant s'ouvre à la volée.

Un instant, je crains d'avoir été trop brutal. D'avoir peut-être heurté la vieille femme. Mais quand je fais irruption dans l'appartement, Hilde Winslow est là, les yeux arrondis. Elle recule et ouvre la bouche pour crier. Mon cerveau primitif semble avoir pris les commandes. Je me précipite vers elle et plaque maladroitement ma main sur sa bouche. Je referme la porte d'un coup de pied et l'attire contre moi, calant sa tête sur ma poitrine.

Je chuchote :

— Je ne vous veux pas de mal.

Ai-je vraiment dit cela ? Si oui, mes paroles n'ont pas dû la rassurer. Elle se tortille, attrape ma main, se débat. Je tiens bon. J'aurais préféré une autre approche, plus polie, plus rationnelle, mais je ne vois pas en quoi ça m'aidera à retrouver Matthew.

Avec ma main libre, je sors mon arme et la lui montre.

— Il faut qu'on parle, compris ? Une fois que je saurai la vérité, je partirai d'ici. Hochez la tête si vous m'avez compris.

La nuque toujours pressée contre ma poitrine, elle parvient à acquiescer.

— Je vais retirer ma main maintenant. S'il vous plaît, ne m'obligez pas à recourir à la violence.

On dirait une réplique d'un vieux film, mais je ne sais pas trop comment gérer cette situation. Je la relâche en priant pour qu'elle ne se mette pas à hurler car je n'ai pas l'intention de lui tirer dessus ni de la frapper avec la crosse de mon pistolet. Encore que…

Elle a menti à mon sujet. Elle a menti sous serment et contribué ainsi à m'expédier en prison pour le meurtre de mon propre enfant.

Alors jusqu'où irais-je ? Pourvu qu'elle ne me pousse pas à le découvrir.

Elle se tourne vers moi.

— Qu'est-ce que vous voulez ?

— Savez-vous qui je suis ?

— Vous êtes David.

Sa voix est étonnamment calme et posée. Elle n'évite pas mon regard. Elle ne me défie pas non plus, mais elle n'a l'air ni apeurée ni intimidée.

— Que faites-vous ici ? demande-t-elle.

— Vous avez menti.

— De quoi parlez-vous ?

— À mon procès. Votre témoignage. Tout était faux.

— Absolument pas.

Elle ne me laisse vraiment pas le choix.

Je lève le pistolet et l'appuie contre son front.

— Écoutez-moi bien, dis-je en espérant que ma voix ne va pas me trahir. Je n'ai rien à perdre. Vous le comprenez, n'est-ce pas ? Si vous continuez à mentir, si vous ne me dites pas la vérité, je vous tuerai. Je n'y tiens pas. Même pas du tout. Mais c'est mon fils ou vous.

Elle se met à ciller rapidement.

Je poursuis :

— Oui. Mon fils est vivant. Je ne vous demande pas de me croire, et je n'ai pas le temps de vous expliquer. Tout ce qui compte, c'est que *moi* j'y croie. Et je n'aurai aucun scrupule à vous tuer pour le retrouver. Suis-je suffisamment clair ?

— Je ne sais pas quoi vous dire…

Je la frappe avec le canon du pistolet. Enfin… juste une tape sur la joue. Une petite tape. Mais c'est assez pour faire passer le message et assez pour que je me sente horriblement mal.

— Vous avez changé de nom et déménagé. Tout ça parce que vous aviez menti à la barre et que vous aviez besoin de disparaître. Je ne cherche pas à me venger. Mais si vous avez menti, c'est qu'il y avait une raison, et cette raison pourrait me conduire à mon fils. Alors soit vous me dites pourquoi, soit je vous tue.

Elle me regarde fixement. Je soutiens son regard sans broncher.

— Vous vous faites des idées, répond-elle.

— Peut-être.

— Comment pouvez-vous penser que votre fils est toujours en vie ?

— J'ai mes raisons.

Hilde porte sa main à sa bouche. Elle secoue la tête et ferme les yeux. Je n'ai pas baissé mon arme. Lorsqu'elle rouvre les yeux, je vois un changement. Il n'y a plus ni méfiance ni attitude défensive.

— Je n'arrive pas à croire que vous êtes là, devant moi, David.

Je garde le silence.

— Vous êtes en train d'enregistrer ? s'enquiert-elle.

— Non.

Je sors mon téléphone pour le lui montrer, puis je le laisse tomber sur la table.

— C'est juste entre vous et moi.

— Si vous en parlez à quiconque, je nierai tout en bloc.

Je sens mon pouls s'accélérer.

— Compris.

— Et si quelqu'un enregistre notre conversation, je dirai que j'ai inventé une histoire pour calmer un tueur fou qui me menaçait avec son arme.

Je hoche la tête en signe d'encouragement.

Hilde Winslow me regarde droit dans les yeux.

— Cela fait longtemps que j'imagine ce moment. Un face-à-face entre vous et moi. Le quart d'heure de vérité.

Elle prend une profonde inspiration. Moi, je retiens la mienne de peur que le moindre geste intempestif ne rompe le charme.

— D'abord, je me suis dit que mon témoignage n'aurait aucune importance. Vous auriez été condamné de toute façon… Je n'étais que la cerise sur le gâteau. Et aussi, je pensais sincèrement que vous étiez coupable.

C'était leur argument de vente : j'allais aider à faire enfermer un assassin. Vous voulez tout savoir, David ?

J'acquiesce.

— Je continue à croire que vous êtes coupable. Les charges contre vous pesaient beaucoup trop lourd. Ça me permet de dormir la nuit. La certitude que c'était vous. Mais ce n'est pas une excuse. J'enseignais la philosophie à l'université de Boston. Vous le saviez, ça ?

Je le savais, oui. Mes avocats avaient épluché tout son passé à la recherche d'éléments qu'ils pourraient utiliser dans leur contre-interrogatoire. Elle s'était retrouvée veuve à l'âge de soixante ans. Elle avait trois enfants, tous mariés, et quatre petits-fils.

— J'ai étudié les raisonnements du style « la fin justifie les moyens » en long et en large. C'est ce que j'ai fait là également, mais ça n'enlève rien au fait que mon témoignage a entaché le procès. Pire, il a entaché l'image que j'avais de moi.

Son téléphone se met à vibrer. Elle me regarde. Je lui fais signe de consulter l'écran.

— C'est un numéro masqué, dit-elle.

— Ne répondez pas.

— OK.

— Vous disiez ?

— En l'occurrence, il s'agit de ma belle-fille, Ellen. Elle exerce comme médecin à Revere.

Je me souviens de l'avoir lu dans son dossier.

— Elle est mariée avec votre fils aîné, Marty.

— C'est ça.

— Et c'est quoi, le problème ?

— Elle souffre d'une addiction au jeu. C'est chronique. Je n'en savais rien à l'époque. C'est une gynécologue-obstétricienne respectée. Elle a mis au monde les petits-enfants de tous mes amis. Marty a tout essayé, je crois. Les Joueurs Anonymes. Les psys, les thérapies, contrôler son accès à l'argent. Mais un addict trouve toujours une faille. Ellen a plongé. Elle a même touché le fond. Il y en avait pour des centaines de milliers de dollars. C'est ce qu'ils m'ont dit au téléphone. Ellen n'avait aucun moyen de rembourser ses dettes, mais on pouvait s'arranger… si je leur rendais un petit service.

Elle se frotte le visage, ferme les yeux. Une fois de plus, je retiens mon souffle.

— Vous voulez savoir pourquoi j'ai témoigné contre vous ? Voilà pourquoi. Cet homme-là est venu me voir. Très poli. Bien élevé. Un grand sourire. Mais ses yeux, ils étaient tout noirs. Morts. Vous voyez le genre ?

J'acquiesce.

— Et il avait la poliose.

— La poliose ?

Elle désigne sa tête.

— Une mèche blanche. Il était brun avec une mèche blanche en plein milieu.

Je me fige.

— Bref, cet homme m'explique la situation d'Ellen. Il me dit que je rendrais service à la société si je les aidais. Que c'est vous qui avez tué votre fils, que vous lui avez défoncé le crâne avec une batte de base-ball, mais que vous allez vous en sortir parce que votre père était un flic ripou et que c'était joué d'avance.

L'angoisse monte. La mèche blanche. Je connais celui dont elle parle.

— Cet homme a mentionné mon père ?

— Oui, nommément. Lenny Burroughs. C'est pour ça qu'ils avaient besoin de moi. Pour que justice soit rendue. Si je les aidais, ils aideraient Ellen. Il portait des mocassins de luxe et pas de chaussettes. Vous voulez savoir ce que j'ai répondu ?

Je hoche la tête.

— J'ai dit non. Qu'Ellen se débrouille pour payer ses dettes. Le petit homme n'a pas insisté. « Très bien », c'est tout ce qu'il a dit. Il n'a pas proféré de menaces non plus. Le lendemain, il m'a appelée. Poliment. « Mrs Winslow ? Écoutez. » Et là…

Elle ferme les paupières.

— J'entends un craquement et Marty qui se met à hurler. Pas Ellen. Mon Marty. Le petit homme lui a brisé le majeur comme si c'était un crayon.

Les bruits de la ville nous parviennent, étouffés : la circulation, des sirènes lointaines, le bip-bip d'un camion qui recule, un chien qui aboie, des gens qui rient.

— Vous avez donc accepté, dis-je.

— Je n'avais pas le choix. Vous pouvez le comprendre.

Peut-être, et peut-être pas.

— Il s'appelait comment, cet homme, Mrs Winslow ?

— Quoi, vous croyez qu'il m'a laissé sa carte de visite ? Il ne me l'a pas dit… et je n'ai pas demandé.

Peu importe. Je sais qui c'est.

— Vous n'en avez pas parlé à Marty ou à Ellen ?

— Non. Jamais. J'ai fait ce qu'il voulait. Puis j'ai vendu ma maison, changé de nom et emménagé ici. Ça fait cinq ans que je suis sans nouvelles de Marty et d'Ellen. Ils n'ont pas cherché à me contacter. Personne n'a envie de remuer la boue.

C'est là que j'entends quelqu'un crier dans la rue.

Une jeune femme apparemment. Au début, je ne distingue pas ses paroles. Hilde et moi échangeons un regard. Je m'approche de la fenêtre.

— Alerte ! Les flics sont ici ! Je répète : les sales porcs sont ici !

Une autre voix se joint à la sienne. Puis une troisième.

Je jette un coup d'œil par la vitre et remarque les véhicules de police garés en double file devant l'entrée de l'immeuble. Quatre flics en uniforme accourent vers la porte. Deux autres voitures débouchent en rugissant dans la 12e Rue.

Eh merde.

Pas de doute, ils viennent me chercher. Il faut que je file, et vite. J'ouvre la porte de Hilde, mais déjà des pas résonnent dans l'escalier. J'entends des voix. Le grésillement des radios.

Ils se rapprochent.

Je me précipite dans le couloir vers la sortie de secours. Je pousse le battant. Des voix là aussi. Des radios qui grésillent.

Je suis fait comme un rat.

Hilde se tient toujours sur le pas de sa porte.

— Revenez, me dit-elle. Dépêchez-vous.

Comme je n'ai pas vraiment le choix, je retourne en courant dans son appartement. Elle claque la porte.

— Allez à la fenêtre dans ma chambre. Prenez l'escalier d'incendie. J'essaierai de les retenir.

Pas le temps de réfléchir. Je me rue dans la chambre. J'ouvre la fenêtre. La brise est étonnamment rafraîchissante. Je me demande une seconde si les flics ont déjà envahi la cour intérieure. Il me semble que non. C'est tout noir en bas. Et étroit aussi, cinq ou six mètres entre l'immeuble de Hilde et le bâtiment voisin. Je me glisse dehors et referme la fenêtre.

Je commence à descendre l'escalier métallique quand j'entends de nouveau une radio de la police et des voix.

Il y a quelqu'un au-dessous.

Il fait nuit. L'éclairage est quasi inexistant, ce qui doit jouer en ma faveur. De l'intérieur de l'appartement, j'entends cogner à la porte de Hilde. Ça crie de partout. Hilde hurle qu'elle arrive.

Je ne peux pas descendre, et je ne peux pas retourner chez elle. Il n'y a qu'une seule solution. Il faut monter. Je ne me souviens plus combien d'étages il y a. Cinq ou six tout au plus. Je m'arrête sur le palier du cinquième. L'appartement est plongé dans le noir. Il n'y a personne. J'essaie d'ouvrir la fenêtre. Elle est verrouillée. J'hésite à briser la vitre avec mon coude, mais cela ferait trop de bruit. Et de toute façon, la police ne manquerait pas de me choper. Je ne pourrais pas rester indéfiniment là-dedans.

Bouge.

Je grimpe à l'étage du dessus en espérant trouver une fenêtre ouverte. Mais il n'y a plus d'étage. Je me hisse sur le toit. Mon cœur palpite follement dans ma poitrine. Une chose est vraie à propos de la prison : on y pratique beaucoup d'activités physiques. Je fais des haltères dans la cour quand je peux, mais surtout j'ai créé mon propre camp d'entraînement dans ma cellule :

tractions arrière, squats, sauts accroupis, *mountain climbers* et pompes. J'effectue au moins cinq cents pompes par jour dans tous les styles : traditionnel, prise large, diamant, sphinx, sur un bras, une main, un doigt.

Je ne suis pas le premier à relever l'ironie de la situation. On offre aux criminels les plus dangereux l'opportunité de s'entretenir physiquement et donc de gagner en force. En vérité, je n'ai jamais été en aussi bonne forme, et voilà que ça va finir par payer.

En tout cas, je l'espère.

Comment les flics ont-ils fait pour me retrouver aussi vite ? À moins que Rachel… Mais non. Ce n'est pas son genre. Il y a d'autres moyens. Mon plan était bancal. Dans ma précipitation, j'ai négligé pas mal de facteurs. C'est une bonne piqûre de rappel ; je ne suis pas aussi malin que je le crois.

Le principal, c'est que j'ai réussi à interroger Hilde Winslow… Et je ne suis pas fou. Elle a menti à la barre. Je n'ai pas enterré la batte de base-ball dans un état second.

Elle a menti.

Et je sais qui lui a forcé la main.

J'ai une piste à présent.

Il faut que je sorte d'ici. Car si je suis pris, quelle que soit cette piste, elle va se perdre.

Que dois-je faire maintenant ?

Me cacher sur le toit ? Hilde semble être de mon côté. Elle peut dire aux flics qu'elle ne m'a pas vu. Ou que je suis arrivé et reparti. Je pourrais me planquer en attendant que la voie soit libre. Mais irait-elle jusqu'à mentir à la police, surtout s'ils lui mettent la pression ? Est-elle vraiment de mon côté ou m'a-t-elle expédié dans l'escalier d'incendie pour sa propre sécurité ? Est-elle en train de tout leur raconter en ce moment même ?

Vont-ils explorer le toit ?

Il faut croire que la réponse à cette question est oui.

Le ciel nocturne est clair au-dessus de Manhattan. L'Empire State Building est illuminé en rouge, allez savoir pourquoi. La vue est spectaculaire. Comme tout le reste. J'aimerais bien en profiter quelques instants mais, bien sûr, ce n'est pas possible. J'ai dit que ça m'était égal d'être enfermé. Matthew était mort – par ma faute –, et j'étais satisfait, si c'est le mot juste, de ma non-vie. Je voulais surtout ne rien ressentir. Mais maintenant que je suis de retour dans le monde, que je goûte l'air de la ville, l'effervescence, l'exubérance des sons et des couleurs, j'ai la tête qui tourne.

Lorsque les flics font irruption sur le toit, je suis prêt. Je pense au saut depuis que je suis monté ici. J'ignore la distance qui sépare les deux immeubles. Je ne sais pas si je vais y arriver. Mais je prends mon élan et cours de toutes mes forces. Le vent siffle à mes oreilles. J'entends néanmoins les sommations :

— Stop ! Police !

Je n'écoute pas. Je doute qu'ils tirent, mais s'ils tirent, tant pis. Je prends appui sur mon pied gauche à quelques centimètres du bord.

Et je m'élance.

Mes jambes pédalent dans le vide. Il fait sombre sur le toit voisin. Ça me rappelle les dessins animés de ma jeunesse. Vais-je m'immobiliser dans l'air tel le Coyote des dessins animés avant de tomber comme une pierre ? Je me sens ralentir tandis que la gravité me tire vers le bas.

Je ferme les yeux. Quand j'atterris avec un bruit sourd sur le toit d'en face, je me roule en boule et me propulse en avant.

— Stop !

Je bondis sur mes pieds et me remets à courir. Je cours, je saute… Je n'ai plus peur. Une étrange jubilation s'empare de moi. J'ai l'impression que je pourrais faire ça toute la nuit.

Lorsque je me retrouve sur un toit où il fait réellement noir et que je pense avoir suffisamment distancé les flics restés sur le toit de l'immeuble de Hilde Winslow, je m'arrête et tends l'oreille. Je les entends toujours, mais les voix semblent venir de loin. L'obscurité est totale… Il est temps de cesser de jouer les Spider-Man.

Je trouve l'escalier d'incendie et le dévale jusqu'en bas. À trois mètres du sol, je marque une nouvelle pause et scrute les alentours. La voie est libre. Je me balance brièvement sur le dernier barreau de l'échelle avant de lâcher prise. J'atterris lourdement, les genoux fléchis, un sourire aux lèvres.

Je me redresse quand j'entends une voix :

— Plus un geste !

Je me retourne. C'est un flic. Et il braque son arme sur moi.

— On ne bouge plus.

Comme si j'avais le choix.

— Les mains en avant, que je puisse les voir. Exécution.

Ce policier est jeune et seul. Tout en me tenant en joue, il penche la tête pour parler dans une espèce de micro-cravate. Une fois qu'il aura donné l'alerte, cette cour va grouiller de flics.

Sans hésiter, je me jette sur lui.

J'espère que la soudaineté de mon attaque va le prendre de court. C'est un calcul risqué – il est armé –, mais je le sens également pas très sûr de lui et un peu effrayé. Alors autant en profiter.

De toute façon, il n'y a pas de plan B.

S'il tire sur moi, je ne mourrai probablement pas. Je serai vraisemblablement blessé et de retour au pénitencier. Si je me rends sans opposer de résistance, le résultat sera le même. Retour à la case prison.

Et ça, c'est hors de question.

Je fonce sur lui, tête baissée. Il a tout juste le temps de crier :

— Plus un…

Je ne le laisse pas finir sa phrase. Je l'attrape par la taille, faisant tinter son ceinturon, son épais blouson et tout l'attirail qu'un flic trimballe sur lui de nos jours.

Emporté par mon élan, je le projette devant moi, et nous atterrissons tous les deux à terre. Son dos accuse le choc.

Il lutte pour reprendre son souffle.

Je ne lui en laisse pas l'occasion.

Non pas que ça me plaise. Je ne veux de mal à personne. Je sais qu'il fait son boulot, un boulot utile. Mais c'est lui ou Matthew, et une fois de plus, je n'ai pas le choix.

Je relève la tête et lui assène un coup de boule en plein visage. Quelque chose craque, cède. Je sens un liquide visqueux sur mon front et me rends compte que c'est du sang.

Son corps s'affaisse.

Je me redresse d'un bond. Il remue et gémit, ce qui m'inquiète et me rassure en même temps. Je suis tenté de le frapper encore, mais à mon avis, ce n'est pas utile. Pas si je décampe tout de suite.

Tout en filant vers la Sixième Avenue, j'enlève mon blazer et essuie le sang sur mon visage. Je jette le blazer et la casquette de base-ball dans un massif et presse le pas.

Une fois dans la rue, je m'efforce de respirer plus calmement.

Avance, me dis-je.

Une petite foule s'est formée entre-temps. Certains s'arrêtent quelques secondes. D'autres attendent de voir la suite. Tête basse, je me mêle aux badauds. Mon pouls est redevenu normal. Je me mets à siffloter en marchant. À force de vouloir passer inaperçu, j'ai l'impression d'être un fumeur dans une salle de fitness.

Quelques rues plus loin, je risque un coup d'œil en arrière. Personne ne me suit. Je commence à siffler plus fort, puis je souris pour de vrai.

Je suis libre.

20

Lorsque Rachel arriva finalement à la porte de son immeuble, dans un état d'épuisement comme elle n'en avait jamais connu auparavant, sa sœur Cheryl faisait les cent pas sur le perron.

— Rachel, enfin !

— Laisse-moi entrer.

— Tu as aidé David à s'évader ?

Rachel ouvrit la bouche, la referma.

— Viens.

— Rachel…

— Viens, je te dis.

Elle sortit ses clés de son sac à main. Son appartement était généreusement qualifié de « rez-de-jardin ». Elle avait récemment postulé pour un boulot dans un journal local gratuit, un poste pour lequel elle était largement surqualifiée, mais bon, faute de grives… La rédactrice en chef, Kathy Corbera, une de ses profs de journalisme préférés, avait plaidé sa cause, mais l'éditeur connaissait son passé et voulait éviter tout parfum de scandale. Ce qui était compréhensible dans le climat actuel.

Rachel poussa la porte et alla droit dans la cuisine, Cheryl sur ses talons.

— Rachel ?

Elle ne prit pas la peine de répondre. Son corps endolori ne demandait qu'une chose : se poser et ne plus bouger. Et surtout, elle avait besoin d'un remontant. La bouteille de bourbon était dans le placard à côté du frigo.

— Tu en veux ?

Cheryl fronça les sourcils.

— Je suis enceinte… Tu l'as oublié ?

— Boire un coup de temps en temps, ça ne fait pas de mal.

Elle sortit un verre du placard.

— J'ai lu ça quelque part.

— Tu es sérieuse ?

— Tu es sûre que tu n'en veux pas ?

Cheryl lui lança un regard noir.

— C'est quoi, ce manège, Rachel ?

Rachel remplit le verre de glaçons et versa l'alcool.

— Ce n'est pas ce que tu penses.

— Tu m'appelles hier, toute mystérieuse. Tu dis que tu es allée voir David, comme ça, sans crier gare. Tu veux qu'on parle quand tu seras rentrée, et maintenant… ?

Rachel avala une gorgée.

— C'est ça que tu voulais me dire ? poursuivit Cheryl. Que tu allais l'aider à s'évader ?

— Bien sûr que non. J'ignorais tout de cette histoire d'évasion.

— Alors ta visite à Briggs n'était qu'une pure coïncidence ?

— Non.

— Parle-moi, Rachel.

Sa sœur. Sa ravissante sœur qui attendait un enfant. Cheryl avait vécu l'enfer. Rachel pensait que jamais elle ne se remettrait de la mort de Matthew. Aux yeux du monde, Cheryl avait tourné la page. Nouveau mari, nouveau travail, un enfant en route. Sauf que ce n'était pas le cas. Elle tentait de se reconstruire, mais Rachel savait à quel point l'édifice était fragile. La vie est déjà précaire en soi, le sol se dérobe constamment sous nos pieds.

— S'il te plaît, fit Cheryl. Dis-moi ce qui se passe.

— J'essaie.

Sa sœur parut soudain frêle et vulnérable à Rachel. Elle s'était raidie comme dans l'attente d'un coup. Rachel chercha les mots justes, mais tout ce qui lui venait semblait guindé et peu naturel. Arracher un sparadrap, que ce soit lentement ou d'un seul coup, est toujours douloureux.

— J'aimerais te montrer quelque chose.

— D'accord.

— Mais je ne veux pas que tu flippes.

— Sérieux ?

Rachel avait donné à David la photo qu'elle avait imprimée, mais elle gardait la version numérique prise chez Irene sur son téléphone. Elle but une autre gorgée de bourbon et ferma les yeux. L'alcool la réchauffa. Attrapant son portable, elle ouvrit le dossier photos et fit défiler les images. Cheryl s'était rapprochée et regardait par-dessus son épaule.

La voilà.

— Je ne comprends pas, fit Cheryl. C'est qui, cette femme et ces gamins ?

Rachel posa deux doigts sur le garçon derrière eux et zooma sur son visage.

21

Le fourgon de surveillance du FBI qui transportait Max et Sarah freina brutalement devant l'immeuble de Hilde Winslow. Max compta six véhicules de police et une ambulance. Les yeux rivés sur l'écran d'un ordinateur, Sarah était en train de parler à quelqu'un au moyen de son oreillette. Elle fit signe que c'était important et que Max devait y aller tout seul. La porte latérale du fourgon coulissa.

Un agent que Max ne connaissait pas lui dit :

— Agent spécial Bernstein ? Le suspect a pris la fuite.

— Je l'ai entendu à la radio.

— La police est à ses trousses. Je suis certain qu'ils vont le rattraper.

Max n'en était pas aussi sûr. New York est une grande ville, et il était facile de se fondre dans la foule. Sarah et lui avaient assisté à la tentative d'arrestation depuis le fourgon du FBI équipé d'une technologie de pointe, via un streaming en direct diffusé par les caméras des quatre policiers qui étaient montés sur le toit.

Il y avait quelque chose là-dedans qui le tracassait.

— Où est Hilde Winslow ?

L'agent consulta son calepin en fronçant les sourcils.

— Elle se fait appeler Harriet…

— Winchester. Oui, je sais. Où est-elle ?

Le jeune agent désigna l'ambulance ouverte à l'arrière. Enveloppée dans une couverture, Hilde Winslow était en train de boire un jus de fruits avec une paille. Max s'approcha et se présenta à elle. Les yeux brillants, Hilde Winslow soutint son regard. Elle était menue, ridée, et semblait plus coriace qu'un tatou avec sa carapace de plaques osseuses.

— Vous allez bien ? lui demanda Max.

— Je suis juste un peu secouée. Ils ont insisté pour s'occuper de moi.

L'ambulancière, une Asiatique avec une longue queue-de-cheval, lui glissa :

— Allez, détendez-vous, Harriet.

— J'aimerais rentrer chez moi.

— Dès que la police aura donné son feu vert.

Hilde Winslow lui sourit gentiment et continua à siroter son jus de pomme. Max avait l'impression d'avoir affaire à la fois à une vieille femme et à une petite fille.

— Vous êtes un agent spécial du FBI, c'est ça ? fit-elle.

— Oui, madame. Je suis chargé d'interpeller David Burroughs.

— Je vois.

Il attendit qu'elle ajoute quelque chose. Mais elle buvait son jus de pomme en silence.

— Que vous a dit Burroughs ?

— Rien de particulier.

— Rien ?

— Il n'en a pas eu le temps.

— Vous ne savez donc pas ce qu'il voulait ?

— Aucune idée.

— Reprenons depuis le début, Mrs Winslow.

Il l'avait délibérément appelée par son ancien nom, persuadé qu'elle allait le corriger. Elle ne broncha pas.

— Que s'est-il passé exactement ? poursuivit Max.

— Il a frappé à ma porte. J'ai ouvert…

— Sans demander qui c'était ?

Elle réfléchit quelques secondes.

— Non, je ne crois pas.

— Vous avez entendu frapper et vous avez ouvert ?

— Oui.

— C'est une habitude chez vous ? D'ouvrir à des inconnus ?

— Pour entrer dans l'immeuble, il faut sonner à l'interphone.

— Et c'est ce qu'il a fait ?

— Non.

— Pourtant, vous lui avez ouvert.

Elle lui sourit.

— Il y a une bonne ambiance dans l'immeuble. J'ai pensé que c'était une voisine.

— Je vois.

Pourquoi lui mentait-elle ?

— Je suis vieille. Du coup, il m'arrive d'être distraite. Mais vous avez raison, agent spécial Bernstein. C'était une erreur de ma part. Je ferai plus attention à l'avenir.

Elle était en train de le mener en bateau. Tout comme Rachel Anderson. Rachel, il comprenait. Un lien d'affection l'unissait à son beau-frère. Mais Hilde Winslow, pourquoi lui servait-elle ce baratin ?

— Donc, David Burroughs a frappé à la porte, et vous lui avez ouvert.

— Oui.

— L'avez-vous reconnu ?

— Ciel, non.

— Comment était-il ?

— Eh bien… normal. J'ai essayé de le décrire à l'inspecteur de police, mais tout s'est passé tellement vite.

— Que lui avez-vous dit ?

— Rien.

— Et lui, que vous a-t-il dit ?

— On n'a pas eu le temps de parler. J'ai ouvert la porte. Et tout de suite, il y a eu le branle-bas dans l'escalier. J'imagine que la police avait déjà investi l'immeuble.

— Je vois. Et ensuite ?

— Ça a dû l'effrayer.

— David Burroughs ?

— Oui.

— Et une fois effrayé, qu'a-t-il fait ?

— Il a bondi dans mon appartement et fermé la porte.

— Vous avez dû avoir peur.

— Ah çà, oui.

Elle se tourna vers l'ambulancière.

— Annie ?

— Oui, Mrs Winchester ?

— Puis-je avoir un autre jus de fruits ?

— Bien sûr. Comment vous sentez-vous ?

— Un peu fatiguée. Avec toutes ces questions.

L'ambulancière regarda Max d'un œil torve. Il l'ignora et essaya de redresser la barre.

— Donc, Burroughs s'est retrouvé chez vous, avec la porte fermée.

— Oui.

— Vous étiez sur le seuil, non ? Vous a-t-il bousculée pour entrer ? Vous êtes-vous écartée ?

— Mmm.

Pause théâtrale.

— Je ne sais plus. Est-ce important ?

— Probablement pas. Avez-vous hurlé ?

— Non. Je ne voulais pas l'indisposer.

— Vous avez dit quelque chose ?

— Comme quoi ?

— Quelque chose comme « Qui êtes-vous, que faites-vous chez moi ? Sortez d'ici ! ».

Elle parut réfléchir. Quand l'ambulancière revint avec son jus de fruits, elle sourit et la remercia.

— Mrs Winslow ?

Toujours l'emploi de son ancien nom.

— Peut-être. C'est très possible. Tout a été très vite. Il s'est précipité vers la fenêtre et l'a ouverte.

— Vers la fenêtre, répéta Max. Sans un mot.

— Oui.

— Cette fenêtre, elle est dans votre chambre, non ?

— Tout à fait

— Pourtant, les autres fenêtres, celles du salon, sont plus proches de la porte d'entrée.

— Je ne sais pas. Sûrement. Je n'ai jamais mesuré la distance.

— Mais elles ne donnent pas sur l'escalier de secours.

— Non, en effet.

— On n'y accède que par la fenêtre de votre chambre.

Max pencha la tête.

— À votre avis, comment Burroughs pouvait-il le savoir ?

— Aucune idée.

— Vous ne lui avez pas dit ?

— Bien sûr que non. Il a peut-être inspecté l'immeuble avant de monter.

— Vous êtes au courant que David Burroughs s'est évadé de prison ce matin seulement ?

— L'un des gentils policiers me l'a dit.

— Vous ne le saviez pas ?

— Mais non, voyons. Comment l'aurais-je su ?

— Je vous ai laissé un message sur votre téléphone il y a une demi-heure.

— Ah bon ? Je ne réponds jamais au téléphone. Il y a toujours des escrocs qui essaient d'embobiner les vieilles dames. Ça va dans la boîte vocale et vous savez quoi ? Je ne sais même pas comment elle marche, cette boîte vocale.

Max la dévisagea. Il n'en croyait pas un mot.

— Pourquoi pensez-vous que Burroughs est venu directement chez vous ?

— Pardon ?

— En premier. Il s'évade, il se rend à New York et il débarque chez vous. Pourquoi, à votre avis ?

— Je ne sais pas…

Soudain, ses yeux s'écarquillèrent.

— Oh, mon Dieu.

— Mrs Winslow ?

— Vous croyez… qu'il est venu pour me faire du mal ?

D'un geste nerveux, elle porta sa main à sa bouche.

— C'est ça que vous pensez ?

— Non, répondit Max.

— Mais vous venez de dire…

— S'il avait voulu vous faire du mal, il vous aurait bousculée en entrant, non ? Ou il vous aurait frappée.

Soudain, Max remarqua quelque chose.

— C'est une marque que vous avez sur la joue ?

— Ce n'est rien, répliqua-t-elle précipitamment.

— David Burroughs a une arme sur lui. L'avez-vous vue ?

— Une arme ? Mon Dieu, non.

— Réfléchissez une minute. Vous êtes David Burroughs. Vous avez passé cinq années en prison. Vous finissez par vous évader. Et vous vous rendez directement chez le témoin qui, prétendez-vous, a menti à votre sujet…

— Agent spécial Bernstein ?

— Oui.

— J'ai vécu des moments éprouvants, dit-elle d'une voix douce. Je vous ai dit tout ce que je savais.

— J'aimerais juste vous poser quelques questions concernant votre témoignage.

— Non.

Non ?

— Je n'ai pas envie de replonger là-dedans et…

Elle se tourna vers l'ambulancière.

— Annie ?

— Oui, Mrs Winchester ?

— Je ne me sens pas très bien.

— Je vous l'ai dit, Harriet, vous avez besoin de repos.

Max allait protester quand il entendit Sarah qui l'appelait :

— Max ?

Debout dans l'ouverture latérale du fourgon, elle gesticulait frénétiquement. Sans se donner la peine de prendre congé, il se hâta vers elle. Voyant sa tête, Sarah demanda :

— Qu'est-ce qu'il y a ?

— Elle ment.

— À propos de ?

— Tout.

Il remonta son pantalon.

— Bon, qu'y a-t-il de si urgent ?

— J'ai les images de la vidéosurveillance au moment de la visite de Rachel à Briggs. Il faut que tu voies ça.

Cheryl contempla la photo sans mot dire.

— Elle a été prise dans un parc d'attractions, expliqua Rachel.

— Je vois bien, rétorqua sa sœur d'un ton cinglant. Et alors ?

Rachel ne prit pas la peine de parler d'Irene et de toute l'histoire. Elle avait juste zoomé sur le visage du petit garçon… pas trop, sinon l'image serait floue. Et elle avait tendu le téléphone à sa sœur. Qui continuait à le regarder fixement.

— Cheryl ?

Les yeux rivés sur l'écran, cette dernière murmura :

— Tu cherches quoi, au juste ?

Rachel ne répondit pas.

Ses yeux s'emplirent de larmes.
— Tu as montré ça à David.
Était-ce une question ? Rachel n'en était pas sûre.
— Oui.
— Et c'est pour ça que tu es allée à Briggs.
— Oui.
Cheryl scruta l'image en secouant la tête.
— Tu l'as eue où ?
Rachel lui reprit doucement le téléphone.
— Grâce à une amie à moi. Elle est allée à Six Flags avec sa famille. C'est son mari qui a pris la photo. Elle me l'a montrée et…
— Et quoi ?
La voix de Cheryl était devenue glaciale.
— Tu as vu un garçon qui ressemble vaguement à mon fils mort et tu as décidé de semer la pagaille dans notre vie ?
Pas ta vie à toi, pensa Rachel. Mais elle s'abstint de le dire tout haut.
— Rachel ?
— Je ne savais pas quoi faire.
— Du coup, tu l'as montrée à David.
— Oui.
— Pourquoi ?
Mais parce que j'ai voulu te protéger.
— Comment a-t-il réagi ? insista Cheryl.
— Il était en état de choc.
— Qu'a-t-il dit, Rachel ?
— Il pense que c'est Matthew.
Le visage de Cheryl s'empourpra.
— Évidemment. Si tu jettes une enclume à quelqu'un qui se noie, il va croire que c'est une bouée.

— Si David a tué Matthew, riposta Rachel, il aurait su que c'était une enclume, non ?

Cheryl se borna à secouer la tête.

— Ça ne tient pas debout, Cheryl. David qui tue Matthew. Voyons, tu le sais très bien. Même dans un état altéré de conscience. Et cette histoire de batte enterrée ? Pourquoi aurait-il fait ça ? Il n'est pas aussi bête. Et le témoin, Hilde Winslow. Pourquoi aurait-elle changé de nom et déménagé, hein ?

— Mon Dieu.

Cheryl toisa sa sœur et murmura :

— Tu crois à ces sottises ?

— Je ne sais pas. C'est tout ce que je dis.

— Comment peux-tu ne pas savoir ? À moins que tu ne sois prête à tout, Rachel.

— Quoi ?

— Pour un scoop.

— Tu es sérieuse ?

— Pour te racheter. Pour une seconde chance. Si mon fils est vivant, imagine le buzz. Les réseaux sociaux, les gros titres dans la presse…

— Tu ne peux pas…

— Et si ce n'est pas Matthew, si c'est juste un gamin qui lui ressemble, toute cette histoire – l'évasion de David, le fait qu'il accepte enfin de parler – va quand même faire du bruit.

— Cheryl.

— Mon fils assassiné pourrait être ton billet de retour.

Rachel vacilla comme si elle venait de recevoir une gifle.

— Je ne voulais pas dire ça, ajouta Cheryl vivement, d'une voix radoucie.

Rachel se taisait.

— Écoute-moi, continua Cheryl. Matthew est mort. Tout comme Catherine Tullo.

— Cela n'a rien à voir avec elle.

— Ce n'est pas ta faute si elle est morte, Rachel.

— Bien sûr que si.

Cheryl secoua la tête et posa les mains sur les épaules de sa sœur.

— Je ne pensais pas ce que j'ai dit à l'instant.

— Si, tu le pensais.

— Je te jure que non.

— Et tu as peut-être raison. Je pleure sur mon sort quand je vois tout ce que j'ai perdu. Mais j'ai trop forcé, et Catherine Tullo en est morte. Elle est morte par ma faute. J'ai eu ce que je méritais.

— Ce n'est pas vrai. Tu étais juste…

— Juste quoi ?

— Trop impliquée toi-même, répondit Cheryl. Tu crois que j'ai oublié ?

Rachel ne sut que dire.

— Le soir de Halloween. Quand tu étais en première année.

Elle ferma les yeux et s'efforça de chasser le souvenir de cette soirée-là.

Rachel ?

— Tu n'as peut-être pas tort.

Elle regarda la photo.

— Je vois ce que j'ai envie de voir. Et David aussi. C'est fort probable. Mais il y a une chance, non ? David n'a rien. Il est au plus mal. Pire que ça même.

Alors laissons-le chercher. Ça ne mange pas de pain. C'est pour ça que je n'ai pas voulu te montrer la photo. Si c'est une fausse piste, et ça y ressemble bien, l'affaire s'arrête là. Retour à la case départ. Tu n'en aurais rien su. Mais si c'est Matthew…

— Ce n'est pas Matthew.

— Quoi qu'il en soit, persista Rachel, laisse-nous mener notre enquête, David et moi.

— Voici la vidéo de la première visite de Rachel Anderson en prison, dit Sarah à Max. Comme je te l'ai expliqué, Burroughs n'a pas eu de visiteurs depuis son arrivée à Briggs il y a cinq ans.

Le fourgon de surveillance était un utilitaire Ford réaménagé pour la circonstance. Les vitres arrière à l'aspect teinté étaient en fait peintes en noir. La seule vision du monde extérieur – d'excellente qualité – était fournie par les caméras placées à des endroits stratégiques du véhicule. Max et Sarah étaient assis côte à côte sur des sièges ergonomiques et inclinables devant un poste de travail équipé de trois écrans d'ordinateur. C'était plus confortable qu'on ne l'imagine, compte tenu des heures que les agents passaient là-dedans. Deux d'entre eux se trouvaient dans la cabine du conducteur. L'un des deux était calé en informatique, mais Sarah se débrouillait très bien toute seule.

— Tu veux bien monter le son ?

— Il n'y a pas de son, Max.

Il fronça les sourcils.

— Comment ça ?

— Pas depuis un procès datant d'il y a quelques années. Violation de la vie privée.

— Et la vidéosurveillance, ça ne viole pas la vie privée ?

— Quand Briggs a perdu le droit d'utiliser les enregistrements audio au tribunal, ils ont argué que la vidéo était une question de sécurité et n'empiétait pas sur la vie privée.

— Et les tribunaux ont gobé ça ?

— Apparemment.

Max haussa les épaules.

— Que voulais-tu me montrer ?

— Regarde.

Sarah lança la vidéo. La caméra devait se trouver au plafond, quelque part au-dessus de l'épaule de David Burroughs. On voyait Rachel de face qui prenait place de l'autre côté du Plexiglas. Sarah fit défiler les images en accéléré, s'arrêtant lorsque Rachel sortit ce qui ressemblait à une enveloppe kraft. La vitesse redevint normale. Max regardait, concentré. Sur l'écran, Rachel baissait la tête comme si elle cherchait à rassembler son courage. Puis on la voyait tirer une feuille de l'enveloppe et la plaquer contre la cloison.

Max plissa les yeux.

— C'est une photo ?

— On dirait.

— Une photo de quoi ?

Malgré l'absence de son et la mauvaise qualité de l'image, Max constata un net changement d'atmosphère. Burroughs parut se raidir.

— Je ne sais pas encore, répondit Sarah.

— C'est peut-être un plan d'évasion.

— Je l'ai bidouillée avant que tu n'arrives.

— Qu'est-ce que tu as vu ?

— Des gens, dit Sarah. L'un d'eux m'a l'air d'être Batman.

— Pardon ?

— Je ne suis pas sûre. Il me faut plus de temps, Max.

— On aura besoin aussi de lecture labiale.

— Je m'en occupe. D'après notre juriste, on doit demander un mandat.

— Toujours ce procès en violation de la vie privée ?

— Oui. Mais j'ai demandé quand même. Je doute que la résolution de l'image soit suffisante.

— Tu peux zoomer davantage ?

— Non, je suis au maximum.

Sarah pressa une touche. L'image s'agrandit, mais resta floue. Max plissa les yeux.

— Il faut qu'on en parle à Rachel Anderson.

— Son avocate lui a défendu de répondre aux questions.

— On peut toujours essayer. On continue à la surveiller, non ?

— Oui. Elle est chez elle. Sa sœur est passée la voir.

— L'ex de Burroughs ?

Sarah hocha la tête.

— Elle est enceinte.

— Waouh ! fit Max. On a placé les téléphones sur écoute ?

— Tous. Jusqu'ici, il n'y a rien.

— Rachel Anderson a roulé des heures en compagnie de Burroughs. Ils ont tout prévu. Elle n'est pas assez bête pour utiliser son téléphone.

— Je suis bien de ton avis.

— Nous connaissons tous les deux son passé, dit Max.

— Cet article #MeToo ?

— Oui. Il pourrait y avoir un rapport ?

— Je ne vois pas lequel, Max. Et toi ?

Il réfléchit. Lui non plus ne voyait pas. Pas encore.

— Et l'enquête financière ?

— En cours, répondit Sarah.

Enquêter sur les finances d'une personne pouvait prendre un temps fou. C'est ainsi que la plupart des criminels en col blanc s'en tiraient impunément pendant des années.

— Mais j'ai trouvé quelque chose.

— Quoi ?

— Ted Weston.

— Le gardien de prison que Burroughs a tenté d'assassiner ?

— C'est ça. Ce gars-là est criblé de dettes, complètement sous l'eau, mais dernièrement, il a effectué deux dépôts de cinq mille dollars chacun.

— De la part ?

— On continue à chercher.

Max se redressa.

— Un pot-de-vin ?

— Probablement.

— Je trouve que ça n'a aucun sens, déclara Max.

— Quoi donc ?

— Que Burroughs ait voulu assassiner Weston.

Il se remit à ronger son ongle.

— C'est beaucoup plus qu'une simple évasion, Sarah.

— Possible, Max. Tu veux savoir comment on fait pour le découvrir ?

— Comment ?

— En faisant notre boulot. On ne se laisse pas distraire. On arrête Burroughs.

— Bien dit, Sarah. Et on met la main sur Weston avant qu'il ait le réflexe de prendre un avocat.

22

Gertrude Payne se tenait sur la falaise qui bordait sa propriété. La lune se reflétait sur les eaux tumultueuses de l'Atlantique. Elle dénoua ses cheveux gris et ferma les yeux. Le vent lui faisait du bien. Le fracas des vagues l'apaisait. Elle entendit Stephano approcher mais garda les yeux fermés dix secondes de plus.

— Vous ne l'avez pas eu, dit-elle enfin.

— Ross Sumner a échoué.

— Et ce gardien, celui qui vous a parlé de la visite de la belle-sœur ?

— Il a échoué aussi.

Gertrude fit volte-face. Stephano était un colosse aux cheveux de jais coiffés façon prince charmant ; on aurait dit un rocker vieillissant qui refusait de dire adieu à sa jeunesse. Même son costume sur mesure semblait être taillé dans du carton.

— Je ne comprends pas, fit Gertrude. Comment a-t-il pu s'évader ?

— Est-ce important ?

— Sans doute pas.

— Ce n'est pas comme s'il représentait un danger.

Elle sourit.

— Quoi ? Vous n'êtes pas de mon avis ?

Le risque que David Burroughs leur cause des ennuis était certes infime, mais ce que son mari appelait à son grand agacement la « perfection des Payne » exigeait un peu de paranoïa.

Gertrude connaissait la vie. On se croit en sécurité. On pense avoir tout étudié, tout envisagé. Mais ce n'est jamais le cas. La vie ne se passe pas comme ça.

La perfection n'existe pas.

— Mrs Payne ?

— Il faut qu'on se prépare, Stephano.

23

Je marche d'un pas vif dans les rues de Manhattan.

Je ne veux pas courir, je ne dois pas me faire repérer, mais il faut que je mette le plus de distance possible entre moi et cet appartement dans la 12e Rue. Je dépasse la station de métro de la 14e Rue, puis celle de la 23e, luttant contre la tentation de descendre car s'ils ont lancé une chasse à l'homme, le métro doit grouiller de flics.

Ou pas.

En fait, je n'en sais rien.

En revanche, je sais où je vais.

À Revere, Massachusetts. Ma ville natale.

L'homme qui a fait chanter Hilde Winslow. L'homme à la mèche blanche. C'est là qu'il habite.

Je le connais.

Je suppose que le FBI fait surveiller la maison de mon père mais, là encore, la police ne peut pas être partout. C'est ce que j'ai appris en grandissant dans ce milieu : ils ne sont pas tout-puissants. C'est juste une idée véhiculée par les séries télé.

J'ignore également ce que Hilde Winslow a pu raconter aux flics. Elle a fait preuve d'empathie à mon égard, elle m'a aidé à m'échapper. Néanmoins je ne suis sûr de rien. Peut-être qu'elle a fait semblant. Ou qu'elle a eu peur de ce qui pouvait arriver si la police faisait irruption et me trouvait chez elle.

Cependant, je n'ai pas le choix. Je dois me rendre à Revere.

Arrivé à Times Square une demi-heure plus tard, je réalise à quel point j'ai présumé de mes forces. J'avais imaginé des lieux comme celui-ci – la foule, le bruit, les néons, les écrans géants –, mais je ne suis pas préparé à ce que je suis en train de vivre. Je m'arrête. Il y a trop de tout. Le tourbillon de sons, de couleurs, d'odeurs, de visages m'étourdit. Je suis comme quelqu'un qui a passé cinq ans dans une pièce obscure et à qui soudain on braque une lampe torche dans les yeux. Pris de vertige, je dois m'adosser à un mur pour ne pas perdre l'équilibre.

L'adrénaline qui m'a fait avancer jusqu'ici ne retombe pas, mais s'évapore dans l'air nocturne. L'épuisement prend le dessus. Il est tard. Les trains et les autocars pour Boston ne circulent plus. Je sais ce que j'ai à faire une fois que je serai à Revere, et que j'aurai besoin de toutes mes facultés pour mener mon projet à bien. En clair, il faut que je dorme.

Les stations de métro sont nombreuses par ici – trop nombreuses pour être toutes investies par la police – mais, au bout du compte, j'opte pour la marche à pied. De m'être rasé le crâne devrait brouiller les pistes. Hilde Winslow m'a vu seulement avec la casquette. Je porte également un masque chirurgical. Peu de gens les utilisent aujourd'hui, et je crains de me faire remarquer, mais d'un autre côté, c'est un excellent moyen de se dissimuler. Dois-je le garder ? Le choix est difficile. Tout comme celui de l'endroit où je vais dormir. J'hésite à continuer en direction de Central Park. Là-bas, il y a plein de recoins où se cacher, mais la police n'aurait-elle pas l'idée de fouiller les lieux ? Je consulte mon téléphone jetable. Seule Rachel, qui l'a acheté, connaît le numéro. J'attends qu'elle me contacte, mais elle ne l'a pas encore fait. Peut-être qu'elle se sent surveillée.

Enfin, j'arrête un plan. Je conserve le masque et me dirige vers Central Park. J'emprunte le sentier qui mène à la réserve naturelle du parc. La végétation y est plus dense. Je trouve un coin isolé et dispose des branchages tout autour. Si quelqu'un arrive, avec un peu de chance je l'entendrai approcher. Je m'allonge, bercé par le gazouillis du ruisseau mêlé aux bruits de la ville. Puis je ferme les yeux et sombre miraculeusement dans un sommeil profond.

À l'heure de pointe où la gare de Penn Station est toujours bondée, je monte dans le train à destination de Boston. Avec mon masque et mon crâne rasé. À un moment, durant le trajet, je prends conscience du fait que je suis libre depuis vingt-quatre heures. J'ai les nerfs à fleur de peau mais, lorsque je me regarde dans la glace des toilettes, je me rends compte que personne ne risque de me reconnaître. Personne ou presque.

À une heure de notre arrivée à Boston, mon téléphone jetable se met à sonner. Je ne reconnais pas le numéro. Je porte le téléphone à mon oreille et j'attends.

— Alpaca, dit Rachel.

Une bouffée de soulagement m'envahit. Nous sommes convenus d'un code pour chaque appel. Sept mots différents. Si elle n'utilise pas un de ces mots d'entrée de jeu, cela signifie qu'elle n'est pas seule, qu'on la force à téléphoner ou qu'on écoute la conversation. Si elle réutilise le même mot de passe, « alpaca », lors de l'appel suivant, c'est que là aussi il y a danger.

Je lui demande :

— Ça va ?

Je n'ai pas de mot de passe en retour. Je n'en vois pas l'utilité. Il y a une limite entre la prudence et le ridicule.

— Aussi bien que possible.

— Les flics t'ont cuisinée ?

— Le FBI, oui.

— Ils ont su où j'étais, dis-je.

— Le FBI ?

— Oui. Ils ont failli me choper chez Hilde.

— Je n'ai rien dit, je te le jure.

— Je sais.

— Alors comment ont-ils…

— Va savoir.

— Mais tu t'en es sorti ?

— Pour le moment.

— Tu as pu l'interroger ?

Je lui raconte une partie de mon entretien avec Hilde Winslow. Notamment le fait qu'elle m'a avoué avoir menti à la barre, mais je ne parle ni de la dette de jeu ni du lien avec Revere. Si jamais quelqu'un nous écoute – franchement, je deviens parano à force –, autant ne pas dévoiler ma destination.

— Je vais retirer le plus d'argent liquide possible. Je me débrouillerai pour semer quiconque cherche à me suivre, comme nous sommes convenus.

— Ça va prendre combien de temps ?

— Une heure ou deux. Envoie-moi tes coordonnées une fois que tu seras arrivé. Je viendrai te rejoindre.

— Merci.

— Autre chose, dit Rachel.

J'attends.

— J'ai vu Cheryl hier soir.

Mon cœur se serre.

— Comment ça s'est passé ?

— Je lui ai montré la photo. Elle pense que nous délirons tous les deux.

— Ça peut se comprendre.

— Elle dit aussi que mes problèmes personnels pourraient interférer avec mon jugement.

— Quels problèmes ?

— Je vais te transférer quelques liens, David. Lis-les. C'est plus facile pour moi que de t'expliquer.

Rachel m'envoie trois articles sur son enquête controversée à la suite de laquelle une jeune femme nommée Catherine Tullo s'est suicidée. Je les lis tous les trois en essayant de rester objectif, comme s'il ne s'agissait pas d'un être qui m'est cher.

Mais j'ai du mal à être objectif pour un tas de raisons.

J'aurais des questions à poser à Rachel, mais ça peut attendre.

Je m'enfonce dans mon siège et ferme les yeux jusqu'à l'annonce de notre arrivée à la gare de North Station. Je jette un coup d'œil par la vitre au cas où il y aurait une présence policière massive sur le quai. Il y a bien quelques flics, ce qui est normal, mais ils n'ont pas l'air particulièrement sur le qui-vive. Ça ne veut rien dire, bien sûr, mais c'est toujours mieux que de se retrouver avec une centaine d'armes braquées sur vous. Je sors dans la rue en souriant comme un benêt. À l'angle de Lancaster Street, je tombe sur un Dunkin'. J'achète une demi-douzaine de donuts – deux bugnes, deux au glaçage chocolat, un coco et un classique – et un grand gobelet de café noir car j'ai horreur des cafés aromatisés, surtout ceux de chez Dunkin'.

Je descends Lancaster Street avec le sachet à la main. Je porte toujours le masque chirurgical, mais finalement je me risque à le retirer pour manger une bugne. Rien qu'à cette pensée, j'en ai l'eau à la bouche. Dix minutes plus tard, je monte à bord d'une rame de la ligne bleue, direction Revere Beach. Le nombre de fois où j'ai pu effectuer ce trajet dans ma jeunesse… Nous étions toute une bande, de la même classe du lycée de Revere. Mon ami le plus proche était Adam Mackenzie, mais il y avait aussi TJ, Billy Simpson et l'homme que je vais voir, Eddie Grilton.

La famille d'Eddie tient une pharmacie à l'angle de Centennial Avenue et de North Shore Road, à deux pas du métro Revere Beach. C'est son grand-père qui l'a fondée. Tout le monde allait faire préparer ses ordonnances là-bas. Parallèlement, le grand-père puis le père d'Eddie géraient les paris et les jeux d'argent pour le compte du clan mafieux des Fisher.

Le petit parking derrière la pharmacie est totalement isolé de la rue. C'est là qu'on traînait à l'époque, à boire des bières et à fumer de l'herbe. Mais c'est fini, ce temps-là. Aujourd'hui, TJ est médecin à Newton. Billy a ouvert un bar à Miami. Mais Eddie, qui était le premier à vouloir quitter cette ville, qui détestait la vie de son père et de son grand-père, et les années de son adolescence où il a été contraint de les aider à la pharmacie, vit toujours là. Il a fini par décrocher le diplôme de pharmacien comme le souhaitait son vieux. Après ses études, il a travaillé ici jusqu'à ce que son père, comme son grand-père avant lui, s'écroule, terrassé par un infarctus. Maintenant, c'est lui qui dirige la pharmacie en attendant de s'écrouler à son tour.

Je descends à Revere Beach, et je ne me sens pas très rassuré. Pas seulement à cause d'une éventuelle présence des flics, mais parce que, s'il y a un endroit où l'on risque de me reconnaître malgré mon déguisement, c'est bien ici, dans le quartier de mon enfance. Je suis à trois cents mètres de la maison où j'ai grandi, de chez les Mackenzie, de la pizzeria de Sal, de la pharmacie Grilton, de tout.

La pharmacie, qui n'a certes cessé de se détériorer au fil des ans, semble encore plus délabrée que d'habitude. La brique délavée est tout sauf rouge. L'enseigne lumineuse au-dessus de l'entrée est rouillée aux extrémités. Quand elle est allumée, les lettres clignotent spasmodiquement. Tête baissée, je gagne notre ancien quartier général à l'arrière du bâtiment. Il n'y a qu'une seule place de parking. Elle était réservée à la Cadillac du père d'Eddie. Il y tenait, à sa voiture, et l'astiquait qu'il pleuve ou qu'il vente. Maintenant, c'est la Cadillac ATS d'Eddie qui occupe la place. Les choses changent, mais d'une certaine manière tout reste immuable.

Je crois que la fatigue me rend philosophe.

Je me blottis derrière une benne à ordures. Le café est encore chaud. Merci, Dunkin'. Je renifle une bugne et fais une pause au milieu du donut coco. Parmi tous les désagréments de la prison, je n'ai pas mentionné les restrictions infligées à mes papilles gustatives. Le goût ou la dose élevée de sucre me font tourner la tête. À moins que ce ne soit la liberté. Maintenant que je suis sorti de ma coquille, que je m'autorise à penser à Matthew et à la possibilité d'une rédemption, les sensations reviennent en bloc.

Je regarde l'heure. Personne n'utilise l'entrée de service, et ce depuis l'époque où nous nous réunissions ici. Il n'y en a plus pour longtemps. Presque aussitôt, la porte s'ouvre, et Eddie sort, une cigarette au bec et un briquet à la main. Sitôt que la porte vitrée se referme, il allume sa cigarette, ferme les yeux et inhale profondément.

Je le trouve vieilli. Il est maigre et voûté, avec une petite bedaine. Sa chevelure jadis drue est clairsemée, si bien que son crâne se situe quelque part entre dégarni et chauve. Il a une fine moustache et des yeux enfoncés. Faute de meilleure approche, j'émerge de ma cachette.

— Salut, Eddie.

Il me regarde, bouche bée. La cigarette tombe de ses lèvres, mais il arrive à la rattraper. Je ne peux pas m'empêcher de sourire. Eddie a toujours eu de bons réflexes. Il était imbattable au ping-pong, aux jeux vidéo, au flipper, au bowling, au minigolf… Tout ce qui nécessitait une bonne coordination entre les yeux et les mains.

— Nom de Dieu, souffle-t-il.

— Faut-il que je te demande de ne pas hurler ?

— Bon sang, tu rigoles ou quoi…

Il se précipite vers moi.

— Je suis si heureux de te voir, mec.

Il me serre dans ses bras – sensation depuis longtemps oubliée – et je me raidis, craignant de m'effondrer et de ne plus réussir à me relever. Néanmoins, ça me fait du bien. Même l'odeur de la cigarette me fait du bien.

— Moi aussi, Eddie.

— J'ai vu aux actus que tu t'étais fait la belle.

Il désigne le sommet de mon crâne.

— Toi aussi, tu perds tes cheveux ?

— Non, c'est un déguisement.

— Malin, acquiesce Eddie. On peut clarifier une chose tout de suite ?

— Bien sûr.

— Tu n'as pas tué Matthew, n'est-ce pas ?

— Non, je ne l'ai pas tué.

— Je le savais. Tu as un plan ? Non, oublie ça, mieux vaut que j'en sache le moins possible. Tu as besoin de liquide ?

— Oui.

— OK. Les affaires sont au plus mal, mais j'ai un peu d'argent dans le coffre. Tout ce qu'il y a là-dedans est à toi.

Je lutte pour chasser mes larmes.

— Merci, Eddie.

— C'est pour ça que tu es venu ?

— Non.

— Raconte.

— Tu es toujours dans les jeux ?

— Nan. Voilà pourquoi je suis en train de boire la tasse. C'était notre job dans le temps. À mon père et à mon grand-père. Les flics les traitaient d'escrocs. Sans vouloir offenser ton paternel.

— Pas de problème.

— Comment va-t-il, au fait ?

— Tu en sais sûrement plus que moi, Eddie.

— Peut-être bien. Où en étais-je ?

— Les flics traitaient ton père et ton grand-père d'escrocs.

— Oui, c'est ça. Et tu veux savoir qui nous a coupé l'herbe sous le pied ? Le gouvernement. Autrefois, les jeux d'argent étaient interdits. Le gouvernement a appelé ça le « loto », avec des gains bien plus merdiques que chez nous, et paf, c'est devenu légal. Les paris, c'est pareil. Depuis qu'une bande de charlatans d'Internet a graissé la patte à certains hommes politiques, tu peux parier tout ce que tu veux en un clic. Même chose pour la marijuana, mais ça, mon paternel n'en a jamais vendu.

— Il y a cinq ans, tu étais encore dans le coup, non ?

— C'est à peu près là que tout a commencé à partir en vrille. Pourquoi ?

— Tu te souviens d'une cliente du nom d'Ellen Winslow ?

Il fronce les sourcils.

— Elle n'était pas chez moi. C'est Reggie dans Shirley Avenue qui prenait ses paris.

— Mais ce nom te dit quelque chose ?

— Oui. Elle était dans le pétrin jusqu'au cou. Mais je ne vois pas pourquoi tu t'intéresses à elle.

Eddie porte toujours sa blouse blanche de pharmacien.

Je poursuis :

— Elle devait de l'argent aux frères Fisher ?

Il n'aime pas le tour que prend cette conversation.

— Je suppose. Davey, pourquoi tu me demandes tout ça ?

— Il faut que je parle à Kyle.

Silence.

— Kyle le Putois ?

— On l'appelle toujours comme ça ?

— Il préfère.

C'était son sobriquet quand nous étions gamins. Je ne me rappelle plus en quelle année il est arrivé en ville. Au début de l'école primaire, en tout cas. Il avait déjà la mèche blanche à l'époque. À cause de cette mèche blanche qui tranchait avec ses cheveux noirs, et les enfants étant ce qu'ils sont, il a aussitôt été surnommé le Putois. D'autres à sa place en auraient souffert. Le jeune Kyle, lui, était ravi.

— Attends un peu que je comprenne, dit Eddie. Tu veux parler à Kyle le Putois d'une vieille dette ?

— Oui.

Il siffle entre ses dents.

— Tu te souviens de lui, n'est-ce pas ?

— Oui.

— Tu te rappelles quand il a poussé Lisa Millstone du toit ? On avait neuf ans.

— C'est vrai.

— Et les chats de Mrs Bailey qui disparaissaient les uns après les autres quand on avait quoi… douze ans ?

— Oui.

— Et la fille Pallone ? C'était quoi son prénom, déjà ? Mary Anne…

— Je me souviens.

— Il ne s'est pas amélioré, Davey.

— Je sais. J'imagine qu'il bosse toujours pour les Fisher ?

Eddie se frotte vigoureusement le visage avec sa main droite.

— Tu veux bien m'expliquer de quoi il s'agit ?

Je ne vois aucune raison de le lui cacher.

— Je pense que les Fisher ont kidnappé mon fils et m'ont fait porter le chapeau pour l'assassinat.

Je lui donne la version abrégée. Eddie ne me dit pas que je suis fou, mais il le pense. Je lui montre la photo dans le parc d'attractions. Il y jette un coup d'œil, mais très vite son regard revient se poser sur moi. Il laisse tomber son mégot sur le bitume craquelé et allume une autre cigarette. Il me laisse parler.

Quand j'ai terminé, Eddie déclare :

— Je ne vais pas chercher à te faire changer d'avis. Tu es un grand garçon.

— C'est gentil de ta part. Tu peux m'arranger ça ?

— Je peux passer un coup de fil.

— Merci.

— Tu sais que le vieux a pris sa retraite ?

— Nicky Fisher, retraité ?

— Eh oui, parti vivre au soleil. Il paraît qu'il joue au golf tous les jours. Toute sa vie il a tué, volé, extorqué, dépouillé, brutalisé, et maintenant qu'il est octogénaire, il profite du golf, des massages au spa et de dîners au restaurant en Floride. Tu parles d'un karma.

— Alors c'est qui le boss, maintenant ?

— C'est son fils NJ qui tient la boutique.

— Tu crois qu'il accepterait de me parler ?

— Je peux toujours demander. Mais si c'est ce que tu penses, ils ne seront pas près d'avouer.

— Je ne cherche pas à nuire à qui que ce soit.

— Soit, mais il n'y a pas que ça. S'ils ont vraiment voulu te piéger, te faire accuser du meurtre de ton propre gosse – et je passe sur les millions de raisons pour lesquelles ça n'a pas de sens –, qu'est-ce qui les empêcherait d'appeler les flics pour qu'ils viennent te cueillir ?

— Appeler les flics, les Fisher ?

— Oui, ça le fait pas, je te l'accorde. Ils pourraient te tuer tout simplement. Ce serait plus leur style que ton histoire à la *Comte de Monte-Cristo*.

— Je n'ai pas trop le choix, Eddie. C'est ma seule piste.

Eddie hoche la tête.

— OK. Je vais aller téléphoner.

24

Rachel ignorait si elle était suivie ou non. Il y avait des risques que oui.

Mais peu importe. Elle avait un plan.

Elle se rendit à la gare et monta dans un train, plutôt vide à cette heure. Elle changea de voiture deux fois, mais personne n'avait l'air de faire attention à elle. En même temps, elle avait affaire à des pros.

Elle descendit à Secaucus Junction et reprit le train à destination de Penn Station. Comme la plupart des autres passagers. Là encore, elle n'eut pas l'impression d'être surveillée.

Elle sillonna les rues de Manhattan pendant plus de trois quarts d'heure avant d'arriver au gratte-ciel dans Park Avenue dont Hester Crimstein, son avocate, lui avait donné l'adresse. Un jeune homme vint à sa rencontre. Il ne lui demanda pas son nom. Il sourit juste et dit :

— Par ici.

Les portes de l'ascenseur étaient déjà ouvertes. Ils montèrent au troisième en silence.

— C'est au fond du couloir à gauche, fit le jeune homme.

Il attendit qu'elle sorte avant de la précéder dans le couloir. Rachel poussa la porte et entra. Un autre homme se tenait près d'un lavabo.

— Asseyez-vous, lui dit-il.

Elle s'assit, dos au lavabo. L'homme travaillait vite. Il lui coupa les cheveux et les teignit en rouge cuivré. Ils n'échangèrent pas un mot pendant toute l'opération. Lorsqu'il eut terminé, l'autre homme, le jeune, revint et raccompagna Rachel à l'ascenseur. Il pressa le bouton P3, qui devait correspondre au troisième niveau du parking. Puis il lui remit une clé de voiture et une enveloppe. L'enveloppe contenait des espèces, un permis de conduire, deux cartes bancaires et un téléphone – une sorte de clone du sien. Elle pouvait recevoir des appels ou des textos sans que le FBI puisse la localiser. C'est ce que le jeune homme lui expliqua.

Les portes de l'ascenseur s'ouvrirent au niveau P3.

— Place 47, lui dit le jeune homme. Bonne route.

La voiture était une Honda Accord. Elle n'avait été ni volée ni louée, et Hester lui avait assuré que leurs noms n'apparaissaient nulle part sur les papiers. Rachel s'installa au volant et consulta son téléphone. David venait de déposer une épingle sur Google Maps.

Ça alors.

Elle fut surprise de découvrir qu'il était à Revere, pas loin de son ancienne maison. Pourtant, rentrer chez lui ne faisait pas partie du plan. Au contraire, il leur fallait éviter les lieux familiers, avait souligné David.

Hilde Winslow lui avait donc appris quelque chose qui l'avait poussé à retourner à Revere. Mais ce n'était pas le moment de chercher à comprendre le pourquoi du comment. Rachel démarra et prit la route en direction du nord.

*

Eddie a fini de téléphoner et m'annonce que le rendez-vous n'aura pas lieu avant plusieurs heures.

— Tu veux rester dans l'arrière-boutique en attendant ? me demande-t-il.

Je secoue la tête et lui donne le numéro de mon téléphone jetable.

— Tu m'appelleras quand tu sauras l'heure exacte ?

— Bien sûr.

Je le remercie et traverse la rue. Ce quartier, je le connais comme ma poche. Il n'a pas beaucoup changé. À part le front de mer où de nouvelles tours bordent Revere Beach. Mais là où j'ai grandi, hormis quelques façades fraîchement repeintes ou avec une extension, rien n'a bougé. J'ai passé mes jeunes années à couper à travers ces jardins pour prendre un raccourci, éviter de me faire remarquer ou tout simplement en quête d'aventure.

À présent, je suis tout près de mon père.

J'ai conscience du danger. Les flics pourraient bien surveiller la maison de mon enfance toujours occupée par mon père et ma tante. Ce serait logique. Mais comme je l'ai déjà dit, ils ne peuvent pas être partout. Ils savent qu'hier soir j'étais à Manhattan. En déduiraient-ils qu'aujourd'hui je serais à Revere ? Tout dépend de ce que Hilde Winslow leur a raconté, mais je doute fort qu'elle avoue avoir commis un parjure lors du procès.

Je scrute les environs avant de me glisser dans les jardins de ma jeunesse. J'imagine bien que la surveillance n'implique pas qu'un fourgon soit garé devant la maison, mais je ne vois rien de suspect alentour.

Je me sens en sécurité dans les jardins entre Thornton et Highland. Les maisons, mitoyennes pour la plupart, sont agglutinées les unes aux autres à un point tel qu'on ne sait jamais où finit son terrain et où commence celui du voisin, ce qui fut une source de discorde pendant des années. Quand j'avais quatorze ans, les Siegelman ont prétendu que le jardin de Mr Crestin empiétait sur leur propriété ; du coup, ils ont réclamé quelques-uns de ses plants de tomates primés. Je franchis cette frontière contestée et me retrouve chez Mrs Bordio. À l'époque, elle vivait seule ici avec son fils Pat, qui avait ce que nous appelions un « œil paresseux ». Ils ont déménagé au début des années 2000, et maintenant le jardin semble bien entretenu par les nouveaux propriétaires. Mr Bordio, le père de Pat, est mort au Vietnam avant ma naissance, et le terrain a toujours été envahi par la végétation. Pour finir, mon père a établi un planning selon lequel les voisins venaient tondre sa pelouse à tour de rôle. En échange, Mrs Bordio leur donnait des croquants aux cacahuètes faits maison. Mr Ruskin – je passe devant chez lui en ce moment même – a passé tout un été à bâtir un énorme four à pizza en brique et en béton. Il est toujours là, bien sûr, même si les Ruskin sont partis en 2007. Si un ouragan s'abat sur le quartier, ce four sera la seule construction à rester debout.

Devant moi, j'aperçois l'arrière de la maison de mon enfance.

Les buissons sont plus denses ici. L'un de mes premiers souvenirs – je devais avoir trois ou quatre ans –, c'est papa et l'oncle Philip en train de monter une balançoire, tandis qu'Adam et moi les regardions, fascinés. Il faisait chaud ce jour-là, et je me souviens surtout de mon père portant une bouteille de bière à ses lèvres. Il a bu une gorgée, a surpris mon regard et m'a adressé un clin d'œil.

Évidemment, je me souviens aussi de mon idylle avec Cheryl quand nous étions au lycée.

Je m'approche de la maison, et me revient en mémoire un souvenir sacrilège lié à la tente que Mr Diamond dressait tous les ans pour célébrer la fête de Soukkot. Normalement, une tente traditionnelle est une cabane faite de branchages. On l'installe dehors, forcément. Je n'ai pas retenu tous les détails de la cérémonie. Curieusement, c'est en prison que j'ai rencontré les types les plus religieux. Moi, ce n'est pas mon truc.

Bref, la tente des Diamond surpassait largement toutes les autres. Elle était grande, colorée, avec des inscriptions en lettres hébraïques. Quand Cheryl et moi avions dix-sept ans, un soir d'octobre, à la fraîche, nous nous sommes faufilés dans la tente rituelle des Diamond et c'est là que nous avons perdu notre virginité.

Eh oui.

Je souris de biais en y repensant.

Comme j'aimais Cheryl.

J'étais tombé amoureux d'elle en quatrième, quand sa famille est venue habiter Shirley Avenue, mais c'est seulement en première, juste avant le bal de fin d'année, que j'ai été payé de retour. Et encore, nous sommes allés au bal en tant qu'« amis ». Vous connaissez la chanson. Nous avions chacun notre bande de copains, et personne pour nous accompagner. Ce soir-là, nous sommes sortis ensemble, plus par désœuvrement dans son cas à elle.

C'est là que nous sommes devenus un couple.

Je m'adosse contre un arbre dans l'ancien jardin des Diamond. On s'entendait si bien, elle et moi. On a rompu brièvement en première année de fac, mais plus de mon fait que du sien. On nous disait que nous étions trop jeunes pour nous installer dans une relation durable sans avoir connu d'autres expériences. Nous avons essayé, mais à mes yeux, personne ne pouvait se comparer à elle. Deux ans plus tard, nous étions fiancés, mais nous nous sommes promis de ne pas nous marier tant que Cheryl n'avait pas fini ses études de médecine. Puis il y a eu le mariage ; elle a obtenu l'internat dont elle rêvait et, dans la foulée, nous avons décidé d'avoir des enfants.

À partir de ce moment-là, les choses ont commencé à se gâter.

Pour Cheryl – ou devrais-je dire pour nous ? –, la grossesse n'était tout simplement pas au programme.

Si vous avez connu des problèmes de fertilité, vous connaissez le stress et les contraintes qui les accompagnent. Cheryl et moi voulions avoir des enfants. Quatre. Tel était notre projet. Mais les mois passaient et rien ne venait. Lorsqu'on désire désespérément un enfant, on a l'impression que toutes les femmes de son entourage – les moins fréquentables, celles qui n'en veulent même pas – tombent enceintes. Toutes sauf vous.

Nous sommes allés voir un spécialiste et, après toute une batterie de tests, il s'est révélé que c'était moi, le coupable. Oui, d'accord, nous savons tous que ce n'est « la faute de personne », qu'on n'en est pas moins homme, bla-bla-bla, mais découvrir que ma numération de spermatozoïdes était trop faible pour pouvoir engendrer m'a porté un coup terrible. Aujourd'hui, je n'en suis plus là. Mais quand on a grandi dans un milieu machiste comme le mien, un mec, ça a des responsabilités, et s'il n'arrive même pas à faire un enfant à sa femme, ce n'est pas un homme.

J'avais honte. C'est stupide, je sais. Mais les sentiments ne font pas la différence entre ce qui est stupide et ce qui ne l'est pas.

Cheryl et moi avons fait trois tentatives de FIV. En vain. La tension entre nous grandissait. Toutes nos conversations tournaient autour du même thème. Pire, quand nous essayions de nous changer les idées – on nous disait que parfois, quand on lâche prise, le miracle se produit –, nous nous sentions comme avec l'éléphant du magasin de porcelaine, mais pas seulement dans la pièce, dans le lit aussi. Un éléphant qui ne nous lâchait pas.

Cheryl a été formidable.

Du moins, c'est ce que j'ai cru.

Elle ne m'en voulait pas, mais l'imbécile que j'étais, avec mon manque de confiance en moi, s'est mis à imaginer des choses. Elle me regardait différemment. Elle me trouvait collant. Elle regardait les autres hommes – des hommes fertiles, virils – et se demandait comment elle avait pu tomber sur un loser pareil.

Notre couple a failli y passer.

Finalement, nous avons appris une bonne nouvelle. L'un des anciens potes de mon père exerçait comme médecin généraliste dans le New Hampshire. Le docteur

Schenker avait connu le même problème, qu'il avait résolu grâce à l'opération de la varicocèle. Pour faire court, on ligature les veines dilatées du cordon spermatique. Et ça a marché. Ma numération de spermatozoïdes est remontée en flèche.

Quatre mois plus tard, Cheryl était enceinte de Matthew.

Tout était redevenu normal.

Mais en fait, non.

L'enfer que nous avons vécu a mis notre relation à rude épreuve. À la naissance de Matthew, j'ai cru que le pire était derrière nous. Jusqu'au jour où j'ai découvert que tout en me tenant des propos rassurants, Cheryl s'était rendue en douce dans un centre de procréation à la recherche d'un donneur de sperme. Elle n'est pas allée jusqu'au bout de la démarche. C'est ce qu'elle n'a cessé de me répéter. Elle a été très claire. Elle voulait non seulement un enfant, mais aussi mettre fin à ce cauchemar qui nous minait tous les deux. Elle avait donc imaginé de recourir à un donneur de sperme, sans m'en parler car elle savait que je m'y opposerais.

Elle a reconnu que c'était une très mauvaise idée. Elle s'est excusée des milliers de fois. Mais je ne voulais pas de ses excuses. Sa conduite a ravivé toutes mes peurs irrationnelles, alors j'ai réagi. Elle avait trahi ma confiance… et mon attitude n'a fait qu'aggraver la situation.

J'aperçois du mouvement derrière la fenêtre de ma maison natale. Je me cache derrière un buisson et, de là, je vois ma tante Sophie entrer et s'asseoir seule à la table de cuisine. Elle porte une robe bleue difforme. Son dos est voûté. Ses cheveux sont retenus par des pinces, mais quelques mèches lui tombent sur le visage. Je suis envahi par la tristesse. Ma généreuse, ma merveilleuse, ma farouche tante Sophie, qui m'a élevé depuis la mort de maman. Elle a l'air fatiguée, usée, vieillie avant l'heure. La vie l'a vidée de son entrain. Ou est-ce la maladie de mon père ?

Ou bien moi ?

Ma tante Sophie a toujours cru en moi. D'autres ont retourné leur veste. Sophie, jamais.

Je m'approche, hésitant, de la fenêtre. Elle a allumé la radio. Sophie a toujours aimé écouter de la musique dans la cuisine. Du rock classique. Bien sûr, ce n'est peut-être plus la radio, mais Alexa ou un gadget du même genre. Je reconnais la voix de Pat Benatar. Sophie adore Pat Benatar, Stevie Nicks, Chrissie Hynde et Joan Jett. Je gravis les marches à pas de loup et, mû par une impulsion, tambourine légèrement sur la vitre.

Sophie lève les yeux et m'aperçoit.

Je m'attends à ce qu'elle soit surprise, interdite ou du moins déconcertée par ma soudaine apparition. Je comprendrais même qu'elle hésite, mais ma tante Sophie n'est pas comme ça. Son amour est entier et inconditionnel. Elle bondit sur ses pieds et se précipite vers la porte du jardin. Son visage est comme un baume bienfaisant : immense sourire et joues baignées de larmes. Elle ouvre la porte, regarde à droite et à gauche d'un air protecteur qui me fend le cœur et lance :

— Viens.

Cela me rappelle l'époque où mon père rentrait tard du boulot et se demandait où j'étais. Ma tante Sophie inventait une excuse et me faisait passer en cachette par cette même porte. J'entre. Elle me serre dans ses bras. Je la trouve plus petite, plus frêle. J'ai peur de lui faire mal, sauf qu'elle ne l'entend pas de cette oreille.

J'aimerais garder mon sang-froid, rester concentré, ne pas céder à l'émotion. Avec ma tante Sophie, dans les bras de ma tante Sophie, c'est absolument impossible. Je sens mes genoux fléchir et je laisse peut-être échapper un petit cri, mais cette femme menue d'une force surhumaine me retient pour m'empêcher de tomber.

— Ça va aller, me dit-elle.

Et je la crois.

25

Le surveillant pénitentiaire Ted Weston raconta son histoire à Max et à Sarah une fois, deux fois, trois fois. Ils l'écoutaient en silence. Max opinait régulièrement en signe d'encouragement. Sarah était debout, adossée au mur du bureau qu'ils utilisaient comme salle d'interrogatoire, les bras croisés. Lorsque Ted acheva son récit pour la troisième fois, s'attardant fièrement sur le fait qu'il avait vu le prisonnier et le directeur monter dans la voiture de ce dernier, Max hocha la tête avec vigueur avant de se tourner vers Sarah.

— C'est la partie que je préfère. Pas toi, Sarah ?

— Le coup de la voiture du directeur, Max ?

— Oui.

— Moi aussi.

Max mordilla sa lèvre inférieure pour éviter de se ronger les ongles.

— Vous voulez savoir pourquoi Sarah et moi, on préfère cette partie-là, Ted ? Je peux vous appeler Ted, n'est-ce pas ?

Ted Weston eut un sourire crispé.

— Bien sûr.

— Merci, Ted. Alors, vous voulez savoir pourquoi ?

Weston haussa les épaules sans enthousiasme.

— On va dire que oui.

— Parce que c'est la vérité. Et je le pense. Cet épisode où vous regardez par la fenêtre, repérez la voiture et vous dites : « Houla, attendez une minute… » Quand vous le racontez, votre visage respire l'honnêteté.

— C'est vrai, ajouta Sarah.

— Comme si vous utilisiez une crème hydratante haut de gamme. Le reste du temps, quand vous nous expliquez comment vous avez conduit ce pauvre et souffrant David Burroughs à l'infirmerie tard dans la nuit…

— … en enfreignant le règlement, renchérit Sarah.

— … et comment il s'est jeté sur vous…

— … sans aucun mobile.

— Vous êtes bien droitier, hein, Ted ?

— Comment ?

— Vous êtes droitier. Je vous ai observé. En soi, ça n'a aucune importance, sauf que quand vous décrivez votre expédition nocturne à l'infirmerie, vous regardez en haut à droite.

— Signe que vous mentez, Ted, fit Sarah.

— Ce n'est pas une preuve absolue, mais la plupart du temps, ça se révèle exact. Quand il fouille vraiment dans sa mémoire, un droitier…

— … à quatre-vingt-cinq pour cent, en tout cas…

— … regarde en haut à gauche.

— Plus le regard fuyant, Max.

— Oui, merci, Sarah. Voilà qui est fascinant, Ted. Je pense que ça va vous plaire. Vos yeux bougent dans tous les sens quand vous mentez. Vous n'êtes pas le seul. C'est le cas de la majorité des gens. Vous voulez savoir pourquoi ?

Ted ne répondit pas.

— C'est un atavisme, Ted. Le souvenir d'un autre âge, quand un humain pouvait se sentir piégé, peut-être par l'un de ses congénères ou par un animal, et du coup il regardait partout à la recherche d'une issue.

— Tu y crois vraiment, à cette version des origines, Max ? demanda Sarah.

— Je ne sais pas. Enfin… un regard fuyant indique souvent le mensonge. Quant à l'origine, j'ignore si c'est vrai, mais je trouve ça passionnant.

— Tout à fait, acquiesça Sarah.

— Un regard fuyant, répéta Ted Weston d'un air qui se voulait bravache. Je ne me sens pas concerné.

Max se tourna vers Sarah. Elle hocha la tête.

— Très viril, Ted.

Weston se leva.

— Rien ne prouve que j'ai menti.

— Les preuves, on les a, répliqua Max. Vous n'imaginez tout de même pas qu'on se limite à cette histoire d'yeux ?

— Il ne nous connaît pas, Max.

— Non, en effet, Sarah. Montre-lui.

Sarah fit glisser le relevé bancaire sur la table. Ted Weston, qui était resté debout, le regarda et blêmit.

— Sarah a eu la gentillesse de surligner ce qui nous intéresse. Vous le voyez, Ted ?

— Il aurait dû demander du cash, Max, dit Sarah.

— Oui, mais où l'aurait-il mis ? Ils ont eu la bonne idée de ne pas dépasser les dix mille. Pensant que personne ne s'en apercevrait.

— Mais nous, si.

— Pas *nous*, Sarah. *Toi.* Toi, tu l'as remarqué. Comment Ted saurait-il que tu es la meilleure ?

— Tu vas me faire rougir, Max.

Le téléphone de Sarah vibra. Elle s'écarta. Ted Weston retomba sur sa chaise.

— Voulez-vous m'expliquer ce qui s'est réellement passé, chuchota Max, théâtral, ou préférez-vous aller faire un tour en maison d'arrêt pour voir comment on vit de l'autre côté ?

Ted continuait de fixer le relevé bancaire.

— Max ?

C'était Sarah.

— Oui, qu'y a-t-il ?

— La reconnaissance faciale a peut-être identifié notre homme.

— Où ça ?

— À sa descente du train à Revere Beach.

— Tu ne peux pas rester, me dit ma tante Sophie. Le FBI était là ce matin. Ils risquent de revenir.

Je fais signe que j'ai compris.

— Je peux lui parler ?

Elle baisse la tête, l'air désolé.

— Il dort. Il est sous morphine. Tu peux le voir, mais à mon avis, il ne saura pas que tu es là. Je t'accompagnc.

Nous passons devant le piano avec son napperon de dentelle et sa kyrielle de vieilles photos. Celle de mon mariage avec Cheryl trône toujours au milieu. Je ne sais pas trop quoi en penser. La plupart de mes amis d'enfance avaient des frères et sœurs. Moi, j'étais enfant unique. Je n'ai jamais su pourquoi, mais je soupçonne que mon problème pourrait être héréditaire, le pire exemple du « tel père, tel fils », et qui aurait pu aboutir à pas de fils du tout. Mais ce n'est qu'une simple supposition.

Je prends la chaise à côté de son lit – sa vieille chaise de bureau – et me penche sur lui. Il dort, mais une grimace lui déforme le visage. Ma tante Sophie se tient derrière moi. J'adore mon père. C'était le meilleur père du monde. Pourtant je ne le connais pas vraiment. Il n'était pas du genre à s'épancher. J'ignore tout de ses rêves et de ses espoirs, et c'est peut-être mieux ainsi. Mon père a combattu au Vietnam. Son père à lui a fait la Seconde Guerre mondiale. Ma grand-mère m'a raconté qu'à leur retour, ils n'étaient plus les mêmes. Rien d'étonnant, mais ma grand-mère disait aussi que tout ce qu'ils avaient vécu là-bas, ils le gardaient pour eux. Pour protéger ceux qu'ils aimaient. Quand Matthew est né, j'ai essayé de me remémorer tout ce que mon père faisait avec moi. Je voulais être comme lui. Tel un enfant en admiration devant un illusionniste, je voulais connaître ses secrets pour en faire profiter mon propre fils.

J'adore mon père. Il rentrait, épuisé, à la maison, enfilait un T-shirt blanc et sortait jouer au ballon avec moi. Le samedi midi, il m'emmenait manger un burger. Il me laissait l'accompagner aux courses de lévriers et m'expliquait les paris et les favoris. J'allais l'applaudir quand il jouait au softball avec ses collègues de la police de Revere, surtout lors de leur match annuel contre les pompiers. Il m'a appris à faire un nœud de cravate. Il me permettait de faire semblant de me raser à côté de lui quand j'avais sept ans, avec de la mousse et un rasoir sans lame. Deux fois par an, on allait à Fenway Park voir jouer les Red Sox. On s'installait dans les gradins, moi avec un hot-dog et un Coca, lui avec un hot-dog et une bière, et il m'achetait un fanion de l'équipe adverse pour que je garde un souvenir du match. Nous allions regarder les Celtics chez l'oncle Philip qui avait un grand écran. Jamais papa ne m'a donné l'impression que je l'embêtais ou que j'étais un poids. Nous appréciions tous les deux le temps passé ensemble.

Cela dit, je ne sais rien des rêves et des espoirs de mon père, de ses craintes et de ses préoccupations, de ce qu'il a ressenti à la mort de ma mère ni s'il imaginait que la vie lui apporterait autre chose.

Assis à son chevet, j'attends qu'il ouvre les yeux et me reconnaisse. J'espère un miracle… Que mon retour le guérisse, que ma simple présence lui fasse quitter son lit ou qu'il ait au moins un éclair de lucidité pour dire un dernier mot à son fils unique.

Mais le miracle n'a pas lieu. Il continue à dormir.

Au bout d'un moment, ma tante Sophie me dit :

— C'est dangereux, David. Tu devrais y aller.

Je hoche la tête.

— Ton cousin Dougie est parti tout le mois étudier les requins. J'ai la clé de chez lui. Tu pourras y rester aussi longtemps qu'il le faudra.

— Merci.

Nous nous levons. J'examine la main flasque de mon père. Une main si puissante autrefois. Les muscles noueux de son avant-bras ne sont plus que de la chair spongieuse. Je dépose un baiser sur son front. J'attends une seconde de plus qu'il ouvre les yeux. En vain.

Je demande à ma tante Sophie :

— Tu me crois coupable ?

— Non.

Je la regarde.

— Tu n'as jamais… ?

— Non, pas un instant.

Nous sortons de la chambre. C'est peut-être la dernière fois que je vois mon père, mais je n'ai pas le temps de m'y attarder. Mon téléphone se met à vibrer. Je consulte le message.

— Tout va bien ?

Je réponds à Sophie que c'est Rachel. Elle sera là dans une demi-heure. Je lui envoie l'adresse de Dougie et lui conseille de passer par le jardin.

— Rachel te file un coup de main ? questionne ma tante.

— Oui.

— Je l'aime bien, Rachel. C'est malheureux, ce qui lui arrive. Vous serez en sécurité chez Dougie. Contacte-moi si tu as besoin de quoi que ce soit, OK ?

Je la prends dans mes bras et ferme les yeux. Puis, sans la lâcher, je pose une question stupide, une question qui me tracasse comme une dent cariée qu'on explore avec sa langue :

— Et papa, il pensait que c'était moi ?

Ma tante Sophie ne sait pas mentir.

— Pas au début.

J'ose à peine respirer.

— Et par la suite ?

— C'est un homme de terrain, David. Tu le sais bien. Il s'en tient aux faits. Tes absences. Les disputes avec Cheryl. Tes crises de somnambulisme quand tu étais ado…

— Donc il… ?

— Il n'en avait pas envie, non.

— Mais il pensait que j'avais tué Matthew ?

Ma tante Sophie desserre son étreinte.

— Il n'en savait rien, David. Allez, assez parlé de ça.

Avec sa coupe au carré, j'ai failli ne pas reconnaître Rachel.

— Qu'en penses-tu ? demande-t-elle, histoire de détendre l'atmosphère.

— Ça te va bien.

Les sœurs Anderson sont belles toutes les deux, chacune à sa façon. Cheryl, mon ex, est plus spectaculaire. Rachel, on la remarque davantage avec le temps. Elle a, comme dit ma tante Sophie – avec toute la bienveillance possible –, un physique intéressant. Ce qu'on pourrait considérer comme des imperfections ressemble plus à un tableau dont on ne cesse de découvrir les détails selon l'éclairage ou l'angle d'approche. Sa nouvelle coupe de cheveux la met en valeur en soulignant ses pommettes.

Pendant que je parle à Rachel de Hilde, d'Eddie, de la famille Fisher, je reçois un texto d'Eddie :

Ne reviens pas ici. Les flics sont passés. Ils te cherchent.

Je lui réponds en disant qu'apparemment ils sont au courant de ma présence à Revere. Il m'écrit :

Ils sont partout. Le rendez-vous est au garage Pop. 280, Hunting Street à Malden, 15 h. Tu pourras y aller ?

Je lui dis que oui.

Entre par la gauche. Viens seul. C'est ce qu'on m'a chargé de te transmettre.

Rachel lit par-dessus mon épaule. Dougie est un vieux garçon de cinquante-quatre ans, et la maison est à son image. Boiseries foncées comme dans un bar à l'ancienne, jeu de fléchettes et écran géant qui occupe tout un pan de mur. Le sol est tapissé d'une épaisse moquette verte. Les fauteuils inclinables sont en similicuir et on voit l'armature en métal sur les repose-pieds. Il y a un vieux comptoir en chêne avec des enseignes au néon : une pour la bière Michelob Light, l'autre pour la bière belge Blue Moon. Je n'ai pas allumé la lumière en arrivant ; il n'y a donc pas d'autre éclairage dans la pièce.

— Je vais t'y conduire, dit-elle.

— Le texto dit « Viens seul ». Tu l'as bien vu, non ?

— Il y a quelque chose que je ne comprends pas. Les Fisher sont dans l'extorsion, la drogue, la prostitution, tout ça. Pourquoi seraient-ils mêlés à ce… ?

Elle s'interrompt.

— Je ne sais même pas quel mot employer.

— Disons kidnapping.

— Soit. Que viennent-ils faire là-dedans ?

— Aucune idée.

— Et tu imagines qu'ils vont te le dire, comme ça ?

— Nous n'avons pas d'autre piste.

— Peut-être que si.

Elle ouvre son ordinateur portable, clique sur un fichier, et des images commencent à se télécharger.

— J'ai fait des recherches à partir de la photo d'Irene à Six Flags. Nous connaissons la date et le lieu. C'est déjà un début. Je suis allée voir sur Instagram si jamais il y avait des images datées de ce jour. J'ai élargi la recherche à trois jours car tout le monde ne poste pas ses photos dans les vingt-quatre heures. Puis j'ai fait une recherche par image autour d'Irene et de sa famille, au cas où ils apparaîtraient sur la photo de quelqu'un d'autre. Avec un peu de chance, cela nous permettrait de revoir Matthew.

— Et ?

— Le résultat est de six cent quatre-vingt-cinq photos et vidéos récupérées sur tous les réseaux sociaux : Instagram, Facebook, Twitter, TikTok et autres. On a un peu de temps devant nous. On pourrait y jeter un coup d'œil.

Les images s'affichent dans l'ordre chronologique – selon le moment où elles ont été postées – et en fonction de leur site de provenance. Je vois des couples et des familles sur des manèges, montant sur un manège, descendant d'un manège, saluant depuis la grande roue ou embarqués tête en bas sur les montagnes russes. Il y a des gens qui posent, des gens pris sur le vif ou à distance. J'adore les manèges. Quand mes cousins, neveux et nièces voulaient faire les attractions les plus vertigineuses, c'était moi, l'adulte qui les accompagnait. Mon père aussi aimait ça. Matthew était trop jeune pour la plupart des attractions, mais il était fan du petit train, des manèges avion ou bateau. D'ailleurs, il ressemblait à papa. Tout le monde le disait. Depuis que j'ai revu mon père, je ne peux m'empêcher de penser à la transmission, à ce fil invisible qui court entre mon grand-père, mon père, moi et Matthew. C'est une question de résonance.

Sur certaines photos, on voit des gens qui se rendent au parc. Il y a des photos d'animaux dans la partie safari en voiture. Des individus habillés en Batman, Bugs Bunny ou Porky. Des trophées remportés sur les stands : tortue en peluche, chien bleu, personnages de *Pokémon*.

Je suis surpris par le nombre de photos de groupe : dix, vingt, parfois même trente personnes. Nous nous y attardons pour zoomer sur chaque visage. Les enfants, je comprends. Nous sommes à la recherche de Matthew. Quant aux adultes, nous cherchons quelqu'un que nous pourrions connaître, quelqu'un qui aurait l'air… louche.

Nous retrouvons Tom et Irene Longley avec leurs deux garçons sur une photo en compagnie de seize autres personnes. Nous l'examinons soigneusement, mais elle ne présente finalement aucun intérêt.

Je consulte ma montre. Nous n'aurons peut-être pas le temps de tout visionner avant mon rendez-vous. Nous accélérons l'allure quand nous tombons sur une autre photo de la famille Longley avec les Minions jaunes du film *Moi, moche et méchant*.

Elle presse la touche pour continuer, mais je l'arrête.

— Attends.

— Quoi ?

— Reviens en arrière.

Elle s'exécute.

— Encore.

Il n'y a que les Longley sur cette photo. Personne d'autre. Mais ce n'est pas ce qui attire mon attention.

— C'est quoi, ce panneau derrière eux ?

— On dirait une affiche pour un événement d'entreprise.

Sauf qu'il y a plusieurs logos au lieu d'un seul.

— Irene m'en a parlé, je crois, dit Rachel. Rappelle-toi, son mari travaille pour les laboratoires Merton. Tiens, il est là, leur logo.

Je distingue entre autres logos ceux d'un médicament antidouleur bien connu qu'on trouve en vente libre et d'une marque de cosmétiques grand public.

— C'est une grosse multinationale, explique-t-elle. Ils couvrent l'industrie alimentaire, le secteur pharmaceutique, la restauration… Ils possèdent même des hôpitaux.

— Tu penses qu'ils ont loué tout le parc ?

— Je ne sais pas. Je peux demander à Irene. Pourquoi ?

— Il y a d'autres photos comme celle-ci, non ? Devant le panneau ?

— Oui, un bon paquet. Justement, on y est. En principe, on prend ce genre de photos en arrivant, mais ils ont manifestement voulu attendre la fin de la journée.

— Continue à cliquer, lui dis-je.

Au troisième clic, je le vois. Je me fige instantanément.

— Stop.

— Quoi ? demande-t-elle.

Je lui montre un logo en bas à droite. Je l'ai déjà entrevu sur la photo de la famille Longley, mais cette fois il est bien visible. Rachel suit la direction de mon doigt.

C'est une cigogne avec une sorte de porte-bébé et l'inscription : INSTITUT DE PROCRÉATION BERG.

Rachel regarde fixement l'image avant de se tourner vers moi.

J'ai la bouche sèche.

— C'est là qu'elle est allée, dis-je. Cheryl, j'entends.

— Oui, et alors ?

Je garde le silence.

— Qu'est-ce que ça vient faire là-dedans, David ? Voyons, ce groupe possède également des pizzerias. Tu es déjà allé dans une pizzeria, non ?

Je fronce les sourcils.

— Mon mariage n'a pas explosé en vol à cause d'un repas dans une pizzeria.

— Je ne vois pas ce que tu cherches à me dire par là.

— Ta sœur est allée dans cet…

J'esquisse des guillemets avec mes doigts.

— … « institut » en cachette.

— Je sais, répond-elle d'une voix aussi douce et tendre qu'une caresse. Mais ça n'a rien donné. Tu l'as constaté toi-même.

— Erreur.

— Comment ça ?

— Je n'ai plus eu confiance en elle.

— Tu n'aurais pas dû, David. Cheryl était en souffrance. Tu aurais pu le comprendre. Et elle n'est pas allée jusqu'au bout.

Je ne vois pas l'intérêt de polémiquer, et après tout elle a peut-être raison. J'examine le logo et secoue la tête.

— Ce n'est pas une coïncidence.

— Bien sûr que si. Je regrette seulement que tu n'aies pas compris sur le coup.

— Ah, mais j'ai très bien compris, dis-je d'une voix étonnamment désinvolte. Je n'y arrivais plus. Cela mettait la pression sur notre couple. Cheryl a eu l'idée de recourir à un donneur, puis de prétendre que le bébé était de moi. Je m'étonne qu'elle n'ait pas couché carrément avec le premier venu et zappé l'intermédiaire.

— Tu es injuste, David.

— Avec qui est-elle mariée maintenant, Rachel ? Tu n'as pas abordé ce chapitre-là.

— Peu importe.

— C'est Ronald, n'est-ce pas ?

Elle ne répond pas. Mon cœur se serre de nouveau. Je poursuis :

— Un ami et rien d'autre. C'est ce qu'elle n'arrêtait pas de répéter.

— Et c'est ce qu'il était.

Je hausse les épaules.

— Ne sois pas naïve.

— Je ne dis pas que Ronald n'espérait pas…

— Aucune importance.

C'est la stricte vérité, et je ne veux plus rien savoir là-dessus.

— Tout ce qui compte, c'est de retrouver Matthew.

— Et tu crois que c'est ça, la clé ?

Elle pointe un doigt sur le stupide logo avec la cigogne.

— Parfaitement.

— Mais comment ?

Je n'ai pas la réponse ; du coup, nous nous taisons tous les deux.

Au bout d'un moment, elle me demande :

— Tu veux toujours aller voir ce type, le Putois ?

— Oui.

— Alors vas-y.

Je la regarde.

— Qu'est-ce que tu me caches, hein ?

— Rien.

Je ne la quitte pas des yeux.

— Ce n'est qu'une coïncidence, ajoute-t-elle. C'est tout.

Mais je me demande qui de nous deux elle cherche à convaincre.

26

— Pixie ?

Gertrude se détourna du panorama qu'elle contemplait par la vitre. Cette maison-ci, achevée depuis quatre ans, n'avait rien de commun avec la résidence-musée d'antan. C'était certes une propriété luxueuse, équipée d'un court de tennis, d'une piscine et d'installations équestres. Mais contrairement à la vieille demeure en marbre aux allures de mausolée, celle-ci était lumineuse, aérée, au design postmoderne : un ensemble de cubes blancs et de parois vitrées. La vue surprenait les visiteurs, mais Gertrude s'y sentait bien.

— Oui, Theo ?

— Où est papa ?

Elle lui sourit. Theo était un enfant solaire malgré l'obscurité qui l'environnait. Il était gentil, intelligent, attentionné. Il parlait non seulement anglais, mais aussi français et allemand car il passait le plus clair de son temps dans un internat en Suisse. Avec moins de trois cents élèves, l'école de Saint-Gall offrait à ses pensionnaires la possibilité de pratiquer l'équitation, l'alpinisme et la voile, le tout pour deux cent mille dollars par an.

Hayden, qui ne voulait pas être un père absent, séjournait souvent dans la région. Voilà bien longtemps que les garçons (comme elle les appelait) n'étaient pas rentrés aux États-Unis. Ils étaient là depuis trois mois, et Gertrude avait été heureuse de les accueillir. En vieillissant, elle avait envie de passer plus de temps avec eux.

Mais c'était une erreur.

— Je suis là, mon grand, dit Hayden en entrant dans la pièce.

Il posa les mains sur les épaules du garçon. Theo cligna des yeux. C'était une espèce de tic. Theo était un enfant délicieux et, passé la première phase de transition, tout semblait être rentré dans l'ordre. Mais il y avait une nervosité chez lui, une certaine crispation comme s'il s'attendait à recevoir des coups. Ce qui n'était jamais arrivé. Cependant, même s'il ne savait pas la vérité, on aurait dit qu'inconsciemment, il se doutait de quelque chose et recourait instinctivement à un mécanisme de défense.

Hayden gratifia Gertrude d'un sourire contraint et elle comprit aussitôt que quelque chose n'allait pas. Elle appela Stephano pour qu'il emmène Theo jouer dehors. Stephano referma la porte, laissant grand-mère et petit-fils en tête à tête, même s'il était parfaitement au courant de toutes leurs manigances.

— Oui, Hayden ?

— Il a agressé un policier.

Elle n'avait pas encore consulté les actualités du jour. Gertrude comprenait la technologie et le monde connecté, mais pour elle, le secret de la longévité se résumait à un mélange de routine et de nouvelles expériences. Ses journées commençaient toutes de la même façon. Réveil à 7 heures. Vingt minutes de gym (c'était suffisant, selon elle). Vingt minutes de méditation (transcendantale de préférence). Un café et un roman, si elle avait le temps. Et ensuite seulement, les informations. Avec l'âge, elle se rendait compte que les informations tenaient plus du spectacle – anxiogène, en l'occurrence – que de l'information.

— Ils l'ont arrêté, je suppose ?

— Non. Pas encore.

Cela la surprit. David Burroughs avait plus de ressources qu'elle ne l'aurait cru.

— Tu ne peux pas rester. Tu le sais.

— À ton avis, il se doute de quelque chose ?

Certainement. Mais cela ne devait pas aller bien loin.

— Cette agression, dit-elle. Où a-t-elle eu lieu ?

— À New York.

Sa réponse la laissa perplexe.

— Qu'est-ce qu'il faisait là-bas ?

— On dit qu'il voulait se venger d'un témoin.

— Lequel ?

— Pratiquement tous les témoins étaient des experts nommés par la cour.

— Tous sauf un, répondit Gertrude. La femme qui prétendait l'avoir vu avec la batte de base-ball.

Hayden hocha lentement la tête.

— C'est bien possible.

Cela restait une énigme pour eux. Ils savaient que la femme avait menti. Mais ils ignoraient pourquoi.

— J'en ai assez de le cacher, Pixie.

— Je sais, Hayden.

— Il a du sang des Payne dans ses veines.

— Ça aussi, je le sais.

— On a même fait les tests. Il est mon fils. Ton arrière-petit-fils. C'est un Payne.

Elle réprima un sourire. Un Payne. Comme s'il y avait de quoi pavoiser. Les Payne avaient fait tellement de dégâts. Grossesses non désirées, chantage, extorsions, meurtres même… L'argent rachetait tout. C'était une pratique courante. On dédommageait la famille. La carotte, oui, mais il y avait aussi le bâton. Si quelqu'un voulait lutter pour obtenir justice, il n'avait aucune chance de gagner. Les riches niaient les faits, brouillaient les pistes, achetaient les témoins, menaçaient, entamaient des poursuites, et si rien ne marchait – ce qui était très rare –, ils vous faisaient disparaître purement et simplement. Ou ils se vengeaient sur vos enfants. Rien ne les arrêtait.

Et si des parents acceptaient de l'argent en compensation de la mort d'une de leurs filles, ce n'était pas parce qu'ils étaient cupides ou immoraux.

C'était parce qu'ils n'avaient pas le choix.

— Je sais, Hayden, répéta-t-elle.

— Il doit sûrement y avoir un moyen.

Gertrude ne répondit pas.

— Peut-être qu'on devrait faire la lumière sur toute l'affaire, reprit Hayden.

— Non.

— Parce que, même s'ils retrouvent Theo…

— Hayden ?

— … qu'est-ce que ça prouve ?

— Hayden, arrête.

Ce fut le ton de Gertrude, plus que ses mots, qui le réduisit au silence.

— Nous ferons en sorte que vous puissiez partir dès cet après-midi, décréta-t-elle, coupant court à la conversation. D'ici là, je ne veux pas que cet enfant quitte le domaine.

Troisième partie

27

David avait-il senti qu'elle mentait ?

Rachel avait failli tout lui avouer. Et elle aurait peut-être dû, qui sait. Mais en ce moment, elle avait surtout besoin de gagner sa confiance. S'il apprenait la vérité au sujet de ce centre de procréation, il risquait de couper les ponts avec elle. Or, il était essentiel qu'ils restent ensemble pour que leur quête puisse aboutir.

Après le départ de David, elle regarda de nouveau les photos… cette fois, dans un tout autre but. Elle cherchait un visage familier, quelqu'un que David ne pouvait pas connaître. À son grand soulagement, il n'y était pas. David pouvait se tromper – le logo de l'institut de procréation Berg ce jour-là dans le parc était peut-être une simple coïncidence –, mais plus elle y pensait, moins cela lui semblait plausible.

Seulement, quel rapport entre cet institut et le reste ?

Elle regarda son téléphone. Cet appel, elle aurait dû le passer depuis longtemps, mais elle ne cessait de le reporter. Pourtant, il lui aurait sûrement apporté des réponses. Elle composa le numéro. Il décrocha dès la seconde sonnerie.

— Allô, c'est moi.
— Rachel ?
L'inflexion de sa voix la fit sourire.
— Salut.
— Mon Dieu, ça fait une éternité.
— Je sais, c'est ma faute.
— Mais non, pas du tout. Comment vas-tu ?
— Ça va, dit-elle.
— J'ai essayé de te joindre, tu sais.
— Je sais, oui.
— Quand il y a eu tout ce battage autour de l'article et de notre université…
— Je sais, répéta-t-elle. J'aurais dû te répondre. Je te devais bien ça.
— Absolument pas.
— Mais si. Je suis désolée. C'est juste que… ça faisait beaucoup.
Il y eut un silence. Puis :
— Tu m'appelles pour quoi ?
— J'ai besoin d'un service, fit Rachel.
— Je suis toujours là pour toi. Tu le sais bien.
En effet. Elle s'éclaircit la voix.
— Tu es au courant que mon beau-frère s'est évadé de prison ? Je ne sais pas si les nouvelles…
— J'ai vu ça, oui.
— J'espérais que tu pourrais peut-être m'aider.
Il hésita.
— Tu es où, Rachel ?
— Comment ça ?
— Tu es chez toi ?
— Non, je…

Devait-elle lui dire ?

— Je suis à côté de Boston.

— Parfait.

— Pourquoi ?

— Tu peux être au restaurant Toro dans Washington Street, disons, dans une heure ?

— Attends, tu es rentré ?

— Il vaut mieux qu'on se parle de vive voix, tu ne crois pas ?

Elle était du même avis.

— Ça me fera très plaisir de te revoir, Rachel.

— À moi aussi.

— Chez Toro, dit-il. Dans une heure.

— Je te retrouve là-bas.

Cette histoire de rendez-vous dans un garage ne me plaît pas du tout.

J'ai pris la voiture de Rachel, celle qu'on ne peut pas identifier. À Dougie j'ai emprunté une casquette de base-ball et une paire de Ray-Ban. C'est un déguisement sommaire, mais je doute de tomber sur un barrage de police entre Revere et Malden. S'ils savent que je suis ici, c'est qu'ils ont dû me repérer dans le train. Je ne suis donc pas censé disposer d'un véhicule. De toute façon, c'est un risque à prendre.

Hunting Street est un curieux mélange de zone résidentielle et d'ateliers de réparation automobile. Le garage Pop est coincé entre le garage Al et le garage Garcia. Juste en face, il y a un carrossier. J'inspecte les environs, mais l'artère d'habitude animée est étonnamment déserte… et c'est ce qui éveille mes soupçons.

Le garage Al est fermé. Tout comme Garcia et le carrossier. Fermés, stores baissés, aucune lumière, aucun signe de présence humaine.

Je n'aime pas ça.

Je ne vois qu'un seul homme, en combinaison de travail bleue, avec un nom que je n'arrive pas à lire écrit au pochoir sur la poitrine. Il me fait signe d'avancer vers la seule entrée du garage ouverte, comme ces gars à l'aéroport qui guident les avions au sol. L'entrée est sombre, caverneuse, prête à m'avaler tout entier.

J'hésite en scrutant l'obscurité quand le Putois en surgit soudain, tel un spectre dans un film d'horreur.

Il a le teint pâle. Ses cheveux luisants sont coiffés en arrière. La mèche blanche ressort d'autant plus. Il me sourit, et sa vue me fait frissonner. Il n'a pas vraiment changé. Son costume brille au soleil. Il s'écarte et, d'un geste, m'invite à le suivre.

Ai-je le choix ?

Je roule au pas derrière lui. À un moment, il me fait signe de ralentir, puis de m'arrêter. La porte coulissante du garage se referme derrière moi.

Me voici seul avec le Putois.

Je descends de voiture.

Il s'approche de moi avec un grand sourire.

— Davey !

Il me serre dans ses bras, la quatrième personne à le faire depuis cinq ans. Sauf que cette étreinte-là n'est ni chaleureuse ni réconfortante. Elle est tout en angles aigus ; j'ai l'impression de me faire enlacer par une table de jardin. Il empeste une eau de toilette bon marché. Des odeurs nauséabondes, j'en ai connu en prison, mais là j'ai envie de vomir.

— Davey, répète-t-il en s'écartant. Tu m'as l'air en forme.

— Toi aussi, Kyle.

— Désolé, mon vieux, dit-il.

Et il m'assène un coup de poing à l'estomac.

C'est un coup bas, mais je l'ai vu venir. L'une des grandes leçons de la prison, c'est d'être toujours sur le qui-vive. C'est un art qu'on peaufine jour après jour. À Briggs, on redevient un homme des cavernes, toujours en alerte, toujours prêt. Au lycée, j'étais attaquant dans l'équipe de lacrosse. Le coach hurlait constamment : « Tête sur pivot ! »

Autrement dit, il fallait surveiller ses angles morts. C'est devenu mon quotidien en prison.

Je me penche sur le côté et contracte mon abdomen. Les jointures de sa main rencontrent mon os iliaque, et je parie qu'il déguste plus que moi. Je réagis instinctivement, même si mon cerveau me commande d'arrêter car j'ai besoin de l'interroger sur Hilde Winslow.

Oh, et puis tant pis.

Il ne me dira rien. J'aurais dû m'en douter. Le seul moyen de lui faire cracher le morceau ?

Lui flanquer une bonne raclée.

Déportant mon poids vers la gauche, j'effectue un moulinet avec le bras droit et, le pouce à l'intérieur de la paume, lui envoie un coup à la tête.

Je sens une vibration dans ma main, comme si mes os se transformaient en une sorte de diapason, mais ce n'est pas le moment de m'en préoccuper. Je sais qu'il est violent et retors : si je baisse la garde, il me tuera. C'est valable pour toutes les bagarres. Même une rixe dans un bar ou sur un terrain de foot peut vous coûter la vie.

Il chancelle, assommé. Je lui balance mon pied dans le tibia. Il ne tombe pas, mais cela le déséquilibre. Il essaie de reculer en titubant.

Mais je ne lui en laisse pas l'occasion.

Je bondis sur lui pour l'expédier au sol et m'installe à califourchon sur sa poitrine. Je prépare mes poings, histoire de le ramollir un peu avant de l'interroger.

Mais au moment où je lève ma main droite, une porte s'ouvre à la volée au fond du garage.

— Plus un geste ! Police !

Je me retourne et aperçois un flic qui pointe son arme sur moi. Mon cœur fait un bond dans ma poitrine. Un deuxième flic paraît, armé lui aussi. Puis un troisième.

Pendant que j'hésite sur l'attitude à adopter, quelque chose de lourd – la crosse d'un pistolet, un démonte-pneu – atterrit sur mon crâne.

Mes yeux se révulsent. L'un des flics me frappe au corps. Je glisse à terre. Un autre saute sur moi. J'essaie de lever les mains pour me défendre, mais je n'ai plus aucune force.

On m'allonge sur le ventre et on me tire les bras en arrière. J'entends plus que je ne sens les menottes.

Un nouveau coup à la tête, et l'obscurité se referme sur moi. J'avale une ultime goulée d'air.

Puis c'est le néant.

Rachel avait envoyé un texto à David pour lui dire qu'elle avait une course à faire.

Sans préciser où ni pourquoi.

Elle prit le train car son téléphone n'avait pas d'application de covoiturage. Parti depuis près d'une heure, David n'avait pas donné de nouvelles. Elle craignait le pire, mais en même temps elle devait aller de l'avant. Si ce type, le Putois, avait tendu un piège à David, eh bien, elle n'y pouvait rien. Idem s'il s'était fait intercepter par les flics.

Elle devait continuer.

Arrivée au restaurant, elle eut une pensée frivole : ses cheveux. Sa nouvelle coiffure avait été conçue comme un déguisement. Cela faisait un bail qu'ils ne s'étaient pas vus.

La reconnaîtrait-il seulement ?

Elle n'eut pas à se le demander longtemps. Dès qu'elle entra, il se leva de sa table avec un sourire chaleureux. L'espace d'un instant, elle eut l'impression de franchir un portail temporel et oublia presque ce qu'elle venait faire là. On aurait dit des retrouvailles, un moment d'émotion intense autour d'un lien forgé dans des circonstances tragiques. La vie les avait séparés, et c'était normal. Les études achevées, on déménage, on trouve un boulot, on rencontre de nouvelles personnes, on fonde une famille, on divorce et ainsi de suite. Certes, on garde le contact, on se suit sur les réseaux sociaux, on échange un message à l'occasion, on se promet de se revoir, puis les années passent… Et un beau jour, parce que vous avez besoin d'un service, vous voilà réunis.

Ils hésitèrent une seconde, ne sachant comment se saluer, mais ensuite elle l'étreignit, et il fit de même. Le temps s'effaça. Lorsqu'on a traversé tant de choses ensemble, qu'on a vécu un drame pareil, on reste indissolublement lié l'un à l'autre.

— Je suis heureux de te voir, Rachel.

Elle n'eut pas envie de le lâcher tout de suite.

— Moi aussi, Hayden.

28

Je me réveille avec des menottes aux poignets.

Je suis assis dans un petit avion.

C'est fini.

Le Putois ou les Fisher m'ont balancé aux flics. Je suis un crétin. Un âne bâté. Je croyais quoi ? Ils m'avaient déjà piégé pour me faire accuser du meurtre de mon propre fils. Fallait-il être bête pour imaginer qu'ils ne s'empresseraient pas de me renvoyer en prison !

Je me tords le cou pour essayer de regarder en arrière. C'est compliqué car je suis également menotté à l'accoudoir. Assis derrière moi, deux gorilles – flics en civil, agents fédéraux, marshals, allez savoir – sont en train de jouer sur leurs smartphones. Tous deux sont chauves et portent un jean et un T-shirt noir.

Je demande :

— Quand est-ce qu'on atterrit ?

Sans lever les yeux de son téléphone, celui qui est assis côté couloir répond :

— Ta gueule.

Je préfère ne pas insister. Nous nous posons une demi-heure plus tard. Une fois l'avion immobilisé, les deux gorilles débouclent leurs ceintures et s'approchent de moi. Sans crier gare, l'un d'eux me met un sac noir sur la tête, tandis que l'autre me détache du siège.

— Pourquoi ? dis-je.

— Ta gueule, répète le premier gorille.

La porte de l'avion s'ouvre. Je me lève. On me propulse en avant, mais avant même de descendre sur le tarmac, et malgré le sac qui m'obstrue la vue, je comprends qu'il y a anguille sous roche.

Nous ne sommes pas à Briggs.

Je me mets à transpirer immédiatement. Il fait chaud. Et humide. Je ne vois peut-être pas les tropiques, mais je les sens, les respire, les goûte presque. Le soleil brûlant s'infiltre sous le sac noir.

Nous ne sommes pas dans le Maine.

— Où sommes-nous ?

N'obtenant pas de réponse, j'ajoute :

— Vous n'êtes pas censés me dire « Ta gueule » ?

Les deux gorilles me poussent à l'arrière d'un véhicule dont la climatisation marche à fond. Le trajet dure une dizaine de minutes, mais il n'est pas facile de garder la notion du temps quand on n'a pas de montre, qu'on n'y voit rien et qu'on va peut-être finir sa vie derrière les barreaux. En tout cas, ce n'est pas long. Le véhicule, sûrement un genre de SUV, s'arrête, et les gorilles me traînent dehors. Je sens presque la chaleur à travers les semelles de mes chaussures. J'entends aussi de la musique. Une musique atroce. Une sorte de soupe country-rock comme on en joue sur les navires de croisière, au bord de la piscine, à l'occasion du concours du « torse le plus velu ».

Je sais que j'ai l'air désinvolte, mais bizarrement, c'est ce que je ressens. D'un côté, j'ai le moral à zéro car, une fois encore, je n'ai pas réussi à sauver mon fils. Et que je risque de retourner en prison, voire pire, donc j'ai peur. Et en même temps je suis curieux de savoir ce que je peux bien faire sous les tropiques.

En m'évadant de prison, je me suis lancé dans cette folle aventure qui me mènera là où elle doit me mener. Pour l'instant, je ne maîtrise rien, et je n'ai pas d'autre choix que de l'accepter.

Les deux gorilles – je suppose que ce sont toujours les mêmes – me prennent par les bras et m'entraînent à l'intérieur. Ils me font asseoir sur une chaise. Par chance, ici aussi la climatisation fonctionne au maximum. J'ai presque envie de demander qu'on me prête un pull.

Quelqu'un me saisit par le poignet. Je sens un pincement avant qu'on me retire les menottes.

— Bouge pas, dit le premier gorille.

Assis sur cette chaise dure, j'essaie d'imaginer ce qui m'attend, mais l'horizon est tellement sombre que mon cerveau refuse de m'obéir. Je suis fichu. J'entends du mouvement dans la pièce. Ils sont au moins trois là-dedans. Et toujours cette horrible musique de fond. Elle semble provenir d'un haut-parleur.

Brusquement, on m'enlève le sac noir de la tête. Je cille, ébloui par le soudain éclat de la lumière, et lève les yeux. Juste en face de moi, à quelques dizaines de centimètres de mon visage, se tient un vieil homme sec comme un pruneau. Il doit bien avoir dans les quatre-vingts ans. Il porte un chapeau de paille et une chemise hawaïenne vert et jaune ornée de poissons volants.

Derrière lui, j'aperçois les deux gorilles au crâne rasé, bras croisés et lunettes d'aviateur sur le nez.

Le vieillard m'offre sa main constellée de taches brunes.

— Viens, David, dit-il d'une voix grinçante comme un pneu usé sur une allée de gravier. Allons faire un tour.

Il ne se présente pas, mais je sais qui il est. Et il sait que je sais. Sur la plupart des photos où j'ai pu le voir au fil des années, il apparaît comme un homme vigoureux, en général entouré d'autres hommes : à vrai dire, il ressemble plus à un engin explosif qu'à un être humain. Aujourd'hui encore, même ployant sous le poids des années, il a gardé son allure incendiaire.

Son nom est Nicky Fisher. Dans le temps, on l'aurait appelé « le parrain » ou « le boss ». Quand j'étais écolier, on murmurait son nom comme la génération suivante allait murmurer « Voldemort ». Nicky Fisher dirigeait le syndicat du crime dans le secteur Revere-Chelsea-Everett avant même que mon père entre dans la police.

Il est – il était ? – le patron du Putois.

Lorsque nous sortons, je cligne des yeux au soleil. Je regarde à droite, à gauche et fronce les sourcils.

Où suis-je, nom d'un chien ?

Ce sont bel et bien les tropiques, mais on dirait un village de retraités conçu par Disney après quelques mojitos de trop. Je vois un lotissement et une impasse ; tout est rond comme dans un dessin animé… On se croirait chez les Pierrafeu. Les maisons sont toutes de plain-pied avec un accès handicapés et construites en briques d'adobe flambant neuves. Une fontaine géante au fond de l'impasse projette ses jets d'eau au rythme de l'affreuse musique que je soupçonne d'être diffusée non-stop.

— J'ai pris ma retraite, annonce Nicky Fisher. Tu n'es pas au courant ?

— J'étais quelque peu hors circuit, dis-je en essayant de masquer mon ton sarcastique.

— Oui, bien sûr. La prison. C'est pour ça que je t'ai fait amener ici.

— Qu'avez-vous fait à mon fils, Mr Fisher ?

Nicky Fisher s'arrête et se tourne vers moi, tendant le cou pour que ses yeux bleu glacier – la dernière chose que des dizaines, voire des centaines de personnes ont dû voir avant de rendre leur dernier soupir – se plantent directement dans les miens.

— Je n'ai rien fait à ton fils. On n'est pas comme ça, nous. On ne touche pas aux enfants.

Je me retiens de grimacer. Ce fameux code d'honneur ne m'inspire que du mépris. *On ne touche pas aux enfants, on prend soin de nos voisins, on donne à l'Église*, autant de foutaises pour contrebalancer leurs activités criminelles.

— Nous sommes à Daytona, me dit Nicky Fisher. En Floride. Tu connais ?

— Non, jamais venu.

— Quoi qu'il en soit, j'ai pris ma retraite ici.

Nous faisons le tour de la fontaine. L'eau dansante rebondit sur le faux marbre et nous éclabousse légèrement. C'est une sensation agréable. Les deux sbires nous suivent discrètement à distance. D'autres personnes âgées se promènent autour de nous, apparemment sans but. Elles nous saluent. Nous les saluons.

— Tu as remarqué le grand panneau en arrivant ? me demande-t-il.

— J'avais un sac sur la tête.

— Oui, bien sûr, dit-il de nouveau. L'idée n'était pas de moi, du reste. Mais mes gars, ils ont le sens du spectacle. Et désolé pour le Putois aussi. Tu sais comment il est. Normalement, il devait juste te mettre dans mon avion. Je lui ai demandé de ne pas abîmer la marchandise, mais il ne m'a pas écouté.

Nicky pose la main sur mon bras. Je fais un effort pour ne pas me dégager.

— Ça va, David ?

— Oui.

— Et le coup des flics… C'était stupide, même s'il faut rendre hommage au flair du Putois. Il a voulu te faire croire que tu allais retourner en prison. C'est drôle, non ?

— Hilarant.

— Il en a fait des tonnes, mais c'est tout le Putois, ça. Je vais lui parler.

Ne sachant que répondre, je me contente de hocher la tête.

— Bref, sur le panneau à l'entrée, c'est écrit « Les Promenades ». C'est le nom de ce village. Les Promenades. Un nom débile. J'étais contre. Ça manque d'imagination. Je voulais quelque chose de chic, vois-tu, avec des mots comme « Bellevue », « Oasis » ou « Refuge ». Mais tous les résidents ont voté, alors…

Il hausse les épaules d'un air blasé tout en continuant à marcher.

— Tu sais comment s'appelle le village de retraités juste en face ?

Je réponds que non.

— Margaritaville. Comme la chanson. Tu connais ?

— La chanson ? Oui.

— « Se torcher encore à Margaritaville. » Ou « Encore torché à Margaritaville ». Je ne sais plus. C'est ridicule, hein ? Bon sang, Jimmy Buffett a son propre village de retraités. Ou ses villages, devrais-je dire. Il y a trois Margaritaville maintenant. Celui-ci, un autre en Caroline du Sud, et j'ai oublié où est le troisième. Peut-être en Géorgie. On croirait une chaîne de restaurants à deux balles transformés en lieux de vie.

Je me tais car c'est exactement l'effet que me fait cet endroit.

— En tout cas, ça m'a donné une idée. Me torcher avec des margaritas et traîner à la plage, ce n'est pas trop mon truc. Alors on a créé un autre concept ici, aux Promenades. Suis-moi, je veux te montrer quelque chose.

Nous marchons sur un trottoir bordé de palmiers. Il y a un panneau indicateur avec des flèches colorées pointant dans différentes directions. Sur l'une des plaques, on lit PISCINE. Sur une autre, BONNES TABLES. Celle de gauche indique PROMENADE. C'est là que nous nous dirigeons. Nicky Fisher se tait. Je sens son regard sur moi. Nous arrivons à un carrefour, et je comprends mieux pourquoi. Il est en train de guetter ma réaction.

Devant nous, dans les deux sens, s'étend à perte de vue une immense promenade de front de mer.

Elle a beau se donner des allures rétro, elle est beaucoup trop propre et ordonnée pour être ancienne. Encore une réplique version Disney, jolie certes, mais qui a l'air de sortir d'un vieil épisode de *The Twilight Zone*. Il y a des manèges, des stands, des fontaines à soda, des boutiques kitsch et un carrousel. Les manèges tournent à vide, ajoutant à l'atmosphère irréelle, fantomatique du lieu. Un homme affublé d'un nœud papillon et d'une moustache en guidon de vélo vend de la barbe à papa. Sur une affiche, on peut lire SKEEBALL-FLIPPER-MINIGOLF.

— Les Promenades, me dit Nicky. Avec un S. On s'est inspiré principalement de Revere Beach, mais il y a des choses qui viennent de Coney Island, d'Atlantic City et même de Venice Beach, en Californie. Les manèges, eh bien, on a la grande roue et les montagnes russes, mais en plus clément pour nos vieux os.

Il me donne une tape amicale sur le bras et sourit.

— C'est fabuleux, non ? Un peu comme vivre tous les jours en vacances... Et ma foi, pourquoi pas ? Nous l'avons bien mérité.

Il attend une confirmation de ma part. Je hoche la tête sans conviction. Mon manque d'enthousiasme n'a pas dû lui échapper.

— Oh, et je vais te montrer notre plus belle réussite, David. C'est juste là. Dommage que ton père ne puisse pas voir ça. Je sais, je sais. Nous nous sommes fait la guerre toute notre vie, mais bon, ne me dis pas que Lenny n'apprécierait pas.

Il désigne une cahute blanche avec l'enseigne *Pizzeria Napoletana*. Derrière le comptoir, il y a trois hommes en tablier blanc. Avec, dessous, l'inscription « Spécialités italiennes ».

Je l'interroge du regard.

— C'est l'ancien kiosque à pizzas de Revere Beach devenu la pizzeria Chez Sal ! s'exclame-t-il. Tu imagines ? Il est exactement tel qu'il était dans les années 1940. Je nous ai commandé deux pizzas. Tu aimes la pizza, n'est-ce pas ?

Nicky Fisher m'adresse un clin d'œil à vous donner la chair de poule.

— Si tu n'aimes pas ça, je vais demander à Joey là-bas de te mettre une balle dans la tête pour abréger tes souffrances.

Nous nous asseyons sous un parasol. Deux ventilateurs crachent de l'air froid dans notre direction. L'un des hommes en tablier blanc nous apporte nos pizzas avant de nous laisser seuls.

— Comment va ton vieux ? me demande Nicky.

— Il est en train de mourir.

— Ouais, j'ai entendu dire ça. Je suis désolé.

— Pourquoi suis-je ici, Mr Fisher ?

— Appelle-moi Nicky. Tonton Nicky.

Je me tais. « Tonton », et puis quoi encore ?

— Tu es ici, poursuit-il, parce que toi et moi, nous avons à causer.

Il s'exprime comme un gangster de cinéma. Des caïds, j'en connais pas mal maintenant. Personne ne parle comme ça. Un tueur à gages qui purge une peine de perpétuité à Briggs m'a expliqué que les vrais gangsters se sont mis à employer ce langage après que les films de gangsters sont devenus populaires, et pas l'inverse. La vie imite l'art.

— Je vous écoute, dis-je.

Il se penche en avant. Nous y sommes. Le silence est revenu. Même la musique de supermarché s'est arrêtée.

— Ton père et moi, on a un contentieux.

— Il était flic. Vous dirigiez un syndicat du crime.

— Un syndicat du crime, s'esclaffe-t-il. Que c'est joliment dit. Mais ton père n'est pas tout blanc non plus. Tu le sais, non ?

Je choisis de ne pas répondre. Il me dévisage fixement, et même dans cette étuve, je frissonne.

— Tu l'aimes, ton vieux ? me demande-t-il.

— Beaucoup.

— C'était un bon père ?

— Le meilleur.

Puis je dis :

— Avec tout le respect que je vous dois, euh… Nicky, pourquoi suis-je ici ?

— Parce que moi aussi, j'ai des fils.

Une note métallique perce dans sa voix.

— Tu le sais, ça ?

Je le sais, oui… et cela ne me dit rien qui vaille.

— Trois. Ou plutôt j'en avais trois. Tu es au courant pour mon Mikey ?

Là aussi, la réponse est oui. Mikey Fisher est mort il y a vingt ans en prison.

C'est mon père qui l'a fait enfermer.

Nicky Fisher s'assure que je le regarde bien en face.

— Tu commences à comprendre, fiston ?

Bizarrement, oui.

— Mon père a envoyé votre fils en prison. Du coup, vous lui avez rendu la pareille.

— Tu n'es pas loin.

J'attends.

— Ton père, comme je l'ai dit, n'était pas tout blanc. Lui et son coéquipier Mackenzie ont épinglé Mikey pour le meurtre de Lucky Craver. Mikey était censé seulement malmener Lucky, mais mon garçon ne savait pas s'arrêter à temps. Tu l'as connu, Lucky ?

— Non.

— On l'appelait ainsi parce qu'il n'avait jamais eu de chance dans la vie. Y compris à la fin. Donc, ton vieux a mis la main sur Mikey. Mais le problème, c'est que ton père et Mackenzie n'avaient pas de preuves. En clair, tout le monde savait que c'était Mikey, mais un juge, il lui faut des preuves, non ?

Je garde le silence.

— Ton père, sûr et certain, a monté un gros dossier. Il a dégotté quelques témoins clés. Obtenu la déposition de l'ex de Lucky. Mais vois-tu, si les flics obéissent à des règles, moi non. J'ai donc envoyé quelques-uns de mes gars parler aux témoins. Des gars comme ton vieux pote le Putois. Du coup, les témoins ont tous déclaré avoir des trous de mémoire. Tu vois ce que je veux dire ?

— Oui.

— L'ex de Lucky s'est montrée un peu plus obstinée, mais on s'en est occupés. Il y avait quelques pièces à conviction dans le casier de la police. De la poussière d'ange. Un marteau arrache-clou. Ils ont disparu. Volatilisés. C'est devenu plus compliqué pour ton père de faire inculper mon fils. Ça devait même être sacrément frustrant.

Je ne bouge pas. J'ose à peine respirer.

— C'est là que ton père et Mackenzie ont franchi la ligne blanche. D'un seul coup, ils ont exhumé de nouvelles preuves. Inutile d'entrer dans les détails. Ça n'a pas d'importance. Mais les preuves bidon qui ont fait condamner mon fils, c'est ton père et Mackenzie qui les ont fabriquées.

Nicky Fisher mord dans une part de sa pizza, savoure sa bouchée, se renverse dans son fauteuil.

— Tu ne manges pas ?

— J'écoute.

— Tu ne peux pas faire les deux ?

Il continue à mastiquer.

— Je vois. Tu veux savoir la suite, mais je pense que tu as déjà pigé. Mon Mikey a été condamné, mais au fond, il n'y avait pas de quoi s'affoler. J'avais tout arrangé. La condamnation allait être levée par un de mes amis juge. En attendant, j'ai dit à Mikey de rester tranquille quelques semaines au frais. Mais c'était plus fort que lui. Mon Mikey était un gentil garçon, mais une vraie tête brûlée. Il se prenait pour un dur parce qu'il était le fils du boss. Un jour, dans la cour de promenade, il s'est colleté avec deux grands Noirs, membres d'un gang de Dorchester. L'un d'eux lui a tenu les bras. L'autre l'a poignardé en plein cœur avec un surin. Tu es au courant de ça ?

— Oui. Enfin, j'en ai entendu parler.

Nicky Fisher porte un morceau de pizza à sa bouche, mais c'est comme s'il était devenu soudain trop lourd pour lui. Il baisse la tête. Ses yeux s'embuent. Lorsqu'il se remet à parler, sa voix est chargée de tristesse, de colère… Je le sens à vif.

— Ces deux Noirs, il vaut mieux que tu ne saches pas ce que je leur ai fait. Ça a pris du temps. Tu peux me croire.

J'attends qu'il poursuive, mais comme ça ne vient pas, je demande :

— Avez-vous touché à mon fils ?

— Non. Je te l'ai déjà dit. Je ne suis pas comme ça. Je n'en voulais même pas à ton père. Pas au début. Seulement, les années passent. Et quand j'ai appris comment tu avais tué ton gosse…

— Je n'ai pas…

— Chut, David, tais-toi et écoute. C'est le problème avec vous, les jeunes. Vous n'écoutez pas. Tu veux entendre le reste, oui ou non ?

Je réponds par l'affirmative.

— Ton père, donc, n'hésitait pas à contourner la loi quand ça l'arrangeait. Comme avec Mikey. Ils sont beaucoup à faire ça, chez les flics. On jette un petit sachet sur le plancher de la voiture. On garde une arme sous le coude pour la planquer chez toi si on veut te faire tomber. Tu connais la chanson. Alors quand ton fils… C'était comment déjà, son prénom ?

— Matthew, dis-je la gorge serrée.

— Oui, désolé. Du coup, après le meurtre de Matthew, un flic a trouvé cette batte de base-ball dans ton sous-sol.

J'esquisse une moue.

— La batte n'a pas été découverte dans mon sous-sol.

— Si, justement.

Je secoue la tête, mais je crois voir où il veut en venir. Je l'ai senti dès l'instant où nous nous sommes mis à table.

— Où en étais-je ? Ah oui. La batte de base-ball. Un flic l'a trouvée dans ton sous-sol. C'était un novice. Rogers, il s'appelait. Je ne sais pas pourquoi j'ai retenu son nom. Ce Rogers a voulu faire copain-copain avec ton père. Alors il lui a parlé de la batte. Ton père a compris que si le procureur apprenait ça, tu étais cuit. Tu étais son fils… Il devait te protéger. En même temps, il ne pouvait pas se débarrasser complètement de cette batte. Ç'aurait été pousser le bouchon trop loin.

Nicky Fisher m'adresse un large sourire. Il a de la sauce tomate sur sa lèvre inférieure.

— Devine ce qu'il a fait, ton vieux. Allez, David. Tu t'en doutes bien.

— Vous pensez qu'il a caché la batte dans le bois.

— Je ne *pense* pas. Je *sais*.

Je ne prends pas la peine de le contredire.

— C'était malin. Car si c'était toi, le meurtrier, la batte serait planquée dans ton sous-sol. Dans un conduit d'aération, par exemple. Mais si c'était quelqu'un d'autre, il se serait enfui et l'aurait balancée ou enterrée quelque part.

Je secoue la tête de plus belle.

— Ça ne s'est pas passé comme ça.

— Bien sûr que si. Toi, David, tu as tué ton gosse. Puis tu as caché l'arme en attendant le moment propice pour t'en débarrasser.

Il se penche par-dessus la table, sourit de nouveau. Ses dents sont petites et pointues.

— Pères et fils. Nous sommes tous pareils. J'aurais fait n'importe quoi pour éviter la prison à Mikey, même si je savais qu'il était coupable. Ton père n'était pas différent.

Je continue à secouer la tête, mais ses paroles ont un accent de vérité. Mon père, l'homme que j'aime le plus au monde, pensait que j'avais tué mon propre enfant. À cette idée, mon cœur se serre douloureusement.

— C'était un casse-tête pour les enquêteurs, poursuit Nicky. Il avait plu cette nuit-là. Le bois était plein de gadoue. Les techniciens de la police scientifique ont examiné tes vêtements et tes chaussures. Aucune trace de boue. Donc une fois que ton vieux avait caché cette batte – celle qu'on a retrouvée dans le bois –, tu étais libre. Sauf que moi, ça ne me convenait pas, tu comprends ?

Je hoche la tête parce que j'y vois clair maintenant.

— Vous avez forcé Hilde Winslow à témoigner contre moi.

— Bingo !

— C'est vous qui avez monté le coup.

— Eh oui, c'est moi.

— Vous vouliez venger Mikey, c'est ça ?

Nicky Fisher pointe le doigt sur moi.

— Prononce encore une fois le nom de mon fils, et je t'arracherai la langue pour la manger avec cette pizza.

Je garde le silence.

— Bon sang, as-tu seulement écouté un mot de ce que je t'ai dit ? siffle-t-il en martelant la table avec ses poings.

Les deux gorilles jettent un coup d'œil dans notre direction, mais ne bougent pas.

— Ça n'a rien à voir avec la vengeance, déclare-t-il. Je n'ai fait que mon devoir.

— Je ne vous suis pas.

— Je l'ai fait, dit-il entre ses dents, une vraie menace dans la voix, parce que tu as massacré ton propre fils, espèce de taré.

Je n'en crois pas mes oreilles.

— Ton vieux le savait. Moi, je le savais. Oui, bon, tu as peut-être eu un moment d'absence, mais on s'en fout, non ? Tu méritais la taule. Et ton père, le flic décoré qui a pipeauté les preuves pour faire enfermer *mon* fils, s'est arrangé pour que tu puisses t'en tirer. Tu as déjà vu une statue de la Justice ? Ton vieux, il a posé son doigt sur la balance, et j'ai fait pareil, j'ai posé mon doigt sur l'autre plateau pour rétablir l'équilibre. Tu comprends maintenant ?

Les mots me manquent.

— Justice a été rendue. Tu étais en train de purger ta peine, comme tu le méritais. Il y avait une sorte d'ordre cosmique ou autre foutaise du même genre. Seulement voilà : mon fils, mon Mikey, est toujours mort. Et toi, David, tu es bien vivant et tu te goinfres de pizza.

Silence. Un silence de mort. Comme si la promenade tout entière retenait son souffle.

Il parle tout bas maintenant, mais sa voix fend l'air moite telle la faux d'un moissonneur.

— Alors j'ai le choix. Soit je te renvoie en prison – une peine à perpétuité, c'est comme la mort –, soit je te bute et tu finis dans le ventre des alligators.

Il s'essuie les mains sur sa serviette comme si l'entretien était terminé.

— Vous vous trompez, lui dis-je.

— À propos de ?

— Vous et mon père, ce n'est pas la même chose.

— Qu'est-ce qui n'est pas la même chose ?

Je me risque à prononcer son nom une seconde fois.

— Mikey a commis un crime. Vous l'avez reconnu vous-même.

— Et toi, tu vas me dire que tu es innocent ? s'esclaffe Nicky Fisher.

Il fait signe à ses sbires. J'hésite à partir en courant. Ils ne vont quand même pas tirer sur moi en pleine rue ? Finalement, j'opte pour une autre solution.

— Je suis plus qu'innocent.

Et, le regard planté dans ces yeux bleu glacier sans vie, j'ajoute :

— Mon fils est en vie.

Sur ce, je lui raconte tout. Je plaide ma cause avec une ferveur qui me surprend moi-même. Il renvoie les deux gorilles à leur poste. Je continue à parler. Nicky Fisher m'écoute d'un air impassible. Il est très fort à ce jeu-là.

Lorsque j'ai terminé, il saisit de nouveau sa serviette, l'examine et, sans hâte, la plie en deux, puis en quatre avant de la reposer soigneusement sur la table.

— En voilà une histoire à dormir debout, dit-il.

— C'est la vérité.

— Mon fils, il est toujours mort, tu sais.

— Je n'y peux rien.

— Eh non.

Il secoue la tête.

— Tu y crois vraiment.

J'ignore si c'est une question ou une affirmation. De toute façon, j'acquiesce :

— Oui.

— Pas moi.

Sa bouche frémit légèrement.

— C'est du grand n'importe quoi.

Je me décompose intérieurement. Il se redresse, se frotte le visage, cligne des yeux. Son regard se tourne vers l'étroite rivière artificielle censée représenter l'océan.

— Mais il y a des choses qui ne collent pas, reprend-il.

— Comme quoi, par exemple ?

— Comme Philip Mackenzie.

— C'est-à-dire ?

— Il t'a aidé à t'évader de la prison. Je sais que cette partie-là est vraie. Le tout est de savoir pourquoi. Il n'aurait pas fait ça juste pour aider ton vieux. Et pourquoi maintenant ? Il y a d'autres questions que je me pose.

Il se met à tambouriner sur la table.

— Une fois que tu étais dehors, tu aurais pu te planquer, essayer de refaire ta vie, je ne sais pas, moi. Au lieu de ça, tu as foncé comme un malade chez notre témoin bidon. Pourquoi ? Et après l'avoir vue, tu as été assez bête – je dirais même *suicidaire* – pour te précipiter chez mes gars à Revere. Surtout chez le Putois.

Je le laisse parler.

— Voici donc mon problème, David. Si tu dis la vérité, alors je t'ai envoyé en prison pour un crime que tu n'as pas commis. Ce n'est pas que ça me gêne. Il nous est déjà arrivé de faire porter le chapeau à un lampiste. Mais là, c'est différent. Perdre un enfant, c'est dur. Se retrouver en taule pour l'avoir tué ? Il y a quelque chose là-dedans qui me chiffonne. Vois-tu, je croyais rétablir l'équilibre. Je voulais la justice pour moi-même, mon Mikey et va savoir… pour le monde. Tu comprends ?

Il hésite, semble attendre une réponse. Je hoche lentement la tête.

— J'étais convaincu de ta culpabilité. Mais si ce n'est pas toi, si ton petit garçon pouvait être toujours en vie…

Il se lève, contemple le simili-océan. Ses yeux brillent. Je sais qu'il pense à son Mikey.

— Tu es libre de partir, déclare-t-il. Mes gars te déposeront où tu veux.

Il le dit sans me regarder. Je n'ose pas répondre.

— Je suis un vieil homme. J'ai commis beaucoup d'erreurs. Et j'en commettrai peut-être d'autres avant de tirer ma révérence. Je ne cherche pas à me mettre en règle avec le bonhomme là-haut. C'est trop tard pour ça. Cet endroit… ce n'est pas juste une question de nostalgie. C'est un peu comme une seconde chance. Tu vois ce que je veux dire ?

Pas vraiment.

— Si jamais ton vieux allait mieux, j'aimerais le faire venir ici. En tant qu'invité. Je voudrais m'asseoir là et partager une pizza avec lui. Ça nous ferait plaisir à tous les deux, tu ne crois pas ?

Je ne crois pas, non. Mais je garde mes réflexions pour moi.

Puis Nicky Fisher tourne les talons et s'en va.

29

— J'ai pris la liberté de laisser le patron choisir pour nous, dit Hayden. Leurs tapas sont les meilleures que j'aie jamais goûtées.

Rachel hocha la tête, s'efforçant de ne pas paraître trop distraite. Elle avait mis son téléphone sur vibreur et guettait l'appel de David. Son absence se prolongeait ; elle craignait qu'il n'ait été capturé, voire pire. Pour ne plus y penser, elle plongea son regard dans les yeux verts de Hayden. Il portait la tenue typique du riche oisif : pantalon de toile beige et blazer bleu orné d'un écusson. Ses cheveux à présent clairsemés étaient plaqués sur son crâne. Il était toujours beau, toujours charmeur, mais elle le trouvait radouci. Ses joues s'affaissaient légèrement. Son teint était devenu rubicond. Hayden, pensa-t-elle, était en train de se transformer en un portrait de famille de la collection Payne.

Ils échangèrent des politesses. Hayden la complimenta sur sa nouvelle coiffure, mais elle n'eut pas l'impression qu'il était sincère. Elle lui avait parlé de son divorce dans un mail ; ils n'eurent donc pas besoin d'aborder ce chapitre-là. Lui avait découvert quelques années plus tôt qu'il avait eu un fils avec une starlette italienne, un garçon nommé Theo, qu'il aidait à élever aujourd'hui. Il avait passé ces dernières années outre-Atlantique pour gérer les intérêts familiaux en Europe, expliqua-t-il, mais Rachel le soupçonnait surtout de skier à Saint-Moritz et de faire la fête sur la Côte d'Azur.

Peut-être qu'elle était injuste.

Arrivé à l'épisode qui avait brisé sa carrière journalistique, Hayden commenta :

— Tu as voulu régler son compte à ton vieil ennemi.

— Je suis allée beaucoup trop loin.

— Ça peut se comprendre.

— Je sais, j'aurais dû t'en parler…

Il balaya ses excuses d'un revers de la main. Hayden avait assisté à cette fameuse soirée de Halloween lors de leur première année à l'université de Lemhall. C'était d'ailleurs là qu'ils s'étaient rencontrés, près du fût de bière. Ils avaient flirté un peu. Elle savait qui était Hayden Payne – tout le monde le savait sur le campus –, et elle y avait pris plaisir. Il s'était montré attentionné et charmant, mais Rachel n'avait pas eu le déclic attendu.

Elle s'était habillée en Morticia Addams et avait probablement trop bu. Mais la question n'était pas là. Elle avait été droguée, comme elle l'apprit par la suite, et deux heures après sa rencontre avec Hayden, sa soirée était partie en vrille. Elle s'en voulait encore maintenant d'avoir manqué de vigilance malgré toutes les mises en garde.

Il y avait là un jeune professeur de sciences humaines nommé Evan Tyler dont la mère siégeait au conseil d'administration. C'était lui qui avait glissé de la drogue dans sa boisson. Le reste de la soirée se perdait dans le brouillard. Elle en gardait de vagues souvenirs, des visions comme à travers un voile de gaze : les vêtements qu'on lui arrache, ses cheveux bouclés à lui, sa bouche sur la sienne. Son poids sur elle, l'écrasant, la faisant suffoquer. Rachel avait essayé de crier, d'appeler au secours, de le repousser.

C'était resté gravé dans sa mémoire. Evan Tyler sur elle. Souriant comme un dément. Cette image la hantait encore, de nuit comme de jour ; elle avait nourri sa colère, l'avait poussée à travailler d'arrache-pied, à mener son enquête pour obtenir justice, pour effacer ce sourire dément, quitte à faire pression sur Catherine Tullo…

Mais ce soir-là, alors qu'elle n'arrivait plus à respirer et que les choses auraient pu tourner encore plus mal pour elle, soudain Evan Tyler avait disparu.

Son poids ne lui écrasait plus la poitrine. Tout à coup, il n'était plus là. Comme par magie.

Quelqu'un l'avait empoigné.

Rachel s'était efforcée de se redresser, mais ses muscles avaient refusé d'obéir. Elle avait juste tourné la tête en entendant Hayden pousser un cri guttural. Il avait frappé Evan Tyler encore et encore, faisant jaillir le sang. Il l'aurait certainement tué si deux autres gars, en entendant du bruit, n'avaient pas fait irruption dans la pièce pour tirer un Hayden ensanglanté en arrière.

Evan Tyler était resté quinze jours dans le coma.

Rachel avait voulu porter plainte, surtout après avoir découvert qu'elle n'était pas sa première victime, mais la direction de l'université avait préféré enterrer l'affaire. Evan Tyler souffrait de fractures qui mettraient des mois à guérir… N'était-il pas suffisamment puni ? Sa mère était quelqu'un d'important. Rachel tenait-elle vraiment à traîner leur établissement dans la boue ? À quoi cela lui servirait-il ?

Rachel s'en moquait.

Mais il y avait Hayden.

C'était tout le problème. Il avait dépassé les bornes, même si c'était pour la protéger. La fortune des Payne allait certes lui assurer un atterrissage en douceur, mais pour des raisons évidentes, la famille ne voulait pas ébruiter l'incident. Il y avait eu des négociations. Des transactions financières.

Et la page fut tournée. Fin de l'histoire.

Excepté ces images d'Evan Tyler. Lequel, plus tard, serait nommé président de l'université.

Quant à Rachel et Hayden, ils étaient devenus très proches. Comme cela arrive souvent aux êtres liés par un drame.

Lorsque David et Cheryl avaient fait sa connaissance une fois où ils étaient venus la voir à Lemhall, David avait pris Rachel à part.

— Ce gars-là est amoureux de toi.

— Pas du tout.

— Il va peut-être accepter d'être seulement ton ami, mais je crois que tu sais ce qu'il en est.

Il n'avait pas tort, mais n'était-ce pas le scénario classique d'une amitié entre une fille et un garçon sur le campus ? Vous plaisez à un garçon, il veut coucher avec vous, faute de mieux vous devenez amis, et la tension disparaît. En tout cas, Hayden et elle n'avaient pas de secrets l'un pour l'autre – ce qui n'allait pas forcément de pair avec une relation amoureuse.

Le serveur arriva avec un plat qu'il plaça entre eux.

— Paella au homard, annonça-t-il.

Hayden lui sourit.

— Merci, Ken.

Cela sentait divinement bon.

Il prit sa fourchette.

— Tu m'en diras des nouvelles.

— Je ne t'ai pas appelé pour l'histoire de Lemhall, dit-elle.

— Ah bon ?

— Sais-tu s'il y a eu un événement organisé par Payne Industries le 27 mai au parc d'attractions Six Flags ?

Hayden fronça les sourcils. Il portait toujours la chevalière de Lemhall, un bijou tape-à-l'œil avec une pierre violette et l'écusson de l'université. Rachel n'avait jamais compris pourquoi. Il était en train de la tripoter maintenant, de la faire tourner autour de son doigt comme une sorte de grigri antistress. Cette bague, c'était trop pour elle. Elle avait envie d'oublier. Hayden, pour une raison ou une autre, avait besoin de se souvenir.

— Le 27 mai ? répéta-t-il. Je ne vois vraiment pas. Pourquoi ?

Elle sortit son téléphone pour lui montrer la photo d'une famille posant devant le panneau avec les logos. Il le prit et l'examina.

— C'est fort possible, répondit-il. Pourquoi tu me demandes ça ?

— C'était quoi ? Un événement professionnel ?

— Sans doute. On offre des places de spectacle, des entrées pour un match de base-ball ou un parc d'attractions à nos clients et à nos employés, histoire de les motiver. C'est pour un article que tu es en train d'écrire ?

— Tu dois avoir des photographes sur place, non ?

— Je suppose que oui.

— Comme cette photo avec le panneau à l'arrière-plan. Il doit y en avoir d'autres, prises par les photographes que vous avez engagés.

— Certainement. Mais où veux-tu en venir, Rachel ?

— Tu pourrais m'obtenir toutes les photos ?

Une brève lueur traversa le regard de Hayden.

— Pardon ?

— Il faut que je les consulte.

— Les événements comme celui-ci… commença-t-il. Quelquefois, nous louons la moitié du parc. Il peut y avoir eu cinq ou dix mille personnes ce jour-là. Qu'est-ce que tu cherches ?

— Si je te le dis, tu ne vas pas me croire.

— Essaie toujours.

Puis il ajouta :

— J'imagine que c'est en rapport avec l'évasion de ton beau-frère.

— En effet.

— Tu as toujours eu un faible pour lui, Rachel.

— Quoi ? Je n'ai jamais eu un faible pour David.

— Tu n'avais que son prénom à la bouche.

— On croirait presque que tu es jaloux, Hayden.

— Peut-être que je l'étais, sourit-il.

Elle n'avait pas très envie de s'engager sur ce terrain miné.

— Tu me fais confiance ? s'enquit-elle.

— Tu sais bien que oui.

— Pourrais-tu m'obtenir les photos ?

Il but une gorgée d'eau.

— Oui.

— Merci.

— Autre chose ? demanda-t-il.

Elle le connaissait bien.

— Cette fois, c'est plus délicat.

Le serveur arriva avec un nouveau plat.

— Tartare au jambon ibérique et caviar.

— Merci, Ken.

— Bonne dégustation.

— Tu vas adorer, fit Hayden.

Il servit la paella à Rachel mais, malgré le fumet délicieux, elle l'ignora. Il en prit une bouchée, ferma les yeux, l'air de se régaler, puis les rouvrit et lui demanda :

— De quoi s'agit-il ?

— Sur ce panneau, il y a le logo de l'institut de procréation Berg.

— Logique, répondit-il. Il fait partie du groupe Payne. Tu le sais bien.

— Oui.

— Et ?

— Il y a dix ans, j'ai pris rendez-vous avec eux.

Il s'arrêta de mâcher.

— Pardon ?

— J'ai appelé Barb.

Barb Matteson dirigeait l'institut à l'époque.

— C'est toi qui nous as présentées.

— Je me souviens. À l'occasion d'une fête de famille.

— C'est ça.

— Je ne comprends pas.

Il reposa sa fourchette.

— Pourquoi avoir pris rendez-vous là-bas ?

— Je lui ai dit que je voulais des informations sur la grossesse par insémination artificielle avec don de sperme.

— Tu es sérieuse ?

— Au sujet du rendez-vous ? Oui. Au sujet de la démarche ? Non.

— J'ai du mal à te suivre, Rachel.

— J'ai pris rendez-vous pour Cheryl.

— OK, fit-il lentement.

Puis :

— Je ne te suis toujours pas.

— Elle ne voulait pas que David le sache.

— Ah.

— C'était pour ça.

— Donc, le rendez-vous était à ton nom pour que son mari ne le découvre pas ?

— Exactement.

Il pencha la tête.

— Tu es consciente que c'est peut-être contraire à la loi ?

— Non, ça ne l'est pas, mais ce n'est pas très éthique. En tout cas, Cheryl s'est inscrite sous mon nom. Avec mes papiers d'identité. On se ressemble assez. Les factures ont été expédiées à mon adresse.

— D'accord, dit-il à voix basse.

— J'ai même pris rendez-vous pour Cheryl dans votre succursale de Lowell, au cas où Barb serait à Boston.

— Tout cela pour protéger ta sœur de son mari ?

— Oui.

— Intéressant.

— Elle traversait une mauvaise passe. J'ai pensé que c'était sans gravité.

— Manifestement non. Et David, il a fini par le savoir ?

— Oui.

— Il a dû t'en vouloir à mort.

— Il ignore mon rôle dans cette affaire.

— Mais il sait que Cheryl a voulu recourir à un donneur de sperme.

— Oui.

— Tu ne lui as jamais révélé ton implication dans cette… devrais-je dire magouille ?

— Jamais, répondit-elle doucement.

Le serveur vint remplir leurs verres. Après son départ, Hayden demanda :

— Et maintenant, tu veux quoi ?

— David pense que ce n'est pas une coïncidence.

— Qu'est-ce qui n'est pas une coïncidence ?

— Tu vas croire que c'est de la folie.

— On n'en est plus là, Rachel.

— Il pense… enfin, *nous* pensons…

Cela semblait tellement aberrant qu'elle eut du mal à aller au bout de sa phrase.

— Nous pensons que Matthew était au parc d'attractions avec votre groupe.

Il cilla rapidement comme s'il venait de recevoir une claque. Puis il s'éclaircit la voix.

— Qui est Matthew ?

— Mon neveu. Le fils de David.

Il cilla de plus belle.

— Celui qu'il a tué ?

— Justement. Nous pensons qu'il n'est pas mort.

Elle lui tendit son téléphone, cette fois avec la photo du présumé Matthew.

— Le garçon à l'arrière-plan. Celui que quelqu'un tient par la main.

Il prit le téléphone et, le levant à la hauteur de son visage, posa deux doigts sur l'écran pour agrandir l'image. Rachel attendit. Il plissa les paupières.

— C'est tellement flou.

— Je sais.

— Tu ne crois tout de même pas… ?

— Je me pose la question.

Il fronça les sourcils.

— Rachel.

— Je sais. C'est complètement cinglé.

Il se redressa.

— Et l'évasion de David a quelque chose à voir avec ça ?

— Elle a tout à voir avec ça.

Il secoua la tête et lui rendit son téléphone comme s'il lui brûlait les doigts.

— Je ne sais pas ce que tu attends de moi.

— Tu peux m'envoyer toutes les photos de Six Flags ?

— Pour quoi faire ?

— Pour que nous puissions les examiner.

— Et vous cherchez quoi ?

— D'autres photos de ce garçon.

Il haussa les épaules.

— Ce garçon flou qui ressemble à un million d'autres garçons ?

— Je ne te demande pas de comprendre.

— Et tu as bien raison.

— Fais-le pour moi, Hayden. S'il te plaît. Tu m'aideras, dis ?

Il poussa un soupir.

— Oui, bien sûr.

30

Comme tout bon investigateur, Max déployait un large éventail de tactiques face à un suspect. Avec la complicité de Sarah, il cherchait à déstabiliser leur interlocuteur en alternant les accusations, l'humour, le dégoût, l'espoir, l'amitié, les menaces, les alliances, le scepticisme. Ils jouaient le gentil et le méchant flic en changeant de rôle en plein milieu, ou alors ils étaient tous les deux gentils, ou tous les deux méchants en même temps.

Le chaos. Il fallait créer le chaos.

Ils bombardaient le suspect de questions avant de le laisser mariner durant de longues plages de silence. Mais en cet instant, assis à une table en face de Philip Mackenzie au fond d'un pub nommé McDermott's, Max laissa tomber tous ces stratagèmes. Sarah n'était pas là. Elle n'était même pas au courant de sa démarche. Sarah était très à cheval sur le protocole, et si quelqu'un devait payer pour avoir enfreint le règlement, autant que ce soit lui, et lui seul.

Mackenzie avait commandé un whisky irlandais appelé Writer's Tears. Max s'était contenté d'un verre d'eau pétillante. Il ne tenait pas bien l'alcool.

— Alors, que puis-je pour vous, agent spécial Bernstein ? demanda Mackenzie.

Max avait choisi de le rencontrer dans son pub préféré car cette fois-ci il n'était plus question de pression ni d'intimidation. C'était même tout l'inverse.

— J'ai besoin de votre aide pour retrouver David.

— Bien sûr, fit Mackenzie, se redressant légèrement. C'est aussi mon souhait. Il était mon prisonnier, après tout.

— Et votre filleul.

— Tout à fait. Raison de plus pour vouloir le récupérer sain et sauf.

— Je n'arrive pas à croire que personne ne l'ait remarqué jusqu'ici.

— Remarqué quoi ?

— Votre lien avec lui. Mais je m'en fiche. Nous savons tous les deux que vous l'avez aidé à se faire la belle.

Mackenzie sourit en sirotant son whisky.

— Vous avez entendu mon avocat. Les caméras de surveillance confirment ma version des faits. Burroughs a été vu, une arme à la main…

— Écoutez, c'est juste entre vous et moi. Je ne suis pas en train d'enregistrer. Cela n'est pas un piège.

Max posa son téléphone entre eux deux sur la table poisseuse.

— Ça alors, fit Mackenzie, la voix chargée de sarcasme. Votre téléphone sur la table. Impossible, en effet, que vous enregistriez cette conversation.

— Ce n'est pas mon but. Je pense que vous l'avez compris. Mais au cas où l'on nous écouterait, disons que c'est une discussion hypothétique, sans plus.

Mackenzie fronça les sourcils.

— Sérieux ?

— Allons, Phil, je ne veux pas que ça tourne mal. Vous vous doutez bien que je vais vous arrêter pour association de malfaiteurs. Je vous ferai tomber, vous et votre fils. Vous irez tous les deux en prison ou, si jamais je me plante, vous perdrez seulement votre boulot et votre retraite. Ça va barder, et si je me fâche – si Sarah se fâche –, vous êtes un homme mort. Elle mangera vos tripes à la petite cuillère.

— Pittoresque, comme expression.

— Mais aujourd'hui, ce n'est pas le sujet. Aujourd'hui, je veux savoir pourquoi vous avez fait ça. Pourquoi maintenant. Hypothétiquement parlant.

Mackenzie prit une gorgée de whisky.

— On dirait que vous avez une théorie, agent spécial Bernstein.

— En effet. Vous voulez l'entendre ?

— Bien sûr.

— David Burroughs n'a pas eu de visites depuis des années. Soudain, sa belle-sœur se pointe. J'ai vérifié. Il n'y a pas eu d'échange de lettres ni de coups de fil avant sa venue. J'ai aussi visionné la vidéo de leur première entrevue. Il ne s'attendait pas à la voir. Vous me suivez jusque-là ?

— Parfaitement.

— Elle lui a montré une photo. Je ne sais pas ce qu'il y a dessus. C'est bien le problème. Mais sitôt que Burroughs l'a examinée, tout a changé. Ça transparaît dans la vidéo. Une fois l'entretien terminé, il a demandé à vous voir… D'après ce que j'ai compris, là aussi pour la première fois. Vous voulez bien m'aider et me dire ce qu'il voulait ?

— J'ai déjà expliqué…

— Bien, vous refusez de coopérer, soit. Je continue donc. Suite à votre conversation, vous vous rendez chez votre ancien coéquipier de la police, qui se trouve être le père de Burroughs. Et à peine rentré, vous aidez Burroughs à s'évader. J'ai encore du mal à établir un rapport avec la bagarre entre lui et Ross Sumner. Et avec le surveillant pénitentiaire Ted Weston. Weston fait partie de votre personnel. Vous le connaissez mieux que moi. Il a pris un avocat après que nous avons découvert qu'il touchait des pots-de-vin. Vous le saviez, ça ?

— Non.

— Ça vous étonne ?

— Qu'il ait touché des pots-de-vin ?

— Oui.

Mackenzie but une autre gorgée, haussa les épaules.

— Très bien, ne répondez pas. Je vais vous dire pourquoi c'est important. Je ne pense pas que Burroughs ait agressé Weston. À mon avis, c'est le contraire qui s'est produit. C'est Weston qui l'a attaqué. Voilà qui est bizarre. Et une dernière chose : dès qu'il s'évade, la première personne qu'il va voir est un témoin clé à son procès. Une vieille femme qui a changé de nom et déménagé juste après le verdict. Cette femme, je lui ai parlé. Elle ment au sujet de sa rencontre avec Burroughs. J'ai l'impression qu'elle le protège.

Max écarta les mains.

— Si j'additionne le tout, Phil, savez-vous ce que j'obtiens ?

— Dites-moi.

— La belle-sœur de Burroughs, une excellente journaliste d'investigation, a découvert quelque chose qui pourrait l'innocenter. Elle l'a apporté pour le lui montrer. À travers le Plexiglas. Burroughs est venu vous en parler. Vous avez accepté de l'aider. Mais ce qui ne vous ressemble pas, c'est d'agir dans la précipitation en laissant trop de place au hasard. J'en déduis que les incidents avec Sumner ou Weston – ou les deux – vous ont forcé la main.

— Vous avez une sacrée imagination, agent spécial Bernstein.

— Appelez-moi Max. Je n'ai pas le tableau complet. Il y a des éléments qui m'échappent. Mais nous savons tous les deux que je ne suis pas loin de la vérité. Alors voilà. Il faut qu'on retrouve David. Vous êtes d'accord avec moi ? Je ne vois pas pourquoi cette preuve ne pourrait pas tout simplement être remise à son avocat. Je suppose qu'il y a une bonne raison à cela.

Mackenzie ne broncha pas.

— Et Sarah ? Elle applique la loi à la lettre. Si Burroughs a été piégé, si ce n'est pas lui le coupable, je ne suis pas comme ce type dans *Le Fugitif* – vous vous souvenez de ce film ?

Mackenzie hocha la tête.

— Je me souviens même de la série télé.

— J'étais trop jeune à l'époque. Mais il y a cette scène géniale où Harrison Ford dit à Tommy Lee Jones, qui joue l'agent fédéral chargé de le capturer : « Je suis innocent. » Et vous vous rappelez la réponse de Tommy Lee Jones ?

— Oui. Il répond : « Je m'en moque. »

— Exact. C'est Sarah, ça. Elle s'en moque. Nous avons une mission : arrêter Burroughs. Point barre. C'est pourquoi vous et moi nous retrouvons seuls dans ce pub. Je suis en position de vulnérabilité. Vous pourriez rapporter notre entretien. Mais contrairement à Tommy Lee Jones, je ne m'en moque pas. Si Burroughs est innocent, j'aimerais l'aider.

Philip Mackenzie leva son verre vers la lumière.

— Si je vous dis que vous avez raison pratiquement sur toute la ligne…

Max sentit son pouls s'accélérer.

— Et si je vous dis que la réalité est encore plus invraisemblable que ce que vous avez échafaudé…

— Invraisemblable comment ?

— Si je vous dis que la véritable raison pour laquelle David s'est évadé est qu'un enfant court peut-être un grave danger…

Max parut déconcerté.

— Vous parlez d'un autre enfant ?

— Pas exactement.

— Vous voulez bien m'expliquer ?

Philip Mackenzie eut un sourire sans joie.

— Voici ce que je vous propose, fit-il en vidant son verre avant de se lever. Vous signez les papiers accordant une immunité pleine et entière à mon fils, et nous pourrons terminer notre conversation.

— Et pour vous-même ?

— Je ne mérite pas l'immunité, répliqua Mackenzie. Du moins, pas pour le moment.

Les deux gorilles me raccompagnent à l'avion. Sans me menotter, sans me bander les yeux, sans me brutaliser. Une fois sur le tarmac, je romps le silence.

— J'aimerais récupérer mon téléphone.

« Ta gueule » fouille dans sa poche et me le lance.

— Je l'ai rechargé.

— Merci.

— Paraît que vous avez tabassé un flic.

— Non.

— À Manhattan. Je l'ai entendu aux infos. Il est à l'hôpital.

— J'essayais juste de m'échapper.

— N'empêche. Respect, mec.

— Ouais, dit son comparse qui jusque-là n'a pas ouvert la bouche. Respect.

Les remercier me semble inapproprié, alors je ne réponds pas. Nous montons dans le même avion et nous installons aux mêmes places qu'auparavant. Je consulte mes textos, tous émanent de Rachel dont la panique grandit au fil des heures. Je tape :

Tout va bien. Désolé. J'ai été retenu.

Les points se mettent à danser.

Tu as appris quelque chose ?

À sa décharge, elle ne m'a pas demandé un rapport détaillé ni même où j'étais. Toujours droit au but.

Je réponds :

Hilde Winslow ne nous conduira pas à Matthew.
Fausse piste ?
Plus ou moins, oui.

J'attends que l'avion décolle et prenne de l'altitude pour me connecter au wifi. Je jette un coup d'œil par-dessus mon épaule. Mes convoyeurs, un casque sur les oreilles, ont chacun le nez sur leur écran. J'appelle Rachel.

— C'est quoi, ce bruit ? dit-elle. Je t'entends à peine.

— Je suis dans un avion.

— Hein, quoi ?

Je lui dois bien quelques explications. J'opte donc pour une version *light* des événements survenus depuis mon départ de Revere.

— Et toi ? Rien de nouveau de ton côté ?

Il y a un silence… Un instant, je crois même qu'on a été coupés.

— J'ai peut-être une piste, dit-elle finalement. Tu te souviens de mon vieil ami Hayden Payne ?

Je fouille ma mémoire.

— Ah oui, le gars plein aux as qui était amoureux de toi ?

Soudain, je comprends :

— Attends, sa famille a des parts dans ces sociétés ?

— Elles appartiennent toutes au groupe Payne.

Je réfléchis brièvement.

— Encore une non-coïncidence.

— Comment ça ?

Mais je ne veux pas l'embrouiller.

— Pourquoi tu me parles de Hayden ?

— Ils ont organisé un événement d'entreprise à Six Flags. Là où la photo a été prise. Je lui ai demandé de me faire parvenir toutes les photos datées du même jour.

— On pourrait aussi avoir la liste des invités ?

— Je vais voir avec lui, mais il dit qu'ils étaient plusieurs milliers.

— On peut déjà commencer par là.

— Peut-être bien. Mais ils n'ont pas loué tout le parc. Matthew aurait pu venir avec quelqu'un d'autre.

— Ça vaut toujours le coup d'essayer.

— Je sais.

— Quoi d'autre ? je lui demande.

— Tu rentres à Boston ?

Cette manie de répondre à une question par une autre question.

— Non.

— Où alors ?

— Je vais dans le New Jersey.

— Il y a qui là-bas ?

— Cheryl, dis-je. Il faut que je lui parle en face à face.

31

— Dites-moi que c'est une blague.

Max fit de son mieux pour soutenir son regard. Ce n'était pas trop son genre. Les yeux dans les yeux, il n'y croyait pas beaucoup. Mais il persista. Elle s'appelait Lauren Ford et dirigeait la police judiciaire de la région de Boston. En cet instant, c'était plutôt elle qui le dévisageait d'un air féroce.

— Je ne suis pas doué pour les blagues, riposta-t-il.

— Voyons si j'ai bien compris.

Lauren se mit à arpenter son bureau.

— Vous voulez que mon labo réalise un nouveau test ADN pour s'assurer que la victime du meurtre était bien Matthew Burroughs ?

— Exact.

— Une affaire vieille de combien ? Cinq ans ?

— Plutôt six.

— Alors qu'il y a déjà un coupable qui a été jugé et condamné ?

— Tout à fait.

— L'individu en question s'est récemment évadé d'une prison fédérale.

— Exact, encore une fois.

— Et votre boulot, si je ne m'abuse, est de l'arrêter et de le ramener là d'où il vient, pas de refaire son procès.

Max ne répondit pas.

— Eh bien, fit-elle en écartant les mains, pourquoi vous faut-il l'ADN d'une victime depuis longtemps décédée pour intercepter un détenu en cavale ?

— En avez-vous fait un la première fois ?

Lauren soupira.

— N'ai-je pas dit : « un nouveau test ADN » ?

— Si.

— Cela sous-entend qu'on en a déjà effectué un, non ?

— En effet, acquiesça Max.

— Alors sachez que cela ne fait pas partie du protocole. Nous avions déjà identifié le corps malgré son état. Les gens regardent trop *Les Experts*. Dans la vraie vie, nous réalisons rarement des tests ADN sur les victimes de meurtres. Personne ne le fait. Nous ne relevons pas non plus les empreintes digitales. Sauf s'il y a un doute sur l'identité de la victime. Or, dans ce cas précis, il n'y en avait aucun.

— Pourtant, vous l'avez fait.

— Mais oui. Parce que, comme je viens de le dire, les jurés regardent trop la télévision. Si on ne fait pas intervenir la police scientifique et tout le tralala, ils nous prennent pour des incompétents. Ce n'était pas utile, mais nous l'avons fait.

— Comment ?

— Pardon ?

— Avez-vous comparé l'ADN de la victime à celui du père ou de la mère, ou… ?

— Qui s'en souvient ? Vous n'ignorez pas que cette affaire a été largement médiatisée.

— Je suis au courant.

— Nous n'avons commis aucune erreur.

— Ce n'est pas ce que j'ai dit. Écoutez, vous avez toujours le sang de la victime dans votre base de données, non ?

— Bien sûr. Enfin, il est stocké dans un entrepôt, mais nous l'avons, oui.

— Et nous avons l'ADN de David Burroughs dans notre fichier.

C'était une question de routine. L'ADN de chaque détenu était automatiquement ajouté au stockage de données existant.

— Refaire un test, rouvrir le dossier, dit Lauren Ford. Ce n'est pas une mince affaire.

— Alors procédons discrètement. Ça restera entre nous.

— Ai-je l'air d'un technicien de labo ?

— Vous, moi, un technicien. Vous pouvez faire ça en douce.

Elle fronça les sourcils.

— Vous avez dit « en douce », sérieusement ?

Max attendit.

— Je pourrais vous prier de débarrasser le plancher sur-le-champ, ajouta-t-elle.

— Vous pourriez.

— Nous avons enquêté dans les règles. Le père de l'assassin est flic – un flic connu –, mais nous avons veillé à ce qu'il n'y ait aucune forme de favoritisme.

— Admirable, opina Max.

Elle se rassit et se mit à se ronger un ongle exactement comme lui le faisait, puis déclara :

— Je vais vous faire une confidence. Car quelle que soit la façon dont on regarde cette histoire, la condamnation était justifiée.

— Je vous écoute.

— Le labo, à l'époque, a commis quelques erreurs.

— Quel genre d'erreurs ?

— Le genre où vous donnez soudain votre démission quand une enquête interne est lancée et pointe vers l'étranger.

Silence.

— Bon sang, fit Lauren. Vous êtes en train de me dire que ce n'était pas le bon môme ?

— Je suis en train de vous dire d'effectuer le test, répondit Max. Et tant que vous y êtes, mettez son ADN dans la base de données de tous les portés disparus. Si l'enfant mort n'était pas Matthew Burroughs, il faut qu'on sache qui c'était.

La voiture de Rachel est autorisée à entrer sur le tarmac, privilège réservé aux vols privés. Nous débarquons, et les deux gorilles me serrent la main avec panache.

— Sans rancune ? me demande « Ta gueule ».

— Sans rancune.

Je monte dans la voiture de Rachel. Elle regarde l'avion.

— Ça paie, le grand banditisme.

— Comme tu dis.

Nous nous mettons en route.

— Tu veux voir Cheryl, me dit-elle. C'est à propos du centre de procréation ?

— Ce n'est pas une coïncidence, Rachel.

— Tu l'as déjà dit.

Ses mains se crispent sur le volant.

— J'ai un aveu à te faire.

— Lequel ?

— C'est une vieille histoire. Ça n'a plus grande importance.

Mais à en juger par le ton de sa voix, c'est exactement l'inverse. Je tourne la tête. Ses yeux sont rivés sur la route.

— Vas-y, lui dis-je.

— J'ai aidé Cheryl à prendre rendez-vous dans cet institut de procréation.

Je ne suis pas sûr de comprendre.

— Quand tu dis « aidé »…

— J'avais rencontré la directrice de l'institut Berg chez Hayden Payne. Du coup, je l'ai appelée pour prendre rendez-vous.

— À la place de Cheryl ?

— Oui.

— Ce n'est pas bien grave. Enfin, j'aurais quand même préféré que tu m'en parles…

— J'ai dit que le rendez-vous était pour moi.

Rachel est toujours aussi crispée mais ne quitte pas la route du regard.

— Et Cheryl y est allée avec mes papiers d'identité.

Je scrute son profil. D'une voix étrangement calme, je demande :

— Pourquoi as-tu fait ça ?

— À ton avis, David ?

La réponse est évidente.

— Pour me le cacher.

— Oui.

Je sens une larme perler au coin de mon œil sans même que je sache pourquoi.

— Je n'en ai plus rien à battre, Rachel.

— Ce n'est pas ce que tu crois.

— Ce que je crois, c'est que Cheryl envisageait de recourir à un donneur de sperme à mon insu. Je me trompe ?

Rachel garde les deux mains sur le volant.

— On apprend des choses en prison, dis-je. Personne n'est du côté de personne.

— Je suis de ton côté.

Je ne bronche pas.

— Cheryl est ma sœur. On est d'accord là-dessus, non ?

— Du coup, tu as marché dans sa combine.

— Je lui ai dit que c'était une mauvaise idée.

— Mais tu as marché quand même.

Rachel met le clignotant, vérifie soigneusement les rétroviseurs avant de changer de file. Je la connais si bien, malgré ces cinq années sans la voir.

— Rachel ?

Elle se tait.

— Il y a quelque chose que tu ne m'as pas dit.

J'étais contre son projet. J'estimais qu'elle devait t'en parler.

J'attends la chute.

— Dans la mesure où elle n'a pas donné suite, j'ai pensé…

— Tu as pensé quoi ?

Elle secoue la tête et dit :

— Comment as-tu découvert qu'elle était allée là-bas ?

— Quelqu'un a laissé un message sur notre répondeur.

— Réfléchis deux secondes, dit Rachel. Pourquoi auraient-ils fait ça si tous les papiers étaient à mon nom ?

Il me faut du temps pour réagir.

— C'était toi ?

Elle regarde la route.

— Tu as laissé ce message ?

— C'était fini. Elle n'est pas allée jusqu'au bout. Moi, je n'étais pas heureuse d'avoir été mêlée à cette affaire, et j'avais beau m'inventer des excuses, au bout du compte je t'avais trahi. Ça me tracassait. Alors un soir, j'ai bu un coup de trop et je me suis dit : oh et puis zut, Cheryl devrait tout lui avouer. Pour elle. Pour lui. Pour moi aussi, franchement. Que nous ne vivions pas toute notre vie avec cet horrible mensonge au-dessus de nos têtes. Vous deux, vous alliez fonder une famille.

Juste au moment où je pensais que plus rien ne pouvait m'atteindre, ses aveux me donnent tort.

— Je l'ai appris à mes dépens, continue-t-elle. Un mensonge comme celui-ci te suit partout. Il te ronge de l'intérieur. On ne peut pas bâtir un foyer sur un secret. OK, ce n'était pas mon secret. Mais j'étais dans le coup. Et ce secret empoisonnait notre relation aussi. Entre toi et moi.

— Tu as donc décidé d'y mettre fin.

Elle hoche la tête. Je me détourne.

— David ?

— Peu importe. Tu l'as dit toi-même, c'est une vieille histoire.

— Je suis désolée.

Quelque chose se brise en moi. J'ai besoin de changer de sujet.

— Cheryl est au courant de ma visite ?

— Tu m'as demandé de ne rien lui dire.

— Elle pense donc…

— Elle pense que je viens toute seule. Nous avons rendez-vous à son cabinet.

— Il nous reste combien de temps ?

— Une demi-heure, répond-elle.

Et nous retombons dans le silence.

32

Rachel se gare sur le parking visiteurs du centre hospitalier St Barnabas, à Livingston, New Jersey. Nous mettons un masque chirurgical. Depuis le Covid, personne ne trouve bizarre de voir quelqu'un avec un masque, surtout devant un hôpital. Et ça reste une manière efficace de se cacher.

Nous nous dirigeons vers l'entrée principale.

Je demande :

— Depuis combien de temps elle travaille ici ?

— Trois ans. Ils ont un très bon service de transplantation rénale.

— Pourtant Cheryl adorait son job à l'hôpital de Boston.

— C'est vrai, acquiesce Rachel. Mais après ta condamnation, c'est devenu intenable. À l'hôpital, on la traitait de…

Elle esquisse des guillemets avec ses doigts.

— … « distraite ».

Je fixe le ciel.

— Encore une chose, ajoute Rachel. Elle est « docteure Cheryl Dreason » maintenant.

Nouveau pincement au cœur.

— Elle a pris le nom de Ronald ?

— C'est une façon de préserver son anonymat.

— Très intelligent de sa part, dis-je.

— Sérieux ?

Je réplique par une grimace.

— Elle aussi a tout perdu, ajoute-t-elle.

Nouveau mari, nouvelle grossesse, un travail qu'elle aime… Sa réflexion me semble inappropriée, mais je juge mesquin de le lui faire remarquer.

Nous entrons. Elle s'approche de l'accueil pour récupérer deux passes visiteurs. Nous prenons l'ascenseur et suivons les flèches qui indiquent « Transplantation rein et pancréas ». Elle baisse son masque et fait signe à la réceptionniste.

— Bonjour, Betsy.

— Bonjour, Rachel. Elle vous attend dans son bureau.

Rachel sourit et remonte son masque. Je marche à ses côtés comme si de rien n'était. Le souffle court, je sens mon pouls qui s'accélère.

Quelques mètres à peine me séparent de Cheryl… Mon ex-compagne, la mère de mon enfant, la seule femme que j'aie jamais aimée.

Les larmes me montent aux yeux. Une chose est d'imaginer cet instant. Mais maintenant que j'y suis…

Rachel s'arrête net.

— Merde.

Je pense aussitôt aux flics, mais non, c'est autre chose. Elle parle de Ronald Dreason, le nouveau mari de Cheryl. Je connais Ronald. Il était administrateur à l'hôpital de Boston et il « veillait » sur Cheryl.

Vous voyez ce que je veux dire. Il souhaitait juste être son « ami », mais tout le monde, y compris la femme de Ronald – dont, cela dit, il était déjà séparé à l'époque –, savait que c'était faux. Naturellement, j'étais agacé par ses innombrables textos « professionnels », mais Cheryl en riait.

— Oui, bon… Ronald a peut-être un faible pour moi, disait-elle, mais ce n'est pas méchant.

Pas méchant. Je grimace maintenant ; j'ai même failli répéter ça tout haut.

Ronald regarde Rachel et lui sourit. Les deux sœurs sont restées proches. La visite de Rachel n'a donc rien de surprenant. Je baisse la tête et m'écarte légèrement. Le masque me cache le visage. Je ralentis le pas et me retourne, comme si je n'avais rien à voir avec Rachel. Elle s'approche de Ronald, lui prend le bras et lance d'un ton un peu trop enjoué :

— Salut, toi.

Il l'embrasse sur la joue.

Le baiser est guindé, mais comme tout le reste chez Ronald. Je me dirige vers eux en rasant le mur. Je regarde ailleurs.

Et je les dépasse.

Sauvé.

Rachel essaie de l'éloigner, mais ce n'est pas gagné.

— Je ne m'attendais pas à te voir ici, lui dit-il. Tu es au courant que David s'est évadé ?

Je presse le pas. Il y a trois portes identiques en face de moi. Derrière l'une d'elles, il y a ma femme… Pardon, mon ex-femme. Le temps presse. Je pousse la première porte.

Et la voici.

Cheryl est en train de taper quelque chose sur une tablette. Elle lève les yeux. J'ai toujours mon masque et mon crâne est rasé, mais elle me reconnaît tout de suite. Une fraction de seconde, nous restons pétrifiés l'un et l'autre. Je ne sais plus ce que je ressens ou plutôt ce que je ne ressens pas. Toutes sortes d'émotions pulsent dans mes veines usées.

C'est à peine soutenable.

Pour elle aussi.

Mon esprit est en ébullition. Et si Ronald entrait à l'improviste ? Ou un membre du personnel médical ? Du coup, je me tourne et verrouille le bouton de porte. Mon premier réflexe en revoyant Cheryl. J'ignore quelle va être sa réaction, mais déjà elle se précipite vers moi et, sans une once d'hésitation, me serre dans ses bras. Je m'effondre à moitié, et je le jure, c'est elle qui me retient.

— David… dit-elle doucement, avec une tendresse qui me déchire le cœur.

Je l'étreins. Elle pleure. Je pleure. J'ai mille choses à lui dire, mais ce n'est pas pour ça que je suis là. Peut-être un peu trop brusquement, je dénoue ses bras pour l'écarter de moi.

Puis je lui annonce sans préambule :

— Il se peut que notre fils soit toujours vivant.

Elle ferme les yeux.

— David.

— S'il te plaît, écoute-moi.

Elle garde les yeux clos.

— Plus que quiconque, je voudrais que ce soit vrai.

— Tu as vu la photo ?

— Ce n'est pas Matthew, David.

— Comment peux-tu en être si sûre ?

Les joues baignées de larmes, elle prend mon visage dans ses mains. L'espace d'un instant, je crains de m'écrouler pour de bon et de ne plus pouvoir me relever.

— Parce que Matthew est mort, répond-elle tout bas. Nous avons enterré notre petit garçon. Toi et moi. Nous étions là, main dans la main, quand son petit cercueil blanc a été mis en terre.

Je secoue la tête.

— Je ne l'ai pas tué, Cheryl.

— Je voudrais tant que ce soit vrai.

Ces paroles me blessent plus que je ne l'aurais imaginé. Elle baisse la tête. Son visage n'est plus qu'un masque douloureux. Je n'ai pas envie d'aborder le sujet, surtout maintenant, mais c'est plus fort que moi.

— Pourquoi m'as-tu lâché, Cheryl ?

J'entends une note plaintive dans ma voix, et cela m'insupporte.

— Jamais je ne t'ai lâché.

— Comment as-tu pu penser que j'avais fait une chose pareille ?

— Je ne t'en ai pas voulu. Pas vraiment.

J'ouvre la bouche pour lui demander de nouveau pourquoi elle a cessé de croire en moi, puis je me ravise. Ce n'est pas le moment. Restons concentrés.

— Il est vivant, dis-je d'un ton plus ferme cette fois.

Puis :

— Peu importe que tu me croies ou non. J'ai une question à te poser. Ensuite, je te laisserai tranquille.

La pitié que je lis sur son visage est pire qu'une gifle.

— Qu’est-ce que c’est, David ? Qu’attends-tu de moi ?

— Ta visite à l’institut de procréation Berg.

La pitié cède la place à la confusion.

— De quoi tu parles ?

— Cette clinique où tu es allée.

— Eh bien ?

— Elle a quelque chose à voir avec ce qui est arrivé à Matthew.

Cheryl fait un pas en arrière.

— Quoi ?… Mais non, pas du tout.

— Cette photo que Rachel t’a montrée a été prise lors d’un événement d’entreprise. Dont l’institut Berg était partie prenante. Les deux sont liés.

Elle secoue la tête.

— Non.

Je la regarde en silence.

— Comment peux-tu penser ça ?

— Allons, je t’écoute, Cheryl.

— Tu sais déjà tout.

— Tu n’as pas mentionné que tu t’étais fait passer pour Rachel.

— C’est elle qui te l’a dit ?

Inutile de répondre.

— Je ne comprends pas.

Elle ferme de nouveau les yeux comme à la recherche d’une échappatoire.

— Quelle importance désormais ?

C’est plus une supplique qu’une question. J’ai envie de la consoler, même maintenant, même après tout ce qui s’est passé, mais je ne bouge pas.

— Je n'aurais jamais dû m'adresser à eux. Tout est ma faute.

Je n'aime pas le timbre de sa voix. La température dans la pièce semble chuter de dix degrés.

— Que veux-tu dire ?

— J'ai agi dans ton dos. Je suis désolée.

— Je sais. C'est de l'histoire ancienne.

— Je n'aurais pas dû te faire ça.

Je fronce les sourcils.

— Cheryl.

— Notre couple battait de l'aile. Pourquoi, David ?

Elle incline la tête et, soudain, nous voici de retour dans notre jardin avec un livre et une tasse de café ; le soleil matinal inonde le jardin d'une lumière dorée, et elle me pose une question – avec ce mouvement de tête.

— Nous n'étions pas les premiers à être confrontés à un problème d'infertilité.

— C'est vrai.

— Alors pourquoi cette cassure entre nous ?

— Je ne sais pas, dis-je.

— Peut-être que les failles ont toujours été là.

— Peut-être.

Je n'ai plus envie d'en parler.

— C'est du passé.

— Mais je t'ai trahi. Et à cause de ça, à cause de ce que je t'ai fait, notre fils…

Elle s'interrompt dans un hoquet et fond en larmes.

Je connais mon ex-femme depuis longtemps. Je l'ai déjà vue pleurer. Mais jamais comme ça. Pas même à la mort de Matthew. Cheryl n'était pas du genre à se laisser aller. Elle gardait toujours un certain recul pour éviter de perdre le contrôle.

Jusqu'à aujourd'hui.

Je veux faire quelque chose, la prendre dans mes bras, lui offrir mon épaule. Mais en même temps, je suis comme glacé.

— Qu'est-ce que c'est, Cheryl ?

Elle sanglote de plus belle.

— Cheryl ?

— Je suis allée jusqu'au bout.

Comme ça, de but en blanc. Je me fige. Je sais ce qu'elle veut dire. Néanmoins, je demande :

— Jusqu'au bout de quoi ?

Elle ne répond pas.

— Tu le savais.

Je secoue la tête.

— Tu le savais, répète-t-elle. Ta colère, ton ressentiment, ton stress.

Je continue à secouer la tête.

— Et tes crises de somnambulisme.

— Non.

— Tu as recommencé, David. À cause de moi. Tu t'es mis à dérailler. J'aurais dû m'en apercevoir. C'était ma faute. Et puis un jour, tu as trop bu ou la pression est devenue intolérable…

— Non.

— David, écoute-moi.

— Tu penses que j'ai tué notre fils ?

— Non, dit-elle. Je pense que c'est moi qui l'ai tué. À cause de ce que je t'ai fait.

Je reste sans voix.

— J'étais sûre que le protocole n'avait pas marché, que Matthew était de toi, mais ça ne comptait pas. Je t'ai trahi. Et tu n'étais plus le même.

Je me débats avec le flot de mes émotions en essayant de rester concentré sur le sens de ses propos.

— Tu as eu recours à un donneur de sperme.

— Oui.

— Mais tu m'as dit que non.

— Je sais. J'ai menti.

Je ne sais plus que penser.

— Et tu as imaginé…

Je comprends mieux maintenant ce qui s'est joué dans sa tête. J'ai découvert la supercherie, et ça m'a rendu fou. J'ai cru que Matthew n'était pas de moi. *Ta colère, ton ressentiment, ton stress.* Plus les crises de somnambulisme. Ce n'était pas prémédité de ma part, mais ma rage contenue a fini par exploser, j'ai trop bu, à moins que ce ne soit un mauvais mélange d'alcool et d'antidépresseurs ou quelque traumatisme surgi du passé, mais je me suis levé inconsciemment, j'ai attrapé la batte de base-ball et je suis allé dans la chambre de Matthew…

Voilà qui explique bien des choses. Elle se sent responsable. Non seulement elle a perdu son fils, mais elle croit que je l'ai tué et, pire, elle pense que c'est sa faute.

— Cheryl, écoute-moi.

Elle se remet à pleurer. Ses genoux flageolent. Quoi qu'il arrive, je ne peux pas la laisser comme ça. Je la rattrape, et elle se cramponne à ma chemise en sanglotant.

— Si tu savais comme je regrette, David.

Je ne veux pas entendre ça. Je n'ai pas besoin d'entendre ça.

— Tout ça n'a plus d'importance maintenant.

— David…

— S'il te plaît, dis-je. S'il te plaît, regarde cette photo.

— Je ne peux pas.

— Cheryl.

— Je ne peux pas nourrir ce genre d'espoir. Si je le fais, je m'effondre.

Je ne sais que lui répondre.

— J'ai tellement envie d'y croire, David, mais si je commence…

Elle s'interrompt brièvement.

— Je suis à nouveau enceinte.

— Je suis au courant.

C'est là que j'entends le cliquetis de la clé dans la serrure. La porte s'ouvre.

C'est Ronald.

Il lui faut quelques secondes pour me reconnaître. Il me dévisage, bouche bée.

— Bon sang, c'est quoi, ça ?

Je n'ai pas de temps à perdre en explications. Je regarde Cheryl.

— Vas-y, me dit-elle en s'essuyant les yeux. Il ne parlera pas.

Je me précipite vers la porte. Un instant, j'ai l'impression que Ronald va me barrer le passage. Mais non, il s'écarte. Je suis tenté de lui glisser : « Prends bien soin d'elle » ou, mieux encore, « Je suis heureux pour vous deux », mais mon altruisme ne va pas jusque-là, et j'ai vécu assez de mélodrames pour aujourd'hui.

Je lui adresse un bref signe de la tête avant de m'éclipser dans le couloir.

33

L'appel provenait du bureau de Lauren Ford. Max regarda autour de lui pour s'assurer qu'il était tout seul. Sarah ne serait pas contente. Comme Lauren l'avait fait remarquer, leur boulot était d'arrêter David Burroughs et non d'aider à le blanchir.

— Allô ?

— J'ai quelque chose pour vous.

— Burroughs est le père ?

— Ça, je ne le sais pas encore. Croyez-le ou non, ce n'est pas facile d'accéder au fichier du détenu. Mais j'ai entré l'ADN de la victime dans celui des enfants disparus.

— Et ?

— Il n'y figure pas.

— Les chances étaient maigres, j'imagine.

— Non, Max… Je peux vous appeler Max ?

— Oui, bien sûr.

— Non, Max, les chances n'étaient pas maigres. Les fichiers d'enfants disparus sont mis à jour continuellement. La plupart du temps, on s'arrange pour obtenir leur ADN. Mais ce n'est pas tout.

— Quoi, qu'y a-t-il ?

— J'ai consulté toutes les bases de données, pas seulement les sites ADN. J'ai rentré son signalement : âge, taille et le reste. Et pour être sûre de ne rien manquer, j'ai élargi la recherche à l'ensemble du territoire. J'ai fait appel à mes meilleurs experts. Car si la victime n'est pas Matthew Burroughs – mon Dieu, ça paraît complètement fou –, ça signifie qu'un autre petit garçon a été brutalement assassiné cette nuit-là.

— On est bien d'accord, dit Max. Et ?

— Et rien. Aucune corrélation. Zéro. Rien d'approchant.

Max se mit à se trémousser.

— Vous entendez ce que je dis, Max ?

— Oui.

— Il n'y a personne d'autre. C'était forcément Matthew Burroughs dans ce lit.

Il entreprit de se ronger un ongle.

— Autre chose ?

— Comment ça, autre chose ? Vous m'écoutez ou quoi ?

— Oui.

— Bon sang, fit-elle. Vous voulez toujours que je fasse faire le test de paternité.

— Oui.

— Je ne suis pas obligée.

— Je sais.

— Très bien. Mais ensuite, on tourne la page. Marché conclu ?

— Marché conclu.

— Ça ne devrait pas être long.

Elle raccrocha.

Derrière lui, Sarah demanda :

— Qui c'était, Max ?

— Une autre affaire, marmonna-t-il. Tu en es où ?

— Quelle autre affaire ?

Il savait qu'elle ne le lâcherait pas.

— C'était un garçon…

— Un garçon ?

— Que j'ai connu sur une appli de rencontres. C'est tout nouveau. Je ne voulais pas en parler.

— Je suis heureuse pour toi, dit Sarah.

— Merci.

— En même temps, je n'y crois pas une seconde. Mais on verra ça plus tard. Allons-y.

— Pourquoi, que se passe-t-il ?

— Burroughs vient de quitter l'hôpital St Barnabas, dans le New Jersey. Là où travaille son ex-femme.

— J'avais juste envie de profiter d'une journée normale, déclara Hayden. Est-ce trop demander ? Tu aurais dû le voir, Pixie. Un gamin ordinaire dans un parc d'attractions. Il était heureux comme tout. C'était si merveilleusement…

Il contempla le plafond en cherchant le mot approprié :

— … normal.

Normal, pensa Gertrude. Rien n'était normal dans cette famille. Elle se souvint d'avoir emmené le père de Hayden et ses cousins à Disneyland il y a très longtemps. Elle avait payé une fortune pour que le parc ouvre plus tôt. La famille Payne y avait passé deux heures en l'absence de tout autre visiteur « normal », et lorsque le parc avait ouvert ses portes pour de bon, l'un des vice-présidents les avait accompagnés pour leur éviter les files d'attente.

Personne, parmi tous ceux qui patientaient deux heures pour accéder à Space Mountain, n'avait eu envie d'être « normal » ce jour-là.

— Tu aurais dû me dire que tu voulais y aller avec lui.

— Tu m'en aurais empêché, rétorqua-t-il.

— Maintenant tu sais pourquoi.

— J'ai fait très attention. J'avais une casquette et des lunettes de soleil. Je n'ai prévenu personne de ma venue. Je l'ai tenu à l'écart des photographes professionnels. Voyons, Pixie, où est le problème ? Il était tout petit quand je l'ai récupéré. Même en le regardant bien en face, il n'y a aucun moyen de le reconnaître. Et ce n'est pas comme s'il était porté disparu. Tout le monde le croit mort.

Gertrude repensa à cette nuit-là, cinq ans plus tôt. Hayden ne l'avait pas consultée au préalable. Il savait bien qu'elle s'y serait opposée. Le jour se levait quand il avait débarqué ici, au domaine, avec le petit garçon.

Pixie, j'ai quelque chose à te dire...

C'est incroyable, ce dont l'esprit humain est capable pour justifier ses actions. Pixie ne faisait pas exception à la règle. La morale est une notion subjective. Entre le bien et le mal, nous choisissons tous le bien, sauf si cela va à l'encontre de nos intérêts. Vous n'êtes pas d'accord ? Demandez-vous ceci : combien de vies échangeriez-vous contre celle de votre enfant ou de votre petit-enfant ?

Une ? Cinq ? Dix ?

Un million ?

Répondez honnêtement et peut-être comprendrez-vous la réaction de Gertrude ce jour-là.

Elle avait choisi Hayden. Elle avait choisi sa famille. On dit qu'on ne fait pas d'omelette sans casser d'œufs. Sauf qu'en l'occurrence, les œufs étaient déjà cassés, et la question était : en fait-on une omelette ou du gâchis ?

— Et pourtant, dit Gertrude en ouvrant les bras, voilà où nous en sommes. Il est temps de partir, Hayden. Vous devez partir tous les deux.

Le regard de Hayden se perdit au loin.

— La tache rouge, fit-il doucement.

Gertrude ferma les yeux. Elle n'avait pas envie de l'entendre ressasser le même thème.

— Il y a une raison pour que Dieu l'ait marqué ainsi.

— C'est une tache de naissance, Hayden.

— C'est comme ça qu'ils l'ont repéré. Il y a une raison.

Elle savait que Dieu n'avait rien à voir là-dedans. Ni Dieu ni la fatalité. Prenez un passage clouté. Des millions de personnes le traversent chaque année. Puis un jour, à la suite d'un concours de circonstances – une plaque de verglas, un texto tapé en conduisant, un verre de trop –, un passant est renversé et tué. C'est une chance sur un million, mais ce n'est pas une coïncidence. Ce sont des choses qui arrivent.

Cette photo, c'était leur chance sur dix millions.

— De toute façon, trancha Gertrude, il faut que vous partiez.

— Ça va paraître suspect. Rachel m'a demandé les photos du parc d'attractions, et là-dessus je quitte le pays ?

Pixie, j'ai quelque chose à te dire...

Il parlait comme un petit garçon cette nuit-là, mais ça, c'est le propre des hommes quand ils ont des ennuis et qu'ils appellent au secours. Gertrude l'avait sauvé. Elle avait sauvé sa famille. Une fois de plus.

Mais avait-elle sauvé Theo ?

Aucune importance. Elle saurait garder ce secret-là aussi.

Celui-là, et un autre au sujet de l'enfant… Un secret que personne, pas même Hayden, ne connaissait.

Gertrude Payne était là pour protéger les siens, et elle le ferait, quoi qu'il en coûte.

Max et Sarah venaient d'entrer dans le hall du centre hospitalier St Barnabas quand le portable de Max vibra. C'était Lauren.

— Une seconde, dit-il à Sarah.

Il s'éloigna pour qu'elle ne puisse pas entendre. Elle le suivit du regard. Max colla le téléphone à son oreille.

— Oui ?

— J'ai le résultat du test de paternité.

Elle le lui donna, puis :

— Vous voulez bien m'expliquer ce qui se passe ?

— Peut-être rien. Laissez-moi une heure.

Il raccrocha et revint vers Sarah.

— Qui c'était ? demanda-t-elle.

— Euh… mon nouveau copain.

— Encore ? Il est du genre collant, non ?

— Sarah.

— Vous ne vous êtes pas rencontrés dans une colo ? Il n'habite pas au Canada ?

— Hein ?

— Qui t'a appelé, Max ?

— Tu le sauras dans une minute.

— Ça veut dire quoi ?

— Où est l'ex-femme de Burroughs ?

— Dans son bureau.

— Allons-y.

— Son nouveau mari est là également, ajouta Sarah. Ronald Dreason.

Max réfléchit un instant.

— On divise pour mieux régner ?

— Non, Max. C'est mieux de rester ensemble. Je l'ai envoyé prendre l'air dehors.

Cheryl Dreason les accueillit d'une manière professionnelle, comme si elle avait affaire à des patients. Elle s'assit derrière son bureau. Ils prirent place sur les deux chaises face à elle. La pièce était spartiate. Max chercha des yeux les diplômes sur les murs et n'en vit aucun.

Sarah le laissa prendre la tête des opérations. Il n'y alla pas par quatre chemins.

— Que vous a dit votre ex-mari ?

— Rien.

Comme avec Hilde Winslow. Il changea de position sur sa chaise.

— Il est venu vous voir ici, non ?

— Je ne sais pas pourquoi il est venu, répliqua-t-elle.

— Vous ne vous êtes pas parlé ?

— Il s'est enfui avant d'avoir eu le temps de dire quoi que ce soit.

Max et Sarah échangèrent un regard. Sarah prit le relais.

— Nous avons les images de la caméra de surveillance, docteure Burroughs.

— C'est Dreason maintenant, fit-elle.

Mais Sarah n'était pas d'humeur.

— Peu importe. Votre ex-époux, condamné pour avoir assassiné votre fils et qui vient de s'évader de prison, a passé huit minutes dans ce bureau avant l'arrivée de votre mari. Et pendant tout ce temps il ne vous a rien dit ?

Cheryl ne répondit pas tout de suite. Elle se tourna vers la fenêtre, et Max remarqua qu'elle avait les yeux rouges. Elle avait pleuré, c'était sûr.

— Je ne suis pas obligée de vous parler, n'est-ce pas ?

Sarah regarda Max. Max regarda Sarah.

— Pourquoi refuseriez-vous de nous parler ? demanda Sarah.

— J'ai des patients qui m'attendent. Je vais vous prier de partir.

C'était le moment, se dit Max, de porter l'estocade.

— Votre ex-mari, déclara-t-il. Il n'est pas le père de Matthew, n'est-ce pas ?

Les deux femmes le dévisagèrent, médusées.

— Qu'est-ce que vous racontez ? dit Cheryl.

La même question se lisait sur le visage de Sarah.

— Évidemment que David est le père de Matthew.

— Vous en êtes certaine ?

— Où voulez-vous en venir, agent Bernstein ?

Sarah le toisait, l'air de dire « Moi aussi, ça m'intéresse ».

— Au moment de la mort de Matthew, reprit Max, vous connaissiez déjà votre mari actuel, Ronald Dreason. Est-ce exact ?

— Nous étions collègues.

— Vous ne couchiez pas ensemble ?

Cheryl ne mordit pas à l'hameçon. D'un ton posé, elle répondit :

— Non.

— Vous en êtes sûre ?

— Sûre et certaine. Venez-en au fait, agent spécial.

— Je suis passé au cabinet du procureur qui a géré le dossier de votre fils. Ils ont toujours l'ADN de Matthew dans leur fichier.

Quelque chose changea dans l'expression de Cheryl, et il s'en aperçut.

— L'ADN de votre ex-mari est stocké dans un fichier aussi. C'est la règle pour tous les détenus. J'ai donc fait faire un test de paternité.

Cheryl Dreason se mit à secouer la tête.

— D'après le test, David Burroughs, l'homme condamné pour avoir assassiné Matthew Burroughs, n'est pas le père de l'enfant retrouvé mort dans son lit.

Surprise, Sarah ouvrit de grands yeux.

— Max ?

La voix de Cheryl fut à peine audible.

— Oh, mon Dieu…

Max ne la quittait pas des yeux.

— Docteure Dreason ?

Elle continuait à secouer la tête.

— David est le père de Matthew.

— Les résultats du test sont formels.

— Oh, mon Dieu.

Ses yeux s'emplirent de larmes.

— Alors David a raison.

— À propos de ?

— Matthew est toujours en vie.

34

J'ai enfin réussi à accéder à mon ancienne boîte mail quand Rachel quitte l'autoroute pour s'engager sur le parking d'un PGA Golf Store. Je cherche un mail vieux de huit ans. Le moteur de recherche m'aide à le retrouver. Je le lis et le relis. Juste pour être sûr.

— David ?

Le parking est immense, beaucoup trop grand pour un magasin de golf, et je me demande ce qu'ils vont y construire d'autre. Il y a une voiture solitaire garée à l'autre bout, près d'un bois, une Toyota Highlander. À travers les arbres, on aperçoit un parcours de golf. Pratique comme lieu de rendez-vous.

— Comment ça s'est passé avec Cheryl ? questionne Rachel.

— Elle a bien eu recours à un don de sperme.

Silence.

— Tu étais au courant ?

— Non, dit-elle doucement. David, je suis désolée.

— Ça ne change rien.

Elle ne relève pas.

— Même si je ne suis pas son père biologique, il reste toujours mon fils.

— Je sais.

— Et il est de moi. En soi, ce n'est pas important, mais j'en suis convaincu.

— Moi aussi, dit-elle en se garant à côté de la Toyota.

Un homme avec une casquette de base-ball en descend.

— Allons-y, me lance Rachel.

Elle laisse les clés sur le contact. L'homme à la casquette nous oriente :

— Prenez l'allée qui longe les arbres. Il n'y a pas de vidéosurveillance par là.

Nous échangeons nos véhicules. Tout simplement. C'est l'avocate de Rachel qui a tout arrangé. En quittant l'hôpital, nous nous sommes dit que Ronald risquait de donner l'alerte ou que, d'une façon ou d'une autre, nous pouvions nous faire repérer.

Rachel regagne l'autoroute. L'homme à la casquette nous a laissé deux nouveaux téléphones jetables sur le siège. Je les règle pour que tous les appels vers nos anciens téléphones soient transférés sur ceux-ci. Il y a aussi un marteau dans un sac de supermarché. Nous nous arrêtons dans un Burger King ; je file aux toilettes, m'enferme dans une cabine, broie les deux vieux téléphones à l'aide du marteau et jette les débris dans une poubelle.

Entre-temps, Rachel a acheté de quoi manger au drive-in. J'ai toujours détesté les fast-foods, mais cette fois, un Whopper avec des frites me semble une expérience mystique. J'engloutis le tout en un clin d'œil.

— On fait quoi maintenant ? demande-t-elle.

— On n'a plus que deux pistes, dis-je entre deux bouchées. Le parc d'attractions et l'institut de procréation.

— Hayden doit m'envoyer toutes les photos prises par les photographes professionnels.

Nous marquons un arrêt à un feu rouge. Elle jette un coup d'œil sur son téléphone.

— Tiens, justement…

— Quoi ?

— Il y a un message de lui.

— Avec les photos ?

Le feu passe au vert.

— Je me gare, et on voit ça.

Elle bifurque sur le parking d'un Starbucks.

— Elles sont dans une sorte de cloud auquel il faut accéder. Les fichiers sont trop volumineux pour être téléchargés.

— On peut faire ça à partir d'un téléphone jetable ?

— À mon avis, il nous faut un ordinateur portable. J'ai le mien, mais ils pourraient le localiser.

— C'est un risque à prendre.

— J'ai un VPN. Ça devrait le faire.

Rachel sort de son sac un ordinateur ultraplat, l'allume et affiche la page correspondante. Pour éviter de trop nous attarder, nous parcourons les photos à toute vitesse. Elles ont toutes été prises devant ce panneau publicitaire.

— Combien de temps pouvons-nous rester ici ? demande-t-elle.

— Je n'en sais rien. Tu devrais peut-être redémarrer. Une cible mouvante est plus difficile à détecter.

— Ça m'étonnerait, mais OK.

Je continue à faire défiler les photos, sans conviction. Quand on visite un parc d'attractions avec un enfant kidnappé, on ne pose pas devant une affiche à l'entrée. D'un autre côté, c'était il y a cinq ans. L'enfant a grandi. Tout le monde le croit mort. Et même s'il y a un risque, on ne peut pas le garder enfermé indéfiniment.

J'agrandis certaines photos. Les fichiers sont tellement gros qu'on y distingue les détails les plus infimes. À un moment, je remarque un petit garçon de l'âge de Matthew, mais lorsque je zoome sur lui, la ressemblance s'arrête là.

J'entends un téléphone vibrer. C'est celui de Rachel. Elle jette un coup d'œil sur le numéro et décroche en me faisant signe de me rapprocher pour que je puisse écouter.

— Allô ?

— Vous pouvez parler ?

— Oui, Hester.

Hester Crimstein, son avocate.

— Vous êtes seule ? demande Hester. Répondez par oui ou par non. Pas de noms.

Elle fait allusion à moi, bien sûr.

— Je ne suis pas seule, dit Rachel. Mais on peut parler sans problème. Qu'y a-t-il ?

— Je viens d'avoir une visite du FBI. Devinez à qui ils s'intéressent maintenant ?

Rachel me regarde.

— À vous, Rachel, déclare Hester. Vous.

— Oui, je m'en doutais.

— Vous avez été filmée dans l'hôpital de votre sœur en compagnie d'un détenu en cavale. Votre nouvelle coupe de cheveux ne vous sert plus de déguisement. J'ai dit au FBI que ce n'était pas vous sur la vidéo. J'ai dit que c'était une vidéo trafiquée. Ou alors, si c'était vous, que vous agissiez clairement sous la contrainte. Je leur ai raconté aussi des tas d'autres choses, mais je ne me rappelle plus quoi.

— Et ça a marché ?

— Pas du tout. Ils ont émis un avis de recherche à votre encontre. Vous et votre nouvelle coiffure n'allez pas tarder à apparaître aux informations. La gloire n'attend pas.

— Génial, dit Rachel. Merci de m'avoir prévenue.

— Un dernier conseil. Aux yeux du public, votre beau-frère est un meurtrier en cavale. De la pire espèce. Un infanticide. Il a volé une arme au directeur de la prison. Il a agressé un policier qui est toujours hospitalisé. Vous comprenez ce que je suis en train de vous dire ?

— Je pense que oui.

— Alors que les choses soient claires. David Burroughs est considéré comme armé et extrêmement dangereux. Il sera donc traité comme tel. Si la police l'intercepte, ils n'hésiteront pas à tirer. Vous êtes ma cliente, Rachel. Je ne tiens pas à ce que l'un de mes clients soit pris dans une fusillade. Les clients morts ne paient pas leurs factures.

Hester raccroche. Je contemple sur l'écran de l'ordinateur une photo de trois hommes avec la grande roue à l'arrière-plan. Ils sourient. Leurs visages sont rouges et je me demande si c'est le soleil ou l'alcool.

— Tu devrais me laisser gérer ça tout seul, dis-je à Rachel.

Elle répond :

— Chut.

Je n'insiste pas car je sais qu'elle ne m'écoutera pas, et par ailleurs j'ai besoin d'elle. Je continue à zoomer sur les photos quand une idée me traverse l'esprit.

— Cette photo de Matthew…

— Oui ?

— Ton amie Irene t'a montré un paquet de photos, non ?

— Quelques-unes, oui.

— Combien ?

— Je ne sais pas. Elle en a agrandi une dizaine, peut-être quinze.

— J'imagine qu'après avoir repéré Matthew, tu les as toutes examinées ?

— Oui.

— Comment ont-elles été prises ?

— C'est-à-dire ?

— Pellicule, numérique, téléphone… ?

— Ah. Son mari Tom est un passionné de photo. Mais je n'en sais pas plus. J'ai demandé à Irene si elle en avait d'autres, mais apparemment c'étaient les seules.

Je me tourne vers elle.

— Peut-on la joindre, ton Irene ?

— J'ai essayé avant de venir te voir, mais ils étaient à Aspen pour un mariage. Je pense qu'ils ont dû rentrer hier. Pourquoi ?

— Peut-être que Tom ou elle pourraient agrandir cette photo. Ou d'autres. Comme on a fait ici. En tout cas, le type qui était avec Matthew s'est bien gardé d'apparaître sur les images des professionnels. La seule personne qui l'a photographié à notre connaissance, c'est Tom.

— On pourrait donc trouver d'autres indices sur ses photos.

— Exactement.

Rachel réfléchit.

— Je ne me sens pas d'appeler Irene comme ça.

— Pourquoi ?

— Si mon portrait est diffusé à la télé et qu'elle le voit…

— Elle risque d'appeler les flics.

— Il y a des chances, acquiesce Rachel. En tout cas, elle ne m'accueillera pas à bras ouverts.

— Si ça se trouve, elle n'est même pas chez elle.

— Nous ne pouvons pas prendre ce risque, David.

Elle a raison.

— Où ils habitent, les Longley ? je demande.

— Stamford.

— C'est à une heure d'ici.

— Quel est notre plan, David ? On va chez eux, je sonne à la porte et lui demande de me montrer les photos ?

— Exactement.

— Elle peut très bien appeler la police à ce moment-là.

— Si elle a entendu les infos, on le verra tout de suite, et on décampera.

Rachel fronce les sourcils.

— C'est risqué.

— Mais ça vaut le coup d'essayer. Allons-y… On verra bien.

À l'orphelinat du petit pays des Balkans, le bébé fut prénommé Milo.

Milo avait été laissé pour mort dans des toilettes publiques. Personne ne savait qui étaient ses parents ; il fut donc déposé à l'orphelinat. Il avait l'air en bonne santé, sauf qu'il pleurait tout le temps. Visiblement, il souffrait. Un médecin lui diagnostiqua une maladie génétique rare. Son espérance de vie ne dépassait pas cinq ans.

En d'autres circonstances, Milo serait mort au bout de quelques semaines. Son état nécessitait beaucoup de soins et d'argent ; or, bien que financé par de généreux donateurs américains, l'orphelinat ne voulait pas dépenser ses ressources limitées pour un enfant condamné d'avance.

Le mieux aurait été de l'aider à partir en douceur.

Mais un autre sort lui était réservé.

Hayden Payne, de la famille des riches donateurs américains, entendit parler du petit garçon. Comment, ou pourquoi, s'intéresserait-il à ce cas particulier restait un mystère. Il y eut des rumeurs, bien sûr, mais ce que le personnel ignorait, c'est que Hayden avait demandé de l'avertir si l'on trouvait un garçon correspondant à un signalement bien précis. En apprenant que ce garçon était malade, son intérêt redoubla. Personne à l'orphelinat n'osa demander pourquoi un homme comme lui cherchait un enfant avec un profil aussi spécifique. La raison était simple. Sans les Payne, pas d'orphelinat, pas d'enfants secourus, pas de travail.

Pour tous ceux qui virent Hayden avec le petit garçon – et ils n'étaient pas nombreux –, Hayden Payne était un don du ciel. Il faisait ce qu'il pouvait pour Milo, pour que sa courte vie soit riche en distractions. Chaque jour était une nouvelle aventure. Tantôt Milo fut pompier, et on l'emmena faire un tour dans le grand camion. Tantôt il fut policier et s'amusa à actionner la sirène. Hayden lui fit visiter des foires, des zoos, des aquariums.

Il se faisait un devoir de lui embellir l'existence. Sans son intervention, Milo serait déjà mort après de longues souffrances. Hayden n'était pas obligé de faire tout ça. Il aurait pu choisir un enfant bien portant qui n'aurait manqué à personne. Cela aurait été plus simple à bien des égards. Mais non, il avait agi conformément à une certaine éthique. Il avait trouvé une vie qui aurait été perdue de toute façon et l'avait prolongée et égayée comme par miracle.

Puis, le moment venu, quand l'enfant atteignit la taille et le poids requis, que le plan fut minutieusement peaufiné et que, malgré les médicaments, le petit Milo recommença à souffrir, Hayden l'emmena aux États-Unis à bord d'un jet privé. Ils se rendirent en voiture dans le Massachusetts. Il lui administra un léger sédatif, indétectable en cas d'analyse, juste pour qu'il ne sente rien. Il le transporta dans la chambre de l'autre petit garçon, auquel il donna le même sédatif. Il s'était déjà arrangé pour que le whisky préféré du père en contienne une dose plus élevée.

Hayden mit l'autre garçon dans la voiture et enfila à Milo son pyjama de super-héros Marvel.

Milo dormait dans le lit quand Hayden leva la batte de base-ball au-dessus de sa tête. Fermant les yeux, il pensa au professeur Tyler, au garçon qui terrorisait tout le monde à l'école primaire, à cette fille qui n'arrêtait pas de hurler – à toutes les fois où il était intervenu, toujours avec raison. Sentant la rage monter, il rouvrit les yeux.

Hayden croyait et espérait que Milo était mort sur le coup.

Mais il frappa encore et encore.

Ce fut lorsqu'il arriva avec l'enfant dans la propriété familiale, là où il était enfin en sécurité, que bizarrement Hayden Payne se mit à paniquer.

— *Pixie, j'ai quelque chose à te dire...*

Qu'avait-il fait ? Après tous ces préparatifs, ces années d'attente, pourquoi était-il soudain rongé par le doute ? Et si, confia-t-il à sa grand-mère, il avait commis une terrible erreur ? Si l'enfant n'était pas de lui ? Pouvait-il remonter dans le temps pour tout remettre en ordre ?

Ou était-ce déjà trop tard ?

Comme d'habitude, Pixie se montra calme, prudente, rationnelle. Elle envoya Stephano vérifier que Hayden n'avait laissé aucune trace, rien qui puisse permettre de l'identifier. Puis, pour tranquilliser son petit-fils, elle lui fit faire un test de paternité. Il fallut attendre toute une journée pour les résultats – une journée qui lui parut interminable –, mais finalement, Pixie annonça fièrement à Hayden qu'il avait fait ce qu'il fallait.

Theo – autrefois connu sous le nom de Matthew – était bien son fils.

La voix de Pixie le ramena au moment présent.

— Hayden ?

Il s'éclaircit la voix.

— Oui, Pixie.

— Tu lui as envoyé les photos, dit-elle.

— Celles de nos deux photographes sur les quatre. Ceux-là, on ne les a jamais croisés, et j'ai tout contrôlé moi-même.

— De toute façon, Theo et toi devez partir.

— Nous décollerons demain matin, répondit Hayden.

35

Nous nous arrêtons devant la villa des Longley dans Barclay Drive à North Stamford. Couché sur la banquette arrière, je suis caché sous une couverture. Barclay Drive est une voie typique d'une banlieue résidentielle. Un homme seul dans une voiture ne manquerait pas d'attirer l'attention.

— Ça va ? demande Rachel.

— Tout baigne.

Elle m'appelle sur mon téléphone jetable. Je réponds. Nous faisons un essai rapide : elle parle, j'écoute. Ainsi, je pourrai entendre sa conversation avec Irene ou Tom, le premier qui lui ouvrira la porte. Une méthode basique, mais que j'espère efficace.

— Je laisse les clés dans la voiture, dit-elle. Si jamais ça tourne mal, n'attends pas, taille la route.

— OK. J'ai toujours l'arme sur moi. Si on t'arrête, dis aux flics que je t'ai forcée.

Elle me regarde en fronçant les sourcils.

— Oui mais non.

Je m'enfouis sous la couverture et, faute d'écouteurs, colle le téléphone contre mon oreille. C'est un peu bizarre de se planquer ainsi sur le siège arrière d'une voiture, mais en cet instant, c'est le dernier de mes soucis.

Dans le téléphone, j'entends les pas de Rachel et le tintement distant d'une sonnette.

Quelques secondes passent. Puis Rachel dit doucement :

— Il y a quelqu'un qui arrive.

La porte s'ouvre, et une voix féminine s'exclame :

— Rachel ?

— Salut, Irene.

— Qu'est-ce que tu fais ici ?

Je n'aime pas ce ton. Pas de doute, elle est au courant pour l'avis de recherche. Je me demande comment Rachel va la gérer.

— Tu te souviens, les photos du parc d'attractions que tu m'as montrées ?

Irene, déconcertée :

— Comment ?

— Ce sont des photos numériques ?

— Oui. Attends, c'est pour ça que tu es venue ?

— J'en ai photographié une avec mon téléphone.

— Oui, j'ai vu.

— J'aimerais bien revoir les autres, si possible. Ou les fichiers.

Le silence qui suit ne me dit rien qui vaille.

— Ne bouge pas, répond Irene. Laisse-moi une seconde.

Je sais que je suis sur le point de faire une bêtise, mais je réagis instinctivement. L'instinct est l'alibi des paresseux, une excuse pour ne pas réfléchir ni peser le pour et le contre, et déployer l'artillerie lourde avant de prendre une décision.

Quand je bondis hors de la voiture, j'ai déjà le pistolet à la main.

Je me précipite vers la porte d'entrée. Même à distance, je vois Irene écarquiller les yeux. Elle se fige. Tant mieux. Je craignais qu'elle ne rentre dans la maison en fermant la porte. Je lève mon arme.

Rachel dit :

— David ?

Elle n'a pas le temps d'ajouter : « Mais qu'est-ce qui te prend ? » Je me plante devant Irene et lui intime d'une voix rauque :

— Pas un geste.

— Oh, mon Dieu… S'il vous plaît, ne me faites pas de mal !

Rachel me fusille du regard. Je lui rends la pareille pour lui signifier que je n'ai pas d'autre choix.

— Écoutez, Irene, c'est juste pour que vous n'appeliez pas la police. Je ne vous veux pas de mal.

Mais elle lève les mains, et ses yeux se dilatent de plus belle.

— Nous avons besoin de voir vos photos, lui dis-je.

Je baisse le pistolet et sors celle que je garde dans ma poche.

— Vous voyez ce garçon ? Là, à l'arrière-plan.

Elle est trop terrifiée pour me quitter des yeux.

— Regardez, dis-je en haussant un peu trop la voix. S'il vous plaît.

— Si on en discutait à l'intérieur ? glisse Rachel.

Nous entrons. Irene est hypnotisée par le pistolet. J'en suis désolé pour elle. Quoi qu'il se passe, elle ne sera plus jamais la même. Elle connaîtra la peur. Elle perdra le sommeil. Je l'ai privée de quelque chose aujourd'hui dès l'instant où j'ai sorti mon arme. C'est ça, la violence. Son empreinte reste définitivement gravée en vous.

— Je ne vous ferai pas de mal.

Voilà que je radote.

— J'ai passé ces cinq dernières années en prison pour le meurtre de mon fils. Je ne l'ai pas tué. C'est lui sur cette photo. C'est pour ça que je me suis évadé. C'est pour ça que Rachel et moi sommes ici. Nous essayons de retrouver mon garçon. S'il vous plaît, aidez-nous.

Elle ne me croit pas. Ou alors elle s'en moque. Elle aussi se laisse guider par son instinct. L'instinct de survie.

— Il dit la vérité, renchérit Rachel.

Mais je doute qu'elle l'entende.

— Qu'est-ce que vous voulez ? souffle Irene, paniquée.

— Juste voir les photos. C'est tout.

La minute d'après, nous sommes dans sa cuisine. Il y a des dizaines de photos sur le réfrigérateur : elle, Tom et leurs deux garçons. Elle s'installe devant le plan de travail et, d'une main tremblante, ouvre son ordinateur portable. Je surprends les regards qu'elle jette sur le frigo. Comme pour puiser des forces auprès des siens, ou alors me rappeler qu'elle a une famille.

— Ça va bien se passer, lui dis-je. Je vous le promets.

Ça n'a pas l'air de la rassurer. J'en suis navré. Elle n'est pour rien dans cette histoire. Seule consolation : quand je serai vengé, le possible stress post-traumatique que mon attitude lui a infligé aujourd'hui se dissipera peut-être.

— Que voulez-vous que je fasse ? demande Irene.

Rachel tente de poser une main réconfortante sur son épaule. Irene se dégage d'un mouvement brusque.

— Montrez-nous simplement les photos de cette journée, dis-je.

Elle clique à côté, sans doute à cause de sa nervosité. J'ai rangé le pistolet pour qu'elle ne le voie plus, mais elle ne l'oublie pas pour autant. Finalement, elle ouvre un fichier, et les photos miniatures s'affichent à l'écran.

Elle se lève du tabouret et, d'un geste, invite l'un de nous deux à prendre sa place. Rachel s'assoit et clique sur la première photo. On y voit l'un des garçons, montrant tout sourire le grand huit derrière lui.

— Je peux y aller maintenant ? hasarde Irene, la voix tremblante.

Je lui réponds aussi gentiment que possible :

— Désolé. Vous allez appeler la police.

— Je vous promets que non.

— Restez avec nous encore une minute, d'accord ?

A-t-elle vraiment le choix ? Nous faisons défiler les photos, une succession de manèges et de personnages costumés, ainsi qu'une sorte de delphinarium. Chaque fois, nous nous concentrons sur l'arrière-plan.

Au bout d'un moment, nous tombons sur la photo qui a tout déclenché. Je me tourne vers Irene.

— Ce garçon derrière vous. Vous ne vous souvenez pas du tout de lui ?

Elle scrute mon visage comme pour y chercher la bonne réponse.

— Non, désolée.

— Il a une tache de naissance lie-de-vin sur la joue. Ça ne vous dit rien ?

— Non, désolée. Je ne… Il est juste à l'arrière-plan. Je ne me souviens pas de lui. Je suis désolée.

Rachel zoome sur l'image et mon cœur se met à battre plus vite. La qualité à l'écran est excellente, comparée à la version imprimée qu'elle m'a montrée au parloir. Tandis qu'elle se rapproche lentement du visage du garçon, j'ai l'impression que ma poitrine va éclater. Je lance un regard à Rachel. Elle l'a remarqué aussi. L'image est nette. Bientôt, le visage de l'enfant emplit tout l'espace.

Nous nous regardons. Plus aucun doute possible.

C'est Matthew.

Tandis que je me demande si cette piste s'arrête là, Rachel déplace le curseur vers la droite.

— Qu'est-ce que tu fais ?

Elle ne répond pas. Nous remontons le long du bras de Matthew jusqu'à sa petite main. Soudain, Rachel pousse une exclamation étouffée.

— Rachel ?

— Oh, mon Dieu…

— Quoi ?

Elle désigne la main de l'homme qui serre celle de mon fils.

— La chevalière, dit-elle.

On distingue bien la pierre violette et l'écusson. Je plisse les yeux pour mieux voir.

— Ce n'est pas le genre de bague qu'on offre à la remise des diplômes ?

— Si.

Elle se tourne vers moi.

— C'est la bague de l'université de Lemhall.

36

— Nom d'un chien, Max, tu veux bien m'expliquer ce qui se passe ?

Sarah conduisait. Elle fixait la route, mais il eut l'impression que son regard le transperçait.

— Je ne suis pas sûr que ce soit Burroughs.

— Quoi ?

— Qui a tué le gamin.

— Tu es avocat de la défense maintenant ?

— Non, dit Max. Je suis agent spécial en mission.

— Et la mission, c'est d'arrêter un détenu en cavale. Si ce n'est pas lui, il y a des lois, des tribunaux et tout un système judiciaire pour y remédier. Ce n'est pas ton boulot. Ni le mien. Notre boulot est de le ramener au pénitencier.

— Notre boulot a partie liée avec la justice.

— Il s'est évadé de prison.

— Ça reste sujet à discussion.

— Pardon ?

— On l'a aidé. Nous le savons tous les deux.

— Tu parles du directeur.

— Oui. J'ai eu une conversation avec lui.

Max lui résuma son entrevue avec Philip Mackenzie. Le visage de Sarah s'empourpra.

— Nom de Dieu, éructa-t-elle, il faut qu'on arrête Mackenzie.

— Sarah…

— Non, mais tu entends, Max ? On t'a mené en bateau.

— Le test ADN…

— … montre qu'il n'est pas le père ? Et alors ? À la limite, ça ne fait qu'aggraver son cas.

— Comment ça ? dit Max.

— Sa femme. Celle qu'on vient de voir. Elle ne nous dit pas tout. Tu l'as remarqué, non ?

— En effet.

— C'est très simple, Max. Elle a eu une liaison. Peut-être même avec son mari actuel. Si ça se trouve, Matthew est son fils, à ce Dreason, et David Burroughs l'a découvert.

— Du coup, il a tué le petit garçon ?

— Et pourquoi pas ? Tu crois qu'il serait le premier cocu à trucider un rejeton ? De toute façon, écoute-moi bien, Max… C'est à la justice, même si elle n'est pas parfaite je te l'accorde, de régler ces questions-là. Pendant ton temps libre, tu pourras aller faire le tour des prisons pour trouver des personnes condamnées à tort et aider à les innocenter. Vas-y. Ce serait admirable. Mais ne les fais pas évader, Max. Ne leur fournis pas d'armes. Ne les laisse pas détruire ce qui reste de notre système judiciaire certes usé et défectueux. Nous devons capturer Burroughs. C'est un criminel armé et dangereux, et il faut le traiter comme tel. Tu comprends ?

— Je veux savoir si, oui ou non, il a tué son fils.

— Dans ce cas, rétorqua Sarah, j'arrête les frais.

— C'est-à-dire ?

— Je te retire ce dossier, Max. Tu n'es plus sur le coup.

— Tu me ferais ça, à moi ?

— Je t'aime, dit Sarah. J'aime aussi nos serments et notre système judiciaire. Mais tu n'as pas les yeux en face des trous.

Son téléphone vibra. Elle répondit :

— Jablonski.

— Burroughs vient de pénétrer par effraction dans une maison du Connecticut. Il retient une femme en otage en la menaçant avec une arme.

Que pouvais-je faire d'autre ?

Je n'allais pas descendre Irene Longley. Je n'allais pas la ligoter. C'est bon pour la télé, mais en pratique, c'est une autre paire de manches. Si on avait eu plus de temps, on aurait confisqué son téléphone et on l'aurait enfermée dans un débarras, mais elle avait hâte de nous voir partir car ses fils n'allaient pas tarder à rentrer. En même temps, je n'avais pas envie de la traumatiser davantage, et puis imaginez la réaction des deux jeunes garçons s'ils trouvaient leur mère enfermée dans un placard.

Nous l'avons donc suppliée de ne pas appeler la police. Nous avons expliqué en long et en large que nous voulions retrouver mon fils. Elle a hoché la tête, mais là encore, c'était surtout pour ne pas me contrarier. Elle n'écoutait pas. Alors nous avons repris la route en espérant que tout irait bien.

Que pouvions-nous faire d'autre ?

La police finirait par nous localiser. Ce n'était plus qu'une question de temps. Nous avons hésité à échanger encore une fois les plaques avec une autre voiture, à appeler Hester Crimstein pour qu'elle nous envoie un autre véhicule ou même à prendre un Uber. Mais nous avons conclu que tout cela ne ferait que nous ralentir.

Il nous fallait un peu plus de deux heures pour nous rendre chez les Payne. La police n'avait aucune idée de notre destination. Alors nous avons décidé, Rachel et moi, de tenter notre chance.

La fin de la partie était proche. Il n'y avait plus de raison de fuir.

Rachel m'a passé le volant. Je roule au-dessus de la vitesse autorisée, mais pas suffisamment pour nous faire arrêter. Ça fait bizarre de conduire après cinq ans d'interruption. Non pas que j'aie perdu mes réflexes. La voiture, c'est comme le vélo, ça ne s'oublie pas. Mais au bout de cinq années d'enfermement, la sensation est étrangement revigorante. Si je me suis évadé, c'est uniquement pour retrouver Matthew. Je ne pensais pas à moi. Mais maintenant que j'ai goûté à la vraie vie, je voudrais être libre à nouveau.

— Je ne comprends pas, dit Rachel. Que ferait Matthew chez Hayden Payne ?

J'ai ma petite idée là-dessus, mais pour l'instant je préfère la garder pour moi.

— Tu crois que je devrais l'appeler ? demande-t-elle.

— Hayden ?

— Oui.

— Pour lui dire quoi ?

Elle marque une pause avant de répondre :

— Je ne sais pas.

— Il faut qu'on aille là-bas.

— Et ensuite, David ? Ils ont un portail. La propriété est gardée.

— Je me planquerai à l'arrière comme tout à l'heure.

— Vraiment ?

— Il ne faut pas qu'il se doute de quelque chose.

— Oui, d'accord, mais je ne peux pas débarquer comme ça, sans prévenir. Nous ne savons même pas s'il est chez lui.

Quelque part, ça n'a pas d'importance. Nous n'avons plus qu'une destination, une seule : le domaine des Payne à Newport. Si Hayden Payne n'est pas là, nous nous garerons à proximité et nous attendrons.

Il a mon fils.

— On devrait peut-être alerter la police, suggère Rachel.

— Et on leur dit quoi ?

— Que Matthew est en vie et que, selon toute probabilité, c'est Hayden Payne qui l'a avec lui.

— Et à ton avis, comment la police réagira à cette annonce ? Elle ira perquisitionner chez l'une des plus grandes fortunes du pays avec pour seule preuve… quoi ? Une photo ?

Elle ne répond pas.

— Et si l'enfant représente une menace pour la dynastie des Payne, penses-tu qu'ils vont nous le rendre… ou se débarrasser des pièces à conviction ?

Je conduis avec un œil sur le rétroviseur, craignant à tout moment d'apercevoir le gyrophare d'une voiture de police. Nous roulons à bonne allure.

— Prends mon téléphone, dis-je à Rachel.

— Hein ?

— J'ai fait une capture d'écran d'un vieux mail. Lis-le.

Elle obéit. Puis elle range le téléphone et demande :

— Tu veux qu'on en parle ?

— Pas maintenant. Concentrons-nous sur ce qui nous attend.

Le trajet touche à sa fin quand Rachel et moi échafaudons un semblant de plan. Elle saisit son téléphone et appelle Hayden.

J'entends sonner. Mon cœur s'affole.

— Rachel ?

C'est sa voix. La voix de Hayden Payne. Je le sais à présent. Il m'a pris mon fils. Je crois même deviner pourquoi, mais la raison m'importe peu.

Rachel se racle la gorge.

— Salut, Hayden.

— Tu vas bien ?

— Oui, ça va.

— Tu as reçu les photos que je t'ai envoyées ?

— Oui, merci. C'est pour ça que j'appelle. Je peux passer te voir ?

— Quand ?

— D'ici une dizaine de minutes.

— Je suis au domaine.

— J'arrive à Newport. Je peux passer ?

S'ensuit une longue pause. Rachel me regarde. Je m'efforce de respirer calmement. Quelques secondes s'écoulent. Finalement, elle n'y tient plus.

— J'aimerais te parler de certaines de ces photos.

— Tu as retrouvé ton mystérieux petit garçon ? demande-t-il.

— Non, je crois que là-dessus, tu avais raison, Hayden.

— Ah bon ?

— Matthew ne figure sur aucune de ces photos. Je pense que mon neveu est mort il y a cinq ans. Je pense aussi que quelqu'un cherche à piéger David.

— Le piéger, comment ?

— J'ai besoin de ton aide pour identifier certaines personnes sur ces photos.

— Rachel, il y avait des milliers de nos salariés au parc ce jour-là. Moi, j'étais à l'étranger. Je ne vois vraiment pas…

— Mais tu veux bien m'aider, non ? Je te montrerai les personnes en question, et tu pourras peut-être te renseigner. Je suis presque devant chez toi. J'ai juste besoin d'un petit coup de pouce.

— David est avec toi ?

— Quoi ? Non.

— La police te soupçonne d'être mêlée à son évasion. J'ai entendu ça aux infos.

— Il n'est pas avec moi, dit-elle.

— Tu sais où il est ?

Elle s'empresse de saisir la perche qu'il lui tend.

— Pas au téléphone, Hayden. Je serai là dans cinq minutes.

Elle raccroche. Nous nous garons à l'écart de la route. J'ouvre le hayon arrière et me faufile dans le coffre dissimulé par un cache en plastique noir. Plié en deux, je l'abaisse sur moi. Je suis planqué. Nos téléphones sont connectés de manière à ce que je puisse tout entendre. Rachel prend le volant.

Je suis couché dans le noir. Cinq minutes plus tard, Rachel annonce :

— J'arrive à la guérite du gardien.

Je distingue une conversation étouffée. Rachel se présente. Immobile, je retiens mon souffle.

D'un ton faussement joyeux, Rachel lance :

— Merci !

Et nous voilà repartis.

— David, tu m'entends ?

Je remets le son sur mon téléphone.

— Je suis là.

— Dans environ quinze secondes, je prendrai le virage dont je t'ai parlé. Tu es prêt ?

— Oui.

Ça fait partie du plan. Le chemin qui mène vers la maison est bordé de thuyas. À un moment, il y a un tournant qui correspond à un angle mort. C'est là que je peux descendre, m'a dit Rachel, et me cacher derrière les arbres. Avec un peu de chance, je ne me ferai pas repérer.

— Maintenant, dit-elle.

La voiture s'arrête. Je m'extirpe du coffre et referme le hayon. Le tout m'a pris moins de trois secondes. Courbé en deux, je plonge derrière un thuya. Rachel redémarre. Je me redresse et risque un coup d'œil à travers la haie. La vue qui s'offre à moi est à couper le souffle. Le domaine des Payne est bâti sur une falaise. À distance, par-delà un tapis de verdure, j'aperçois les vagues de l'océan Atlantique.

Le jardin doit être entretenu par des dieux. Il y a des arbustes taillés en forme d'animaux, de gens, de gratte-ciel même. La fontaine centrale est une sculpture moderne, une tête géante recouverte de miroirs qui crache de l'eau par la bouche. La maison se dresse sur la droite. On s'attend à voir une vénérable demeure chargée d'histoire, or les Payne ont opté pour une construction blanche et géométrique. Malgré la modernité, de la vigne vierge et du lierre grimpent sur les murs. Sur la gauche, on dirait un parcours de golf. Il n'y a que deux trous, mais combien en faut-il dans une propriété privée ? Il y a aussi deux cascades et une piscine à débordement qui se confond avec l'océan.

Personne dehors. Tout est silencieux hormis la rumeur lointaine des vagues qui se fracassent sur les rochers.

Et maintenant ?

Notre plan, assez primaire je l'avoue, est que j'explore la propriété à la recherche de… quelque chose. Idéalement, de Matthew. Je sais, je sais… Mais que faire d'autre ? Rachel va parler à Hayden. Le mettre au pied du mur. Et si rien ne marche, si nous ne trouvons pas Matthew…

J'ai toujours mon arme sur moi.

Curieusement, je me sens en sécurité. Je suppose qu'Irene a déjà appelé la police. Ils finiront bien par nous retrouver grâce à des caméras routières ou autres, mais ça nous laisse de la marge. Enfin, je l'espère.

Je me faufile entre les thuyas en direction de la maison. Lorsque je suis suffisamment proche pour voir la porte d'entrée, je m'accroupis et j'attends. Une cinquantaine de mètres me séparent de la demeure. Elle est immense, évidemment.

Rachel arrive à la porte lorsque celle-ci s'ouvre sur Hayden Payne.

37

Gertrude Payne termina ses longueurs dans la piscine intérieure. Elle nageait quarante-cinq minutes tous les jours depuis trente ans. Même si elle résidait surtout à Newport, sa villa à Palm Beach et son ranch à Jackson Hole étaient également équipés de bassins intérieur et extérieur. L'exercice physique lui faisait du bien. Elle nageait plus lentement maintenant, ce qui n'était pas très surprenant pour son âge. Jeune, elle aurait voulu faire de la compétition, mais elle était prisonnière d'une époque où son père considérait le sport féminin comme une perte de temps. N'empêche, elle adorait l'eau, le calme, le cerveau en mode pause, quand le seul bruit était celui, régulier, de sa respiration.

L'un de ses petits-neveux appelait cela « la petite récréation mentale de Pixie ».

Il n'avait pas tort.

Lorsqu'elle sortit de l'eau, Stephano lui tendit une serviette.

— Un problème ?

— Rachel Anderson vient d'arriver.

Il lui rapporta la conversation téléphonique entre Hayden et son amie de jeunesse. Ils surveillaient ses appels depuis l'évasion de Burroughs car Hayden pouvait se montrer impulsif et puéril. Il était le jouet de ses émotions, et le danger d'un faux pas n'était jamais très loin.

— Que faut-il faire ? demanda Gertrude.

— On est en train de perdre le contrôle.

— Vous ne croyez pas à son histoire de photos ?

Stephano fronça les sourcils.

— Et vous ?

— Non plus. Vous avez un plan ?

— D'après les dernières nouvelles, Rachel Anderson est soupçonnée de complicité dans une affaire d'évasion, celle d'un criminel infanticide, d'un pénitencier fédéral, commença Stephano posément.

Jamais il ne haussait le ton. Il était toujours placide, toujours maître de lui en toutes circonstances.

— Pour être franc, nous devrions l'intercepter pendant qu'elle est ici. Nous découvrirons où se cache David Burroughs. Elle le sait forcément. Nous le retrouverons. Et on les fera disparaître tous les deux. Pour de bon. Je chargerai l'un de mes hommes de partir avec sa voiture. Et si la police apprend qu'elle est venue ici, on aura la preuve comme quoi elle est repartie.

— Ils vont se volatiliser… comme ça ? fit Gertrude.

— Oui.

— La police pensera quoi, qu'ils ont pris la fuite ?

— Certainement. Et ils poursuivront les recherches.

— Sans résultat.

— C'est ça, acquiesça Stephano.

— Et s'ils en ont déjà parlé à quelqu'un ?

— Personne ne le croira, sourit-il. Et quand bien même, entre vos avocats et ce que je vais faire, nous étoufferons la moindre velléité dans l'œuf.

Gertrude réfléchit. Au fond, c'était logique. La meilleure façon de régler un problème est de *se débarrasser* du problème.

— Il n'y a vraiment pas d'autre moyen ?

Stephano ne se donna pas la peine de répondre.

— Où est Rachel ?

— Elle vient juste de passer le portail. J'attendais seulement votre feu vert.

— Je vous le donne.

Hayden serra Rachel dans ses bras. Elle le laissa faire, même si son premier réflexe fut de se dégager. Elle n'avait plus aucun doute maintenant. Les mensonges, les manigances, son penchant pour la violence. Le nombre de fois où la famille avait couvert tout ça. Rachel avait fermé les yeux parce que cela l'arrangeait. Parce qu'il l'avait sauvée, ce fameux soir de Halloween. Et parce que fréquenter quelqu'un d'aussi riche et puissant lui procurait un frisson d'excitation.

— Je suis content de te revoir ici, dit Hayden sans la lâcher. Depuis combien de temps tu n'avais pas remis les pieds au domaine ?

Il s'écarta pour mieux la regarder, et elle se força à sourire.

— Qu'est-ce qui ne va pas ? demanda-t-il.

— On peut aller faire un tour au jardin ?

— Bien sûr. Je croyais que tu avais des photos à me montrer.

— Tout à l'heure. Je voudrais te parler d'abord, si ça ne t'ennuie pas.

Hayden hocha la tête.

— Avec plaisir.

Ils descendirent en silence dans le jardin. On pouvait apercevoir un peu plus loin la fontaine en forme de tête et entendre le bruit des vagues.

— C'est beau, hein ? fit-il.

— Oui.

— Tu vois bien la même chose que moi, n'est-ce pas ?

— Je ne suis pas sûre de te comprendre, Hayden.

— Nous voyons cette beauté tous les deux. Nous vivons tous les deux la même expérience. Nous avons des employés ici, des gens qui travaillent pour nous. Ils ont des yeux comme moi et contemplent la même vue que moi. Ici, il n'y a pas de point de vue réservé aux riches. Alors pourquoi nous envient-ils, alors que nous pouvons admirer le même paysage ?

Rachel connaissait bien cette tendance qu'il avait à vouloir justifier sa fortune par tous les moyens. Mais elle ne tenait pas à entamer le débat, pas maintenant. Elle scruta la haie de thuyas à la recherche de David, mais soit il était bien caché, soit il n'était pas là.

— Hayden ?

— Oui ?

— Je suis au courant.

— Au courant de quoi ?

— Matthew est avec toi.

— Pardon ?

— On peut passer sur les dénégations ? Je le sais, c'est tout. Tu as inventé l'actrice italienne. Tu es parti à l'étranger pour que personne ne voie l'enfant.

Ta famille est super riche, mais tu n'es pas du genre à alimenter les potins, et ce n'est pas comme si une meute de paparazzis te poursuivrait pour photographier ton supposé fils.

Les mains derrière le dos, Hayden regarda le ciel en plissant les yeux.

— J'ai eu accès à la version numérique de cette photo, continua-t-elle, et j'ai pu l'agrandir. Le petit garçon sur la photo tient la main d'un homme. Ta main, Hayden.

— Et qu'est-ce qui te fait dire ça ?

— Ta chevalière.

— Tu penses que je suis le seul à en porter une ?

— Étais-tu au parc d'attractions ce jour-là ? Oui ou non ?

— Et si je dis non ?

— Je ne te croirai pas, riposta Rachel. C'était qui, dans le lit de Matthew ?

— Tu dérailles, Rachel.

— J'aimerais bien. David a peut-être une explication.

— David Burroughs, s'esclaffa Hayden. Le criminel en cavale dont tu t'es rendue complice. Je meurs d'envie d'entendre sa version des faits.

— Il pense que tu étais amoureux de moi.

— Vraiment ?

— Ça ne m'avait pas échappé. Que tu en pinçais pour moi à l'université. Mais je croyais que notre lien était né de cette horreur que nous avions vécue ensemble.

— Par « cette horreur », fit Hayden, une note métallique dans la voix, tu sous-entends le fait que je t'ai sauvée du viol ?

— Oui, Hayden, c'est exactement ce que je veux dire.

— Tu devrais m'en être reconnaissante.

— Je l'étais. Je le suis toujours. Mais nous avons eu tort. Nous aurions dû le signaler. Et tant pis pour les conséquences.

— Je risquais d'être exclu, voire pire.

— C'était peut-être le prix à payer.

— Parce que je t'ai sauvée ?

— Si c'est le cas, les autorités l'auraient compris. Mais on ne le saura jamais. Nous avons choisi de garder le secret. C'est une vieille tradition chez les Payne, n'est-ce pas, Hayden ? Ta famille utilise ses ressources pour enfouir ce qui la dérange.

— Absolument, répliqua Hayden. Les riches sont méchants. Comment l'as-tu deviné ?

— Il n'est pas question de bon ou de méchant. Il n'y a personne ici pour tenir les comptes.

— Tu crois en Dieu, Rachel ?

— Qu'est-ce que ça change ?

— Moi, oui. Je crois en Dieu. Et regarde ce qu'il m'a donné.

Il balaya le paysage d'un grand geste circulaire.

— Regarde, Rachel. Regarde ce que Dieu a donné à la famille Payne. Tu penses que c'est le fruit du hasard ?

— Pour ne rien te cacher, oui.

— Foutaises. Sais-tu pourquoi les riches se considèrent comme des êtres à part ? Parce qu'ils sont des êtres à part. Soit on croit en un Dieu juste qui nous a distingués… soit on croit en un monde qui n'est que chaos et chance occasionnelle. Tu choisis quoi, toi ?

— Chaos et chance occasionnelle, répondit Rachel. Où est Matthew, Hayden ?

— Non, attends, je veux entendre la version de David. Il pensait que j'étais tombé amoureux de toi. Et ensuite ?

— C'était vrai, non ?

Il s'arrêta, se tourna vers elle.

— Et qui te dit que ce n'est pas toujours vrai ?

— Quand j'ai demandé un rendez-vous à Barb Matteson pour un don de sperme, elle t'en a informé, n'est-ce pas ?

— Admettons, et alors ?

— Ça t'a contrarié. Tu me voulais pour toi tout seul. Or voilà que j'allais recourir à un donneur pour avoir un bébé. Tu trouvais ça absurde, non ?

Il sourit de toutes ses dents.

— Tu as ton téléphone sur toi ?

— Oui.

— Donne-le-moi.

— Pourquoi ?

— Je veux m'assurer que tu n'es pas en train d'enregistrer notre conversation.

Elle hésita. Il continuait à sourire comme un maniaque. Discrètement, elle regarda autour d'elle. Aucun signe de David.

— Donne-moi ton téléphone, Rachel.

Sa voix se fit cinglante. Elle n'avait pas le choix. Elle fouilla dans sa poche, cherchant à éteindre son téléphone à tâtons, mais il lui saisit la main pour l'en empêcher.

— Aïe ! Qu'est-ce qui te prend, Hayden ?

Il lui arracha le téléphone et consulta l'écran.

— C'est quoi, ce machin ?

— Un téléphone jetable.

Il le contempla fixement.

— Je veux connaître le reste de ton histoire, Rachel.

— Qu'as-tu ressenti après cette conversation avec Barb ?

— La même chose que chaque fois que tu avais un nouveau petit copain à la noix. Quel gâchis.

— Ça aurait dû être toi.

— Ça aurait dû être moi. J'ai volé à ton secours, Rachel. Tu étais à moi.

— Ta famille possédait cette clinique de procréation.

— Vas-y, continue.

— C'était facile à arranger. As-tu menacé quelqu'un ou lui as-tu graissé la patte ?

— J'ai rarement besoin de menacer. Généralement, l'argent et les clauses de confidentialité suffisent.

— Tu as veillé à ce qu'ils utilisent *ton* sperme pour le don.

Fermant les yeux, Hayden sourit et offrit son visage aux rayons du soleil.

— Il n'y a que toi et moi ici, Hayden. Autant vider ton sac.

— Tu n'aurais pas dû faire ça.

— Faire quoi ?

Il ne souriait plus.

— Tu t'attendais à quoi, Hayden ?

— Je pensais que tu allais accoucher de mon fils. Que j'allais tout t'avouer par la suite.

— Et que ça m'inciterait à tomber amoureuse de toi ?

— Peut-être. De toute façon, on aurait été une famille, non ? Au pire, tu m'aurais repoussé et tu aurais élevé mon enfant seule. Mais avec un peu de chance, tu m'aurais laissé faire partie de ta vie. Tu n'es pas insensible à l'influence de ma famille. Souviens-toi de ces vacances de printemps, du vol en jet privé et du séjour à Antigua. Ça t'avait beaucoup plu, Rachel. Ça se voyait sur ton visage. Tu adorais les fêtes. La toute-puissance de l'argent. C'est ce qui nous a rapprochés, entre autres. Donc oui, mon plan était de te féconder. Quel intérêt de recourir à un donneur de sperme anonyme alors que j'étais là ?

— Un être à part aux yeux de Dieu, ajouta-t-elle.

— Parfaitement. D'excellents gènes. Quelqu'un qui tient à toi. C'était tout à fait logique.

— Sauf que je n'ai jamais mis les pieds dans cette clinique.

— Oui. Tu les as bien eus. C'est drôle quand on y pense. Tu accuses ma famille d'enfouir des secrets inavouables…

— … et ma sœur et moi, on a fait pareil.

— Oui, Rachel.

— Quand as-tu compris que c'était Cheryl et pas moi ?

— Tu n'es jamais tombée enceinte, alors que Cheryl, si. Je suis allé chez Berg. J'ai montré ta photo au médecin. Elle ne t'a pas reconnue. J'ai ensuite montré la photo de Cheryl…

Il haussa les épaules.

— Et puis ?

— J'ai attendu. J'ai échafaudé des plans. J'ai observé. David était en train de partir en vrille. Tu le sais bien, non ? Leur mariage n'allait pas durer. Cheryl lui avait menti, et ça le rongeait. À mon avis, il se doutait déjà que cet enfant n'était pas de lui. J'ai donc gardé un œil sur eux. J'ai pris mon mal en patience.

— Tu as tué un autre enfant.

— Non, Rachel.

— Il y a bien eu un meurtre cette nuit-là.

— Cela faisait partie du plan. J'ai attendu. J'ai offert une vie de rêve à cet enfant.

— De quoi tu parles, là ?

— Ce n'est pas important.

— Ça l'est pour moi.

— Non, Rachel. La seule chose qui te concerne, c'est le petit garçon que j'ai secouru cette nuit-là. Mon fils.

— Tu as piégé David pour le faire accuser du meurtre.

— Pas vraiment. Au procès, quand cette vieille femme a témoigné l'avoir vu enterrer la batte de base-ball, j'avoue que ça m'a sidéré. Tu sais ce que j'ai pensé ?

— Dis-moi.

— Qu'il avait fini par croire que c'était lui et qu'il avait donc caché la batte lui-même. Plus tard, j'ai appris qu'il y avait une histoire de vengeance contre son père. Non, je n'avais nullement l'intention d'envoyer David en prison. Ce n'était pas sa faute. Il a fait de son mieux pour élever mon fils. Je ne voulais pas lui faire plus de mal que nécessaire.

— Mais pourquoi des mesures aussi radicales ?

— Est-ce que j'avais le choix ? Je ne pouvais pas avouer que ma clinique avait utilisé mon échantillon.

Il leva la main.

— Et avant de monter sur tes grands chevaux, rappelle-toi qui est à l'origine de toute l'affaire. Toi et ta sœur. Vos propres mensonges.

Là-dessus, elle ne pouvait que lui donner raison.

— Qui d'autre est au courant ?

— Pixie, bien sûr. Stephano. C'est à peu près tout. J'ai amené mon fils ici après avoir procédé à l'échange. J'étais en panique. Je craignais d'avoir commis une terrible erreur. Pixie a fait faire un test de paternité. Il s'est avéré que l'enfant était de moi. Nous sommes restés presque six mois au domaine. Sans mettre le pied dehors. Le petit était perturbé au début. Il pleurait beaucoup. Il ne dormait pas. Sa mère lui manquait… et David aussi. Mais les enfants s'adaptent facilement. Nous l'avons prénommé Theo. Nous avons inventé cette histoire d'actrice italienne. Finalement, je l'ai emmené à l'étranger. Je l'ai placé dans le meilleur pensionnat de Suisse. Et j'ai attendu que cette fichue tache de naissance s'estompe. Le médecin disait qu'elle disparaîtrait. Mais non. Elle est restée là, obstinément. Personne ne recherchait Matthew, bien sûr. Il était mort, et non porté disparu. Seulement la ressemblance entre lui aujourd'hui et le petit garçon kidnappé…

— Hayden ?

— Quoi ?

— On peut encore rattraper le coup.

— Comment ?

— Rends-nous Matthew.

— Quoi, comme ça ?

— Personne n'a besoin de savoir où il était ni chez qui.

— Allons bon. Évidemment que ça se saura. Et tu ne peux rien prouver, Rachel. Jamais tu ne mettras la main sur ce garçon, et même si tu le fais, crois-tu pouvoir obliger un Payne à faire un test de paternité ? D'ailleurs, il montrera quoi, ce test ? Que je suis le père et que Cheryl est la mère. Je dirai que Cheryl et moi avons eu une aventure.

C'est alors que David surgit de derrière un buisson. Les deux hommes se mesurèrent du regard.

Puis David demanda :

— Où est mon fils ?

38

— Où est mon fils ?

Je regarde fixement cet homme qui a détruit ma vie. Mon corps tout entier est secoué de tremblements.

Rachel dit :

— David…

— Appelle la police, Rachel.

— Elle ne peut pas, répond Hayden. C'est moi qui ai son téléphone. Peu importe, d'ailleurs. La police ne pourra pas entrer au domaine sans un mandat.

Il fait un pas vers moi.

— En revanche, David, je pense qu'on peut trouver un arrangement.

Je jette un bref coup d'œil à Rachel.

— Où est Matthew ?

— Il n'y a pas de Matthew. Tu l'as tué. Si tu veux parler de Theo…

Je n'ai pas envie d'en entendre davantage. Je me dirige vers la maison. S'il le faut, je la mettrai sens dessus dessous. Plus rien n'a d'importance. Je vais revoir mon fils.

Ils m'emboîtent le pas.

— Tu ne veux pas écouter ma proposition ? lance Hayden.

Je serre les poings, mais il est trop loin de moi pour que je l'assomme.

— Non.

— Il n'est pas ton fils. Tu dois le savoir maintenant. Mais on t'a fait du tort. Ça m'a toujours chagriné… qu'on t'ait rendu responsable, que tu aies fini en prison. Laisse-moi t'aider. Écoute-moi, David. Les Payne ont des moyens. Nous pouvons te sortir du pays, te procurer une nouvelle identité…

— Tu es complètement cinglé.

— Non, écoute-moi.

Vingt mètres nous séparent de la porte d'entrée. Je fais volte-face, me jette sur lui et le saisis à la gorge.

J'entends Rachel qui s'exclame :

— David !

Mais je n'en ai rien à faire. Je suis sur le point de projeter Hayden Payne à terre quand une autre voix, une voix masculine, dit calmement :

— OK, ça suffit.

L'homme est brun, solidement bâti, et il porte un costume noir.

Il a aussi une arme à la main.

— Lâche-le, David.

Il parle nonchalamment, doucement même, mais quelque chose dans son ton ne laisse pas d'autre choix que d'obéir. Ses yeux sont froids, sans vie, comme j'en ai souvent vu en prison.

Tout à coup, j'ai une illumination.

J'ignore si c'est le mot juste, mais ça y ressemble. Tout se passe en une fraction de seconde. Je connais les individus de son espèce. Je sais qu'il est armé et que nous sommes dans une propriété privée. Je sais qu'il est sur le point de m'abattre. Je sais qu'avant tout je dois protéger Rachel et Matthew, à tout prix.

La main sur la gorge de Hayden, je le pousse devant moi en guise de bouclier.

De ma main libre, je sors mon pistolet.

Je ne suis pas un novice en la matière. Mon père était officier de police. Il attachait une grande importance à la sécurité dans le maniement des armes. Lui et Philip Mackenzie nous emmenaient, Adam et moi, au stand de tir tous les samedis après-midi. Je suis devenu un bon tireur, pas tant avec les cibles fixes que dans les exercices de simulation où des silhouettes en carton surgissaient de manière aléatoire. Quelquefois, c'était un méchant. Quelquefois, un citoyen lambda. Je ne faisais pas toujours la différence, mais je me souviens de ce que mon père m'a appris.

On ne vise pas la tête. Ni les jambes. On ne cherche pas à blesser. On vise le milieu du torse en s'octroyant la plus grande marge d'erreur possible.

L'homme comprend aussitôt mon intention.

Il lève son arme, mais mon audace, la soudaineté de mon geste et Hayden Payne qui me sert de bouclier me donnent un avantage fugace.

Je tire à trois reprises.

L'homme s'écroule.

Hayden pousse un cri et se précipite vers la porte. Je m'apprête à le suivre quand j'aperçois un autre type qui sort une arme à son tour.

Sans hésitation, je tire encore trois coups.

Il s'effondre également.

J'ignore si ces deux-là sont morts ou simplement blessés. C'est le cadet de mes soucis. Hayden a déjà franchi la porte.

Je me rue vers le premier homme. Il a les yeux fermés, mais je crois qu'il respire toujours. Je n'ai pas le temps de vérifier. Je me baisse pour lui prendre son pistolet, puis me tourne vers Rachel et lui lance :

— Allons-y !

Nous atteignons la porte d'entrée. Je crains qu'elle ne soit verrouillée, mais non. À quoi servirait un verrou dans un endroit pareil ? Nous pénétrons dans le hall. Je ferme la porte et tends l'un des deux pistolets à Rachel.

— David ?

— Par mesure de sécurité. Au cas où quelqu'un tenterait d'entrer.

— Où tu vas ?

Mais elle le sait déjà. Je m'élance dans l'escalier où j'ai entendu des pas précipités. J'ignore combien de gardes se trouvent ici. J'en ai déjà neutralisé deux. Ce qui m'inquiète, c'est le nombre de balles qui me restent.

L'intérieur de la villa est d'un blanc immaculé, stérile, presque carcéral. Il y a bien quelques taches de couleur çà et là, mais moi, je me laisse guider par les sons.

— Theo !

C'est la voix de Hayden.

Les doigts crispés sur la crosse du pistolet, je m'engage dans le couloir. Une vieille femme surgit sur mon passage.

— Hayden, qu'y a-t-il ?

— Pixie, attention !

Elle se retourne. Nos regards se croisent, et je vois ses yeux s'agrandir. Elle sait qui je suis. Je presse le pas en direction de la voix de Hayden. La vieille femme ne bouge pas. Immobile, elle me toise avec défi. Je ne tiens pas à bousculer une personne de son âge, mais si elle ne me laisse pas le choix… Je réussis néanmoins à la contourner et je cours.

— Pixie ?

Hayden, à nouveau. Il est là, tout près, dans une chambre sur la gauche. Je lève mon arme et fais irruption dans la pièce. Soit il me dit où est mon fils, soit…

Matthew est là.

Je me fige, l'arme à la main. Mon fils me regarde. Je reconnais bien ses yeux. Si, à Times Square, j'ai vécu une surcharge sensorielle, j'éprouve en cet instant quelque chose de semblable, mais dans mes artères et mes veines. C'est un flot déferlant sans aucune issue, aucun exutoire possible. Je crois bien que je tremble.

Puis je remarque deux mains posées sur ses épaules.

— Theo, dit Hayden, s'efforçant de parler posément, voici mon ami David. On est en train de jouer à un jeu avec des armes, n'est-ce pas, David ?

Une curieuse pensée me traverse l'esprit : Matthew n'a plus trois ans, il en a huit maintenant, et il n'en croit pas un mot. Ça se voit sur son visage. J'ai très envie d'en finir, de me débarrasser de ce salopard de Hayden, et advienne que pourra, mais il y a mon fils. Que cela me plaise ou non, il considère cet homme-là comme son père. Il n'a pas peur de lui. Il a – et j'en suis malade – peur de moi.

Je ne peux pas descendre Hayden devant Matthew.

— David, je te présente mon fils Theo.

Je sens mon doigt sur la détente.

Un vrombissement lointain me fait dresser l'oreille. La villa, moderne, est tout en baies vitrées. Je jette un coup d'œil dehors. Un hélicoptère est en train de se poser sur la pelouse.

La vieille femme qu'il a appelée Pixie entre et s'arrête à côté de moi.

— Allez, viens, Theo. C'est l'heure de partir.

— Il n'ira nulle part, dis-je.

Pixie me regarde avec un petit sourire.

— Et que comptez-vous faire, David ? Nous avons appelé la police locale. Freddy, notre chef de la police, est déjà en route avec sûrement la moitié de ses effectifs. Ils savent que vous êtes armé et dangereux, et que vous venez de tuer deux hommes. Je pense que Stephano est mort. Freddy aimait beaucoup Stephano. Ils jouaient au poker ensemble une fois par semaine. Avec un peu de chance – si vous lâchez votre arme et que vous sortez sur la pelouse les bras en l'air –, ils *pourraient* ne pas tirer.

— Je sais ce que vous avez manigancé tous les deux, dis-je.

— Mais vous n'avez aucune preuve. Qui va vous croire ?

Je me tourne vers Matthew. Il n'a plus l'air apeuré. Il semble plutôt perplexe et soucieux… Une expression qui me rappelle terriblement sa mère.

— Vous imaginez quoi ? reprend Pixie. Qu'ils vont soumettre le petit à un test ADN ? Ne rêvez pas. Pour cela, il vous faut une ordonnance du tribunal. Il faut convaincre un juge de l'existence d'une raison impérieuse, or nous connaissons tous les juges de la région. Nous avons les meilleurs avocats. Nous travaillons main dans la main avec les hommes politiques. Theo repartira à l'étranger avant même que vous retourniez pourrir à Briggs.

— Et puis, ajoute Hayden, comme je l'ai dit à Rachel, un test pour quoi faire ?

Il m'adresse un large sourire.

— Tu veux élever un enfant avec le sang des Payne coulant dans ses veines ? Theo est mon fils.

Je surprends alors le regard de la vieille femme.

— Non, Hayden, dis-je, c'est faux.

Interloqué, il se tourne vers celle qu'il appelle Pixie. Elle garde les yeux baissés.

— Je n'ai jamais cru ma femme quand elle a nié être allée jusqu'au bout de sa démarche, poursuis-je. C'est ce qui a porté le coup de grâce à notre mariage. Nous avons essayé de nous rattraper avec l'arrivée de Matthew, mais je ne suis pas certain que notre couple aurait survécu.

Hayden regarde Pixie.

— De quoi parle-t-il ?

Je sors mon téléphone.

— J'ai réussi à accéder à mon ancienne boîte mail. Là. Ces messages datent d'il y a huit ans. Quand j'ai su que Cheryl s'était adressée à un centre de procréation, j'ai fait faire un test de paternité. Deux, plus précisément, par mesure de sécurité. Ils confirment que je suis bien le père de Matthew.

Les yeux lui sortent presque des orbites.

— C'est impossible, bredouille-t-il. Pixie ?

Elle ne fait pas attention à lui.

— Viens, Theo.

— Non, dis-je.

— Vous n'allez pas me tirer dessus, rétorque-t-elle.

— Mais moi, si.

Rachel entre dans la pièce, le pistolet à la main.

— Hayden ?

Il secoue la tête.

— Laisse-moi deviner, enchaîne Rachel. Tu as ramené Matthew ici. Tu étais en panique. Tu te demandais si tu avais bien fait. Je répète mot pour mot ce que tu m'as dit tout à l'heure.

Il continue à secouer la tête. J'entends les sirènes qui se rapprochent.

— Qu'aurais-tu fait si le test de paternité t'avait appris que tu n'étais pas son père ? Tu aurais tout avoué, très probablement.

Rachel jette un coup d'œil à Pixie.

— Elle ne l'aurait pas supporté. Elle t'a menti, Hayden. Tu n'es pas son père. C'est vrai que la paternité n'est pas une simple affaire de biologie. Mais il est le fils de David. De David et Cheryl.

Je m'attends à ce que la vieille femme proteste, mais manifestement elle n'a plus la force de lutter.

— Tu l'aurais rendu, déclare-t-elle. Ou pire. D'une manière ou d'une autre, tu aurais détruit notre famille. Alors oui, je t'ai dit ce que tu voulais… ce que tu avais besoin d'entendre.

Des voitures de police, une bonne dizaine, débouchent toutes sirènes hurlantes de l'allée et se rangent en formation devant la maison.

— Ça n'a aucune importance, Hayden, ajoute Pixie. Allez à l'hélicoptère, tous les deux.

— Non.

Cette fois, c'est mon fils qui prend la parole.

— Je voudrais bien comprendre ce qui se passe, dit Matthew.

— Tout cela fait partie du jeu, Theo, lui répond Pixie.

— Vous me prenez pour un débile ?

Il se tourne vers moi.

— Vous êtes mon père.

J'ignore si c'est une question ou une affirmation. Les flics sont déjà là. Ils montent l'escalier en courant, me crient de sortir avec les mains en l'air et tout le bazar. Mais je les entends à peine. Je ne vois que mon fils.

Mon fils.

Je manque de mettre un genou à terre, mais il a huit ans maintenant. Ce n'est plus un bébé.

— Oui, je suis ton père. Il t'a kidnappé quand tu avais trois ans.

Nos regards se croisent. Il ne détourne pas le sien. Ne cille pas. C'est le moment le plus pur de ma vie. Mon fils et moi. Enfin réunis. Je sais qu'il partage ce sentiment. Je sais qu'il comprend.

C'est alors que je suis touché par la première balle.

Huit mois plus tard

Je me tiens à gauche de ma tante Sophie pendant que le cercueil de mon père, un simple coffre en pin, est descendu dans le trou. Philip et Adam Mackenzie étaient parmi les porteurs. Des flics jeunes, vieux, retraités sont venus en masse. Mon père avait beaucoup d'amis. Il ne faisait plus partie de leur vie depuis un moment, mais ils se sont tous rassemblés pour un dernier adieu.

Je sens le regard de Philip sur moi. Il m'adresse un signe de tête à peine perceptible, mais qui en dit long. Il était là. Il sera toujours là.

J'ai été atteint par trois balles chez les Payne.

Il y en aurait eu d'autres. C'est ce qu'on m'a dit. Mais Matthew a couru vers moi. En le voyant, les flics ont cessé de tirer. Moi, j'étais déjà inconscient.

À ma droite, une petite main se glisse dans la mienne. C'est réconfortant. Je souris à Matthew. Par-dessus sa tête, je regarde Rachel qui le tient par l'autre main. Elle esquisse un léger sourire, et ma poitrine se dilate. Je hoche la tête pour lui signifier que tout va bien.

Mon père a été malade longtemps. Il était plus que prêt à partir. Je pense qu'il a tenu tout ce temps pour me voir blanchi… et pour revoir son petit-fils.

Vous n'imaginez pas à quel point je lui en suis reconnaissant.

Tout le monde baisse la tête pour le kaddish. Je suis le premier à jeter la traditionnelle motte de terre dans la tombe. Ma tante Sophie me suit. Je lui tiens le bras, plus pour mon propre équilibre que pour le sien. J'ai passé deux mois à l'hôpital et subi six opérations. On me dit que je ne remarcherai sans doute plus jamais sans l'aide d'une canne, mais je vais mettre les bouchées doubles pour ma rééducation.

J'aime bien défier le sort. C'est ma grande spécialité.

Après l'enterrement, nous regagnons notre vieille maison de Revere pour entamer la période de deuil rituelle. Les fantômes sont là, bien sûr, mais ils se tiennent à carreau par respect pour le défunt. Nous ne sommes pas religieux, mais nous trouvons un certain réconfort dans les traditions. Les amis nous ont apporté suffisamment de victuailles pour nourrir tout un stade. Je m'assois dans un fauteuil bas comme le veut la tradition pour écouter les histoires sur mon père. Cela me fait du bien.

Ma tante Sophie habitera seule ici désormais.

— Ce quartier, m'a-t-elle dit, c'est toute ma vie.

Comme je la comprends.

Lors d'une brève pause pendant les condoléances, Sophie me pousse du coude et désigne Rachel qui est en train de disposer de nouveaux sandwiches sur un plateau.

— Comme ça, Rachel et toi… ?

— C'est un peu prématuré pour en parler.

Elle sourit. Visiblement, je ne l'ai pas convaincue.

— Pas tant que ça. Je suis très heureuse pour toi. Ton père l'était aussi.

Ému, je regarde la femme que j'aime.

— C'est le paradis, dis-je à ma tante.

Je n'ai jamais été aussi sérieux de ma vie.

L'agent spécial Max Bernstein se joint à la file des convives avec sa coéquipière Sarah Jablonski. Ils me serrent la main et me présentent leurs condoléances. Bernstein examine rapidement la pièce.

— Je ne sais pas si le moment est bien choisi, commence-t-il.

— Pour ?

— Pour vous tenir au courant de nos dernières découvertes.

Je les scrute l'un et l'autre.

— Le moment est bien choisi.

Jablonski prend le relais.

— Nous avons peut-être une piste… concernant l'identité de la victime.

Le petit garçon dans le lit de Matthew. Je me tourne vers Bernstein.

— La famille Payne finance un orphelinat en Europe, dit-il. On n'en sait pas plus pour l'instant.

— Mais on va creuser, ajoute Jablonski.

Je les crois. Mais je doute que ce soit suffisant.

Il m'a fallu trois mois pour obtenir ma libération. Philip et Adam ont tous les deux perdu leur emploi. Il est toujours question de les poursuivre en justice, ainsi que Rachel pour complicité d'évasion. Sans parler des deux « agents de sécurité » que j'ai abattus chez les Payne. Mais notre avocate Hester Crimstein pense que les poursuites n'aboutiront pas. Pourvu qu'elle ait raison.

J'ai besoin de me dégourdir les jambes, surtout celle dont on a extrait une balle. Je me lève pour aller dans la cuisine quand je m'arrête net.

Debout dans un coin, Nicky Fisher m'observe, les bras croisés.

Il est arrivé la veille de Floride et est venu directement à la maison. Il m'a demandé de sortir sur le perron pour que nous puissions parler en privé. Mes deux amis gorilles attendaient sur le trottoir à côté d'un SUV noir. Ils m'ont salué, et je leur ai rendu leur salut.

Nicky Fisher a contemplé le ciel noir avant de déclarer :

— Je suis désolé pour ton vieux.

— Merci.

— Raconte-moi tout, David. Sans rien omettre.

C'est ce que j'ai fait.

Vous, tout comme Nicky Fisher, aimeriez certainement entendre que Gertrude et Hayden Payne ont tous les deux été condamnés à de longues peines de prison. Il n'en est rien. Après la fusillade, Max a débarqué au domaine. Philip Mackenzie s'était confié à lui, et il avait compris beaucoup de choses. C'était déjà bien. Néanmoins, une fois mon état stabilisé, on m'a ramené à l'infirmerie de Briggs. Les rouages de la justice sont lents à se mettre en branle. Il n'y avait, ainsi que les Payne me l'avaient fait remarquer, aucune preuve d'un quelconque crime qu'ils auraient commis. Aucun indice montrant que Hayden avait été impliqué dans un meurtre ou un kidnapping, en dehors du fait que Matthew a été retrouvé chez lui. Rien ne prouvait que Gertrude Payne en sache plus que ce que Hayden lui avait dit... À savoir que Matthew était son fils. Il lui avait raconté l'histoire de l'actrice italienne. Certes, il avait menti. Mais quand on dispose de tout un bataillon d'avocats, de juges et de politiciens capables de manipuler les meilleurs experts, la machine se grippe pour de bon.

L'argent graisse le mécanisme. Il peut aussi le stopper.

Voilà ce que j'ai expliqué à Nicky Fisher hier soir sur le perron de la maison. Il m'a écouté sans interrompre. Une fois que j'ai eu terminé, il a juste dit :

— Ça ne va pas le faire.

— Quoi donc ?

— Ils ne vont pas s'en tirer comme ça.

Sur ce, il a descendu les marches et est reparti dans le SUV.

Aujourd'hui, il est de retour. Je croise le regard du vieil homme, et lui aussi hoche la tête à mon intention. Mais ce hochement de tête n'a rien à voir avec celui de Philip. J'en ai la chair de poule… Est-ce un bon ou un mauvais présage ?

On va dire bon pour moi et mauvais pour les Payne.

Je me fraie un passage à travers la foule, saluant, serrant les mains. Dans la cuisine, je tombe sur Ronald Dreason, le mari de Cheryl. Posté devant la fenêtre, il contemple le jardin. Je m'arrête à côté de lui.

— Ça va ? me demande-t-il.

J'acquiesce.

— Merci d'être venu.

— C'est normal.

Cheryl est dehors avec sa fille, Ellie, quatre mois, dans les bras. Je regarde l'heureux papa et le vois sourire. Je suis content pour eux deux.

— Elle est belle, ta fille, lui dis-je.

— Oui, n'est-ce pas ?

Il explose presque de fierté.

Matthew est là aussi, à côté de sa mère.

Tout cela est nouveau pour nous mais, jusqu'à présent, Cheryl et moi avons opté pour la garde partagée de notre fils. Il est une semaine sur deux chez Cheryl et Ronald, et l'autre avec Rachel et moi. Et ça a l'air de bien se passer.

Comment va Matthew ?

Il fait des cauchemars, mais moins qu'on l'aurait cru. Les enfants sont résilients, et lui tout particulièrement. Y aura-t-il des séquelles à long terme ? Tout le monde dit que c'est probable, mais je suis plus optimiste. À huit ans on est curieux. Il est assez grand pour comprendre ce qui lui est arrivé. On ne peut pas lui mentir ni essayer d'enjoliver la vérité. Hayden l'a bien traité, heureusement, mais Matthew a passé beaucoup de temps sans sa famille, dans un pensionnat huppé en Suisse. Ses amis et ses professeurs lui manquent plus que l'homme qu'il considérait jadis comme son père. Il garde cependant un bon souvenir de Hayden. Il me demande comment quelqu'un qui a commis tant de mal peut être aussi gentil. J'essaie de lui expliquer que les êtres humains sont plus complexes qu'il y paraît, mais à dire vrai, je n'ai pas la réponse.

Je vois Cheryl tendre la petite Ellie à son frère.

Matthew adore sa sœur. Il la prend tout doucement, avec précaution, comme si elle était en verre, mais il a l'air radieux. Pendant que je couve mon fils des yeux, je sens le bras de Rachel autour de ma taille. Nous sommes tous là à les regarder, luttant pour reconstruire notre vie, et, quelque part peut-être, mon père les regarde aussi.

Remerciements

L'auteur (qui parfois aime parler de lui-même à la troisième personne) voudrait remercier ceux dont les noms suivent sans aucun ordre particulier : Ben Sevier, Michael Pietsch, Wes Miller, Kirsiah Depp, Beth de Guzman, Karen Kosztolnyik, Lauren Bello, Jonathan Valuckas, Matthew Ballast, Brian McLendon, Staci Burt, Andrew Duncan, Alexis Gilbert, Janine Perez, Mari Okuda, Joseph Benincase, Albert Tang, Liz Connor, Rena Kornbluh, Rick Ball, Selina Walker, Charlotte Bush, Becke Parker, Sarah Ridley, Glenn O'Neill, Mat Watterson, Richard Rowlands, Fred Friedman, Diane Discepolo, Charlotte Coben, Anne Armstrong-Coben, Lisa Erbach Vance, Cole Galvin et Robby Hull.

C'est là que nous, les auteurs, précisons que toutes les erreurs sont de notre fait, mais au fond, les gens que je viens de citer sont des experts. Alors pourquoi serais-je le seul à porter le chapeau ?

J'aimerais également exprimer ma gratitude à George Belbey, Kathy Corbera, Tom Florio, Lauren Ford, Hans Laaspere, Barb Matteson et Wayne Semsey. Eux (ou leurs proches) ont contribué généreusement à des œuvres caritatives de mon choix, en échange de quoi leurs noms figurent dans ce roman. Si vous aussi souhaitez participer, envoyez un mail à giving@harlancoben.com.

Cet ouvrage a été composé et mis en page
par FACOMPO, Lisieux

Imprimé en France par
CPI Brodard & Taupin
en août 2024
N° d'impression : 3057630

#lisez engagé !
www.lisez.com
Pour plus d'information :
Imprimé sur du papier issu de forêts gérées durablement.

Pocket – 92 avenue de France, 75013 PARIS

S34168/01